GRAND HOTEL ANGST

EMMA GARNIER

Roman

PENGUIN VERLAG

MIX
Papier aus verantwortungsvollen Quellen
FSC® C014496

Verlagsgruppe Random House FSC® N001967

PENGUIN VERLAG

1. Auflage 2017

Die Zitate auf S. 9 und S. 191 stammen aus:
Schillers Werke. Auswahl in zehn Teilen. Band 6-7,
Deutsches Verlagshaus Bong & Co.
Das Zitat auf S. 75 stammt aus:
Hoffmann's sämtliche Werke in einem Bande,
Bandry's Europäische Buchhandlung.
Umschlag: Favoritbüro
Umschlagmotiv: © severin/Anilah/Janis Smits/www.shutterstock.com
Redaktion: Lisa Wolf
Satz: Uhl + Massopust, Aalen
Druck und Bindung: GGP Media GmbH, Pößneck
Printed in Germany
ISBN 978-3-328-10088-1
www.penguin-verlag.de

Dieses Buch ist auch als E-Book erhältlich.

Prolog

Freitag, 24. März 1899

Nachmittags

Es gibt Legenden, die zaubern uns jenen feinen Schauder unter die Haut, der das Leben bereichert, ohne es zu bedrohen. Man hört sie, erzählt sie weiter – vielleicht ein wenig ausgeschmückt, um den inzwischen abgeschwächten Grusel zu vergrößern und sich der ungeteilten Aufmerksamkeit der Zuhörer zu vergewissern.

Manche dieser Geschichten entwickeln allerdings ein Eigenleben. In einem unbeobachteten Moment schlüpfen sie durch die Schranke der Vernunft und nisten sich an einer Stelle ein, von der wir bislang gar nicht wussten, dass sie ein Teil von uns ist. Sie haben die Macht zu vernichten, in den Wahnsinn zu treiben. Und es ist jener Wahnsinn, vor dem ich heute Morgen kopflos und in heller Panik davonlief, bis mir ein vollkommen Fremder in dieser Kammer fernab des Hotels Zuflucht gewährte.

Über Stunden hinweg presste ich mich zitternd an die Mauern, aus Sorge, SIE würde mich überall finden, auch hier. Erst langsam begreife ich, dass der Spuk vorüber ist. Dass mein Verstand wieder mir gehört. Zumindest in diesem Augenblick.

Nur was geschieht, wenn es dunkel wird?

Erschöpft reibe ich die Hände aneinander, und mit der Wärme, die in meine Glieder zurückströmt, wächst auch die Hoffnung, dass alles nur ein Hirngespinst war, eine unglückliche Verkettung von Umständen, die sich irgendwie erklären lässt, wenn ich mich nur richtig erinnere. Ich atme tief durch und zwinge meine Gedanken zurück zum heutigen Morgen, an dem das Unglück seinen Höhepunkt erreichte.

So viel Blut. Überall Blut!

Es klebte an meinen Händen und an seinem Körper, der leblos neben mir lag, sickerte ins Laken, drang in den Boden. Der grelle Schrei, der noch immer in meinen Ohren nachhallt, stammte von mir. Es dauerte Minuten, bis ich es begriff.

War das wirklich mein Werk gewesen?

Ich erinnere mich an den Moment des Erwachens, an das Gefühl der Benommenheit, als zerre mich jemand mit Gewalt aus einem tiefen Traum. Sofort beginnt mein Herz wieder zu hämmern, es ist, als wolle es meine Brust zersprengen. Ich betrachte meine Finger, spüre wieder den kühlen Griff des Messers, das in meinen Händen lag und das ich entsetzt von mir warf, als ich es erblickte.

Hatte SIE etwa meine Hand geführt? Hatte SIE von meiner Seele Besitz ergriffen, so wie man es mir vorhergesagt hatte?

Ich will es nicht glauben. Jetzt, bei Tageslicht betrachtet, erscheint es mir unmöglich. Doch ich habe Angst vor der Nacht. Ich fürchte mich vor dem, was geschieht, wenn ich die Augen schließe. Wenn ich mich dem Schlaf ergebe und die Kontrolle verliere.

Ich habe Angst vor mir selbst!

Ein lautes Krachen lässt mich auffahren. Doch es ist nur ein Ast, der nahe dem Fenster zu Boden gerissen wurde. Ich, die ich die Geräusche der Natur liebe, Gewitter nicht meide und selbst im lauten Tosen des Meeres einen Wohlklang zu entdecken vermag, bin schreckhaft geworden.

Vor meinen Augen tobt ein Sturm, der dem in meinem Inneren in nichts nachsteht. Er peitscht den Regen gegen die Fensterscheiben, rüttelt an den Verankerungen der Läden. Von hier aus kann ich den ganzen Ort überblicken, bis hinunter zum Meer, wo die Wellen sich auftürmen und schaumgekrönt an die Klippen schlagen.

Wie ruhig das Wasser gewesen war, als wir mit dem Zug eintrafen. Wie mild die Luft, wie sanft das Licht. Während Oliver dem Kutscher half, das Gepäck für den kurzen Weg zum Hotel im Wagen zu verstauen, konnte ich mich nicht sattsehen an der Schönheit dieses Ortes. An den Hängen weiße Villen mit grünen Fensterläden vor der Kulisse der Seealpen mit ihren schneebedeckten Kappen. Die Luft roch nach Jasmin, vom Meer wehte ein warmer Wind herauf und bewegte die silbrig grünen Blätter der Palmen, die den Strand säumen.

»Willkommen im Paradies«, hatte Oliver in meine Gedanken hinein gesagt und seine starken Arme um mich gelegt. »Habe ich dir zu viel versprochen?«

Ich halte inne, versuche, das Bild vollkommenen Glücks festzuhalten, doch es entschwindet, je fester ich mich daran klammere. Eine Illusion! Die Realität war damals schon eine andere, nur hatte ich das nicht erkennen wollen.

Ich trete ans Fenster und sehe hinaus auf den Hügel, wo sich ein Gebäude über die Stadt erhebt. Reglos, düster, der Name in großen Lettern wie eine Warnung weit sichtbar aufgemalt. Ein mächtiger Bau mit unzähligen Fenstern, die in meine Richtung starren, als würden sie mich suchen.

Hastig weiche ich zurück. Ich wünschte, ich wäre niemals hierhergekommen.

Doch wie hätte ich das Unheil ahnen können, als ich zusammen mit Oliver die Kutsche bestieg, die uns vom Bahnhof zum Grandhotel bringen sollte? Jenem Hotel, dem man mit Bedacht den Namen seines Besitzers gegeben hatte, um eben jenes angenehme Schaudern hervorzurufen, das wir Briten so sehr lieben: *Angst.*

»Warte nur ab, bis die ersten Stufen knarren, das Licht flackert oder gespenstische Gesänge erklingen«, hatte Oliver augenzwinkernd gesagt, als sei das alles Teil eines hoteleigenen Theaterstücks.

Er hätte es besser wissen müssen.

Von der Straße schallt Lärm hinauf, ein Rufen, auch auf Englisch. Ich spähe durch die Scheiben, sehe einige Polizisten, die unter dem Fenster vorbeihasten. Der ganze Ort scheint auf den Beinen. Bestimmt suchen sie nach mir. Ich bete, dass sie dem jungen Mann nicht begegnen, der mir dieses Zimmer hier gegeben hat, und dass er und seine Schwester über meinen Aufenthaltsort Stillschweigen bewahren.

Die Art, wie er sich um mich sorgt, gibt mir die Illusion, hier sei ich sicher. Aber irgendwann wird er beginnen, Fragen zu stellen, und Geld für seine Gastfreundlichkeit einfordern. Irgendwann wird er erfahren, wen er hier beherbergt. Und dann …

Ich merke, dass ich zittere. Die Zeit rinnt mir zwischen den Fingern hindurch, als wolle sie fliehen. Ich weiß, ich kann das Unheil nur aufhalten, wenn ich die Zusammenhänge verstehe.

Was habe ich übersehen? Habe ich überhaupt etwas übersehen?

Bilder und Gefühle drängen in einer ungeordneten Flut in meinen Kopf und verlangen, sortiert zu werden.

Bin ich in Gefahr? Oder bin ich selbst die Gefahr?

1. Teil

Die Legende

»Auf einmal empfanden wir alle zugleich einen Streich wie vom Blitze, dass unsere Hände auseinanderflogen; ein plötzlicher Donnerschlag erschütterte das Haus, alle Schlösser klangen, alle Türen schlugen zusammen, der Deckel an der Kapsel fiel zu, das Licht löschte aus, und an der entgegenstehenden Wand über dem Kamine zeigte sich eine menschliche Figur, in blutigem Hemde, bleich und mit dem Gesicht eines Sterbenden.«

Friedrich Schiller, *Der Geisterseher*

I

Freitag, 17. März 1899

Eine Woche zuvor

Nie werde ich den Moment vergessen, als ich nach tagelanger Fahrt aus dem Zug stieg. Mir war, als tauchte ich ein in eine fremde Welt, in der die Luft eine andere war, das Licht weicher.

In den einundzwanzig Jahren meines bisherigen Lebens war ich nicht über die Grenzen Englands hinausgekommen, und so hatte ich ununterbrochen aus dem Fenster sehen müssen, als sich der Méditerrannée-Express der italienischen Küste näherte und erst Cannes, Nizza, Monte Carlo, dann Menton und Ventimiglia passierte. Vorbei an Klippen und Steinstränden, dem in der Sonne funkelnden Meer, dessen intensives Türkisblau mir den Atem verschlug. An in den Fels gebauten Häusern und der in einem unbändigen Farbenrausch prachtvoll erblühenden Natur.

Überwältigt stand ich schließlich auf dem Platz vor dem Bahnhof in Bordighera und blickte auf das Wasser, das nur wenige Schritte entfernt an die Kaimauer brandete. Das Meer war anders als das bei Mersea Island, wo Tante Rose lebt, die ich seit meiner Kindheit jeden Sommer für ein paar Wochen besuche. Verheißungsvoller und – so schien es mir in jenem Moment – von archaisch anmutender Schönheit.

Alles war so, wie Giovanni Ruffini es in seinem Roman *Doctor Antonio* beschrieben hatte. Ich bestaunte die durchsichtige Atmosphäre, das feine Blau des Himmels, den sanften Schwung der Berge, die sich einer über den anderen erheben, um im weichen Duft der Ferne zu verschwinden.

Schon als junges Mädchen hatte ich die Geschichte der Engländerin Lucy verschlungen, die sich erst in einen italienischen Arzt und dann in Bordighera verliebt. Oft hatte ich mir vorgestellt, wie es wäre, an ihrer Stelle zu sein, hatte sie in kalten Winternächten um die Wärme und Schönheit ihrer italienischen Heimat beneidet. Und nun war ich hier, an dem Ort, von dem die Frauen in ganz England träumten!

Es war früher Abend, und die vereinzelten Wolken über dem Wasser verfärbten sich bereits in zartem Apricot. Während sich in London das trübe Märzgrau in dichten Regenschleiern über die Stadt legte, atmete ich eine Luft, als frohlockten die Vorboten des Sommers. Ich zog den viel zu warmen Mantel aus, legte ihn über den Arm und dachte an die leichte Kleidung, zu der Oliver mir geraten hatte und die in einem der Schrankkoffer verstaut war, die noch verfrachtet werden mussten.

Ein Schwall fremdländischer Worte drang zu mir herüber, und ich drehte mich zu Oliver um. Er stand neben dem Kutscher und zeigte hinauf zu dem Hügel, der sich am Rande des Ortes erhob. Ich folgte seiner Geste, und dort oben sah ich es zum ersten Mal.

Majestätisch erhob sich das Grandhotel Angst aus einem Wald von Palmen und Zypressen. Die sinkende Sonne schimmerte auf der weißen Fassade. Von Weitem sah es aus wie ein Schloss. Mondän und einladend, bereit, seine Gäste mit angenehmem Luxus zu empfangen.

Man sagt, der erste Eindruck sei ein bleibender. Er sinke in die Erinnerung und lasse sich niemals auslöschen, selbst wenn die Erfahrung einen etwas anderes lehre. Die Menschen wissen nicht, wie unrecht sie damit haben. Eindrücke sind veränderlich wie die Gefühle eines sprunghaften Kavaliers.

An jenem Tag aber erfüllte mich der Anblick des Hotels mit unbändiger Vorfreude. Oliver hatte uns für die nächsten vier Wochen in einem wahren Palast eingemietet! Als Kunsthändler ist er weit über die Grenzen Englands hinaus bekannt und nicht unvermögend. Er besitzt ein Haus im Londoner Stadtteil Kensington, in das ich am Tag unserer Hochzeit zog, fährt eine motorisierte Kutsche von Daimler und kauft seine Kleidung bei den elegantesten Herrenschneidern der Savile Row. Dass das Ziel unserer Flitterwochen derart luxuriös sein würde, hätte ich dennoch nicht erwartet.

»Wie wundervoll«, rief ich aus und dachte an die Geschichten von barbarischen Südvölkern und mangelnder Hygiene, mit denen man mir die Reise hatte ausreden wollen. »Meine Eltern haben sich völlig umsonst um mein Wohlergehen gesorgt.«

»Wenn es nach ihnen gegangen wäre, hätten wir unsere Flitterwochen in Wormingford verbracht«, sagte Oliver und zog die Brauen zusammen, sodass auf seiner Stirn eine steile Falte erschien.

»Wenn es nach meiner Mutter gegangen wäre, dann hätte ich dich gar nicht erst geheiratet«, antwortete ich ihm augenzwinkernd.

»Und? Warum hast du es dennoch getan?«

Um ihnen zu entfliehen. Ihnen und dem furchtbar begrenzten Leben in diesem viel zu großen, verstaubten Landgut, hätte ich am liebsten geantwortet. Doch es war nicht die ganze Wahrheit.

Nachdem ich Oliver während einer London-Reise kennengelernt hatte, nahm mein Leben eine Wendung, von der ich nie zu träumen gewagt hätte. Und das liegt nicht nur an dem gehobenen Lebensstil, den er mir bietet. Vielmehr daran, dass er sich für meine Ansichten zu interessieren scheint, statt mir seine aufzuzwängen. Er ist fünfzehn Jahre älter als ich, aber es störte mich nie, denn er hat mir als erster Mann das Gefühl gegeben, dass ich kein Mädchen mehr bin. Sondern eine erwachsene Frau, für die es sich lohnt zu werben, und der er die ganze Welt zu Füßen legen will.

»Weil ich dich liebe«, antwortete ich lächelnd und ließ mir von ihm ins Wageninnere helfen. »Dich und deine wunderbaren Ideen.«

Die Kutsche fuhr an, bog aus der dicht bebauten Via Imperiale Federico in die breitere Strada Romana ein, die allmählich anstieg. Vor uns erstreckte sich eine große, mit Olivenbäumen bepflanzte Ebene, dahinter bewaldete Hügel, rechts und links Villen mit prächtigen Gärten. Nach wenigen Hundert Metern lenkte der Kutscher den Wagen durch ein Tor mit weit geöffneten Flügeln und fuhr in den gewaltigen Hotelpark, hinter dem sich das Grandhotel über fünf Stockwerke erhob.

Die Luft schien zu vibrieren, während wir uns auf das elegante Gebäude zubewegten, ein weißglänzender Palast inmitten eines Meeres aus duftendem Grün. Üppige Blumenrabatten und gestutzter Rasen säumten die breite, kurvige Auffahrt. Seitlich davon erstreckten sich schmale Wege mit Parkbänken, auf denen Gäste saßen und die Gesichter in die Abendsonne hielten.

Je näher wir dem säulengetragenen Entree kamen, desto angespannter wirkte Oliver. Steif und aufrecht saß er da, reckte den Kopf zu allen Seiten, und ich glaubte zu bemerken, dass sich seine im Schoß gefalteten Hände plötzlich verkrampften, während ich mich an der Herrlichkeit des Gebäudes gar nicht sattsehen konnte.

Als die Kutsche auf dem Vorplatz bis zur geschwungenen Freitreppe rollte, wanderten meine Augen über die aufwendig gestaltete Fassade. Stuckelemente in Form von Löwenköpfen, Blumengirlanden und Ornamenten verbanden sich mit griechischen Säulenformationen in vollendeter Harmonie. Einige der Zimmer hatten schmiedeeiserne Balkone, die größeren sogar Balustraden.

»Wir werden in einer Suite mit Balkon wohnen«, sagte Oliver in diesem Moment, als könne er meine Gedanken lesen.

Und so lehnte ich mich noch ein Stück weiter hinaus, stellte mir vor, wie herrlich es sein würde, abends draußen zu sitzen, mit einem Likör oder Absinth in der Hand, und über die Wipfel der Palmen auf das Meer zu blicken.

Kaum hatte uns ein livrierter Hotelangestellter die Kutschentür geöffnet, lief ich auch schon die Treppe zum Hotel hinauf. »Das ist unglaublich, Oliver«, rief ich übermütig und breitete die Arme aus, »bei diesem Blick fühlt man sich, als sei man die Queen von England!«

Ein älterer Herr mit lederartigem Gesicht und gezwirbeltem Schnurrbart trat durch die Eingangstür ins Freie und runzelte bei meinem Anblick missbilligend die Stirn. Dabei strahlte er eine Strenge aus, die etwas Einschüchterndes hatte.

Vielleicht hätte ich mich für mein Benehmen entschuldigen müssen, doch ich wollte mir den Moment nicht verderben lassen. Ach, ich hätte die ganze Welt umarmen können! Oliver, Bordighera, die Flitterwochen weitab meiner Heimat – all das gab mir ein nie gekanntes Gefühl von Freiheit und Glück.

Noch einmal sog ich die weiche Luft ein, den Duft von Veilchen und Bougainvillea, dann schritt ich würdevoll an dem Herrn vorbei und nickte ihm freundlich zu. Er konnte vielleicht nichts für seine Griesgrämigkeit, hatte womöglich sein gesamtes Leben hinter blind gewordenen Fenstern eines altenglischen Landguts verbracht, und ich wollte mir in diesem Augenblick die Laune nicht verderben lassen. Also ließ ich ihn hinter mir und betrat die Vorhalle, um dort auf Oliver zu warten, der noch immer an der Kutsche stand und sich mit dem livrierten Angestellten unterhielt.

Beinahe wäre ich mit einer rundlichen Frau zusammengestoßen, die mit dem Portier ins Gespräch vertieft war. Ihr graues Haar steckte unter einer Haube, unter dem Arm trug sie einen geflochtenen Korb mit Tomaten, der ins Schwanken kam, als sie mit einer hastigen Bewegung versuchte, mir auszuweichen.

»Dio santo!«, rief sie aus und setzte einen Schwall italienischer Worte nach, die ich trotz des Sprachführers, den ich vor unserer Abreise ausgiebig studiert hatte, nicht verstand.

»Es tut mir leid, Signora«, sagte ich rasch und griff nach einer Tomate, die aus dem Korb zu fallen drohte.

Die Frau stand wie erstarrt da und schlug die Hand vor den Mund. Sie war leichenblass geworden. »*Non ci credo!* Sie sehen aus wie …« Mit den Fingern näherte sie sich meinem Gesicht, dann zuckte sie zurück.

»Maria, was soll der Unsinn? Du belästigst unseren Gast!«, fuhr der Portier sie an und machte eine energische Handbewegung.

Er wartete, bis die Frau sich zögernd von meinem Anblick löste und trippelnd im Dunkel eines Korridors verschwand. Nicht, ohne sich noch einmal mit kalkweißem Gesicht nach mir umzusehen. Dann verbeugte er sich mehrfach.

»Verzeihen Sie bitte vielmals, Signora. Dieser Vorfall ist mir äußerst unangenehm. Ich werde dafür sorgen, dass man diese Person für Ihre Belästigung zur Rechenschaft zieht.« Er verbeugte sich noch einmal. »Gestatten Sie mir, Sie in unserem Hause zu begrüßen?«

Ich nickte und wollte gerade antworten, dass ich mich gar nicht belästigt gefühlt hatte, als ein breites Strahlen sein Gesicht überzog.

»Ah, Signor Dickinson, buon giorno. Come sta?«, sagte er an mir vorbei und machte einen Schritt auf Oliver zu, der gerade erst das Hotel betreten hatte und mich mit einem kurzen, ungehaltenen Blick bedachte. »Ist diese bezaubernde Signora Ihre … Gemahlin?«

»Ja, das ist sie«, antwortete Oliver, er kam rasch näher und legte einen Arm um mich. »Sie heißt Eleonore.«

Der Portier begrüßte mich erneut, dieses Mal mit Namen. Dann nickte er Oliver freundlich zu. »Ich freue mich sehr, dass Sie uns auch in diesem Jahr wieder beehren.«

»Sie glauben doch nicht, dass ich Ihnen jemals untreu werde, Signore Bartelli?«

»Nein«, sagte der Hotelangestellte lachend. »Nicht Sie.«

Oliver zwinkerte ihm zu und sah sich suchend um. »Wo ist Adolf? Ich möchte ihn gerne begrüßen.«

»Oh, ich bin untröstlich, Herr Angst ist leider verhindert. Ein Krankheitsfall in der Familie. Er hatte sich in seine Bergresidenz nach San Dalmazzo di Tenda zurückgezogen, und nun sind die Abfahrtswege vom Schnee versperrt. Aber ich werde ihm mitteilen lassen, dass Sie eingetroffen sind, sobald er wieder in Bordighera ist. Er wird es sich gewiss nicht nehmen lassen, Sie persönlich willkommen zu heißen.«

Mit wachsendem Staunen verfolgte ich das vertraut wirkende Gespräch. »Du hast mir gar nicht erzählt, dass du regelmäßig hierherkommst«, raunte ich meinem Mann zu, während der Portier einen Pagen anwies, uns mit dem Handgepäck zur Suite zu begleiten. »Sogar mit dem Hoteldirektor bist du gut bekannt.«

»Es hat sich eben noch nicht ergeben«, antwortete Oliver nur kurz angebunden und ging voran.

Seufzend folgte ich ihm den Gang hinunter. Als ob zwei Tage mit Fähre und Zug nicht ausreichend gewesen wären, es zumindest zu erwähnen. Geschweige denn die Wochen zuvor, seitdem er mir eröffnet hatte, wohin die Flitterwochen gehen sollten. Vielleicht aber, räumte ich ein, als er mir mit einer ausladenden Bewegung den modernsten Fahrstuhl präsentierte, den ich je gesehen hatte, liebte er es einfach nur, mich immer wieder zu überraschen.

In der ersten Nacht tat ich kein Auge zu, obwohl wir uns nach einem üppigen Abendessen ein paar Gläser des hauseigenen Sherrys genehmigt hatten und ich vor Müdigkeit kaum noch aufrecht stehen konnte. Wieder und wieder ließ ich den Tag Revue passieren, noch immer staunend angesichts der hochwertigen Ausstattung des Hotels. Der elektrische Lift, fließend warmes Wasser und sogar Heizung in jedem Zimmer! Dazu diese Pracht: teure Gemälde, kostbare Tapeten, überall Stuck und Fresken, marmorne Tische, üppig behängte Kronleuchter und Kunstwerke aus getriebenem Silber.

Über alldem stand der Stolz in Olivers Blick, der scheinbar nicht genug davon bekommen konnte, mich beeindruckt zu sehen. Und so ergab ich mich der wohligen Leichtigkeit des Südens, statt ihn noch einmal auf seine langjährige Verbundenheit mit dem Hotel anzusprechen. Mit Sicherheit wird er es mir irgendwann erzählen, dachte ich, was macht es schon, darauf zu warten, dass er von selbst damit beginnt.

Nach einer Weile gab ich die Versuche auf, in den Schlaf zu finden, und drehte mich zu Oliver, der mir den Rücken zugewandt hatte und leise schnarchte. Behutsam erhob ich mich, setzte die nackten Füße auf den Läufer und ging in den angrenzenden Salon. Vorsichtig schob ich die Läden auf, entriegelte die Balkontür und öffnete sie weit.

Der zunehmende Mond warf sein silbriges Licht auf die Silhouetten der nahe gelegenen Hotels. Die Chiesa Anglicana erhob sich über die Dächer der Stadt, dahinter die nachtschlafende Bucht.

Ich trat hinaus in die kühle Abendluft und schlang die Arme um den Körper. Vom Park stiegen Dunstschwaden empor, die sich in der Höhe verloren. In den Palmen erklang ein leises Wispern, das mit jedem Windhauch anschwoll.

Nun war ich also hier, an jenem Ort, den man im fernen England wegen seiner milden Winter pries, wegen seines Klimas, das Atemwegserkrankungen zu heilen vermochte, wegen der tropisch anmutenden Vegetation und der prachtvollen Villen, deren Zahl alljährlich stieg. Wormingford und alles, was ich damit verband, schien auf einmal so fern. Das Einzige, woran ich mich in jenem Moment erinnerte, war die Dunkelheit der Räume, die sich selbst im Sommer dort nie ganz verlor.

Ein Knarren ließ mich herumfahren. Aus der Schwärze des Schlafzimmers kam Oliver auf mich zu und rieb sich die Augen.

»Was ist los, Nell?«

»Ich kann nicht schlafen. Es ist alles so aufregend!«

»Ja, das ist es.« Er stellte sich hinter mich, legte die Hände auf meine Schultern und bedeckte meinen Nacken und Hals mit sanften Küssen. Ich legte den Kopf schräg und genoss seine Liebkosungen, als ich seine Stimme dicht an meinem Ohr hörte.

»Ich werde dir ganz Ligurien zu Füßen legen«, wisperte er und hauchte dabei seinen warmen Atem auf meine Haut. »Die Küste, das Meer und die Blumenpracht, die das Klima hier hervorbringt. Vielleicht besuchen wir morgen den Giardino Winter. Sein Besitzer beliefert sogar den Münchner Viktualienmarkt. Oder wir fahren ins Val del Borghetto.« Er schlang die Arme um meinen Bauch und zog mich noch enger an sich. »Wir werden uns in den hübschen kleinen Bergdörfern herumtreiben, starken einheimischen Kaffee trinken und uns klebrige Dolci von den Fingern lecken. Vier Wochen werden nicht reichen, um dir die ganze Pracht der Riviera zu zeigen.«

Sein Atem wurde schwerer, wieder küsste er meinen Nacken, dann fasste er mich an den Schultern und drehte mich zu sich um. Das Mondlicht beleuchtete sein Gesicht, wo sich auf der Stirn wieder die steile Falte zeigte, während er mich mit seinen dunklen Augen ansah.

»Ich freue mich auf jeden einzelnen Tag mit dir«, antwortete ich leise, überrascht von der Eindringlichkeit in seinem Blick.

Behutsam strich ich ihm über die Arme. Betrachtete sein kantiges Gesicht, dessen scharf gezeichneter Mund von einem gestutzten Bart umrahmt war. Die schmalen Augen, die einen ebenso durchdringend wie liebevoll betrachten konnten. Wer uns nicht kannte, musste glauben, unsere Liebe sei eine Laune des Schicksals. Er, groß und blond, mit breiten Schultern und nordisch kühlem Wesen, ich, klein und schmal gebaut, mit dickem dunkelbraunem Haar.

Während ich auf dem Land aufgewachsen war und meine

Kindheit in der fruchtbaren Landschaft von Essex zwischen Wiesen, Flusstälern und Wäldern verbracht hatte, war Oliver früh angehalten worden, sich elegant und selbstsicher in der Großstadt zu bewegen und einen ausgeprägten Sinn für die schönen Künste zu entwickeln.

Seine Eltern waren früh verstorben und hatten ihm ein beträchtliches Vermögen hinterlassen, was ihn, zusammen mit seiner unbestrittenen Attraktivität, zu einem begehrten Ziel weiblicher Sehnsüchte machte.

Oliver hätte unter Dutzenden von Verehrerinnen wählen können. Bereits kurz nach dem Tod seiner ersten Frau war er mit Einladungen überhäuft worden. Zu einem vertrauten Dinner, einem Spaziergang zu zweit. Er aber hatte alle Avancen ignoriert, sich verkrochen und seiner Schwermut nachgegeben, bis ich in sein Leben getreten war und es gehörig durcheinandergewirbelt hatte. Ebenso wie er meines.

»Lass uns schlafen gehen«, sagte er endlich, und sein Gesicht verzog sich zu einem Lächeln. »Sonst verpassen wir noch unseren ersten gemeinsamen Tag im Paradies.«

Ich reckte mich auf die Zehenspitzen und gab ihm einen Kuss. Dann ging ich voraus ins Schlafzimmer, während er die Läden wieder schloss.

»Was war eigentlich heute bei unserer Ankunft am Empfang los?«, fragte er beiläufig, als ich gerade unter die Decke geschlüpft war. »Du hast irgendwie irritiert gewirkt. Habe ich etwas verpasst?«

»Eine der Angestellten hat mich wohl für eine Erscheinung gehalten«, murmelte ich und schmiegte mich in das weiche Federkissen. »Sie sagte, ich würde jemandem ähneln.«

Oliver, der sich auf seine Bettseite gesetzt hatte, hielt in der Bewegung inne und sah mich an. »Ach ja? Wem denn?«

»Das hat sie nicht gesagt. Aber sie ist leichenblass geworden, als sie mich erblickte. So als hätte sie einen Geist gesehen.«

Er legte sich zu mir und betrachtete mich ernst. Seine blauen Augen funkelten im Halbdunkel des Zimmers. »Das ist wirklich merkwürdig«, sagte er.

»Was meinst du damit?«

Er runzelte die Stirn, und als er endlich antwortete, klang er sehr nachdenklich. »Ich frage mich, ob diese Begegnung wirklich ein Zufall war…«

Damit zog er mich fest an sich, und ich ließ mich in einen tiefen, traumlosen Schlaf fallen, bis das erste Tageslicht langsam durch die Ritzen der Lamellen kroch und helle Streifen auf Tapeten und Möbel zauberte.

Jetzt, sieben Tage später, erinnere ich mich wieder, dass seine Antwort mich irritierte. Denn an jenem Abend war die Begegnung mit Maria für mich nichts weiter als eine Verwechslung.

2

Die ersten Tage verbrachten wir mit der Erkundung der näheren Umgebung. Hand in Hand schlenderten wir durch die mittelalterlichen Gassen der Altstadt und bestaunten die Mauern, die man zum Schutz gegen die Sarazenen errichtet hatte, besuchten die Kapelle von Sant'Ampelio und sahen über die Klippen des Kaps hinunter aufs Meer und bis zum tiefblauen Horizont.

Der Kern des Fischerortes war in seinem ursprünglichen Charakter unberührt, weiter westlich jedoch hatten Engländer deutliche Spuren hinterlassen. Oliver zeigte mir die Häuser britischer Ärzte und Anwälte, den Konzertsaal mit dem Namen Victoria Hall, den Bridge Club und die Tennisplätze. Sogar eine englische Bibliothek hatte man eingerichtet, die Biblioteca Bicknell, die sich vor allem an Regentagen großer Beliebtheit erfreute. Darüber hinaus hatten auch andere Nationen dem Ort ihren Stempel aufgedrückt. Es gab es ein deutsches Café mit Konditorei, in dem sich viele Künstler trafen, eine französische Buchhandlung und einen amerikanischen Zahnarzt.

Am Abend, wenn die bunte Gesellschaft herausgeputzt und nach Parfüm duftend aus ihren Hotelzimmern strömte, um sich über den im Lichtschein der Straßenlampen erhellten Ort zu verteilen, ließen wir uns einfach treiben, aßen Langusten in einem belebten Restaurant am neu erbauten Hafen und lauschten auf den Stufen vor dem Teatro Ruffini sitzend einer italienischen Oper.

Einmal, als wir uns nach einem langen Spaziergang auf einer Bank an der Promenade ausruhten und dem Geräusch sich brechender Wellen lauschten, glaubte ich, vor Seligkeit schier platzen zu müssen. Vor uns lag das in der Sonne silbrig funkelnde Meer, auf dem einige Fischerboote trieben. Oliver, der eng neben mir saß, beobachtete einen Seeadler, der über dem stahlblauen Himmel seine Kreise zog.

In diesem Moment des vollkommenen Glücks dachte ich an England und an meine Eltern, die in dieser lichtarmen Zeit allabendlich den Kamin entzündeten, um der feuchten Kälte zu entfliehen, die durch Fensterritzen und Mauerwerk drang, während ich – nur mit einem Sommermantel bekleidet – das Gesicht der Sonne entgegenreckte und mich an ihr wärmte.

Das viel zu große Haus mit den unzähligen Zimmern erschien mir schon immer zu düster. Was daran liegt, dass es von hohen Bäumen umringt ist, die es wie ein dichter Schutzwall umgeben. Meine Mutter, in deren Stammbaum sich auch ein deutscher Graf befindet, nannte es ihre Burg. Für mich hingegen hatte diese Enge immer etwas Bedrohliches, sodass ich als Kind jede Gelegenheit nutzte, ins Freie zu kommen, auch wenn man mir unbeaufsichtigte Ausflüge verbot.

»Du siehst bald aus wie eine dieser italienischen Marktfrauen«, neckte Oliver mich, während er mir das Sonnenschirmchen öffnete, das ich achtlos neben mich gelegt hatte. »Deine Wangen sind bereits gerötet.«

»Und wenn schon«, flüsterte ich lächelnd. »Die wenigsten Gäste scheinen sich um die edle Blässe zu scheren. Sie bewegen sich alle so frei, als hätten sie die puritanische Strenge der Heimat vollkommen abgeschüttelt. Selbst die vorösterliche Fastenzeit scheint bei den wenigsten ein Thema.«

Oliver sah mich erstaunt an. Dann schloss er das Schirmchen und legte es mit einem verschmitzten Lächeln wieder zurück auf die Bank. Nichts schien ihm mehr Vergnügen zu bereiten, als mich glücklich zu sehen. In jenem Moment dachte ich, dass das Schicksal es gut mit mir meinte. Und dass es bestimmt niemanden in ganz Italien gab, dem es besser erging als mir. Wie hätte ich auch ahnen sollen, dass dies der letzte unbeschwerte Tag gewesen war.

Am Morgen des dritten Tages drängte es Oliver nach einem Ausflug in die Berge, und so bestellte er eine Kutsche, die uns in ein Dorf namens Vallebona bringen sollte, das oberhalb von Bordighera lag.

»Dort gibt es ein Restaurant mit einer urtümlich italienischen Küche«, meinte er. »Alles schmeckt viel intensiver als die gewohnte Kost, aber es wird dir sicher gefallen, du wirst sehen.«

Der Weg führte über eine saftige Ebene, durch Oliven- und Mimosenhänge, wurde in der Höhe schmaler und presste sich schließlich so eng an Felswände, dass ich erschrocken den Atem anhielt und die Augen schloss, um nicht in die Tiefe sehen zu müssen. Nur ein unbedachter Schritt, ein rutschender Stein …

Oliver legte beruhigend den Arm um mich und rief dem Kutscher zu, das Tempo zu drosseln. Trotzdem drückte ich mich an ihn, spürte dem beständigen Rumpeln und Schlingern auf der unebenen Spur nach und stieß ein stilles Gebet aus. Von irgendwoher drang ein durchdringender Schrei, doch als ich die Augen aufriss, sah ich nur zwei Möwen, die in der Höhe einen Tanz aufführten.

Endlich erreichten wir Vallebona, einen zauberhaften Ort

mit mittelalterlichen Steinbauten, die sich auf engstem Raum aneinanderdrängten. Oliver wies den Fahrer an, vor dem Stadttor zu halten und in zwei Stunden wieder zur Stelle zu sein. Dann stiegen wir die steile Straße hinauf, bis wir das verwunschene Dorf betraten. Zwischen den Pflastersteinen wuchs Gras, die Wege waren leer, und es war so still, dass ich erschrak, als die Glocken der alten Pfarrkirche zwölf Uhr schlugen.

»Das ist das Dall'Aprosio«, sagte Oliver und blieb vor einem unscheinbar wirkenden Steinhaus mit fahlrotem Ziegeldach stehen. »Eines der bezauberndsten Restaurants dieser Gegend. Nirgendwo sonst bekommt man bessere Pasta.«

Er führte mich durch einen weinberankten Torbogen auf die Terrasse des kleinen Lokals, von der man zwischen mit Olivenbäumen überdeckten Hügeln hindurch bis zur Küste sehen konnte.

Welch wunderbare Sicht, die mich augenblicklich für die holprige Fahrt entschädigte!

Wir setzten uns nahe der Steinmauer in den Schatten einer Platane. Ein sanfter Wind trug Meeresluft hinauf; ich glaubte, das Salz auf den Lippen schmecken zu können. Das blaue Tischtuch flatterte im Luftstrom und wäre sicher davongeweht, hätte es nicht ein Krug gehalten, in dem ein Strauß aus Veilchen und Hyazinthen steckte.

»Wie wunderschön es hier ist«, meinte ich versonnen und sah mich um.

Die Terrasse des kleinen Restaurants war gut gefüllt mit Gästen. Neben uns saßen zwei Damen mit breitkrempigen Strohhüten, schwatzend und lachend. Freundlich lächelnde Kellner mit gepflegten Schnurrbärten eilten durch die Tür ins Freie und balancierten dampfende Köstlichkeiten.

Während ich die urtümliche Schönheit dieses Lokals in mich

aufnahm, studierte Oliver die Tagesgerichte, die mit Kreide auf einer Wandtafel geschrieben standen. Seine Brauen zogen sich zusammen, bis die steile Falte wieder sichtbar wurde, schließlich winkte er einen Kellner heran und ließ sich die Speisen aufzählen.

»Ich habe uns als Vorspeise Bianchetti bestellt und anschließend Linguine mit schwarzem Trüffel«, sagte er, nachdem wir wieder alleine waren. »Die italienischen Nudeln sind köstlich. Viel besser als die mit Ei, die sich die Hotels aus England kommen lassen. Und ich kenne niemanden, der sie besser zubereitet als Signore Aprosio.«

Ich sah ihn überrascht an. »Man lässt die Nudeln aus England kommen?«

»Nicht nur die. Brot, Fleisch, Gemüse – nahezu alles wird herbeigeschafft, damit der verwöhnte Gast sich auch wohlfühlt. Egal, um wie viel besser die hiesigen Speisen schmecken.«

Ich nickte. »Und was sind Bianchetti?«

»Das ist Fischbrut. Nun schau nicht so, das ist eine Delikatesse.«

»Ich glaube nicht, dass ich das mögen werde.«

Oliver hob die Brauen. »Dann gehörst du also auch zu denen, die nur das essen, was sie aus der Heimat kennen?«

»Nein«, erwiderte ich, erstaunt über seine plötzliche Strenge. »Es ist nur … Nun gut, ich werde es probieren.«

»Sieh an. Ich wusste doch, dass in deinem hübschen Körper ein kluges Mädchen steckt!« Damit strich er mir über das Kinn.

Während ich noch darüber nachdachte, ob ich ihn wegen seines arroganten Tonfalls zurechtweisen sollte, bemerkte ich einen Mann in dunklem Anzug und pomadeglänzendem braunen Haar, der sich zögernd näherte.

»Oliver?«

Mein Mann erhob sich ruckartig. »John Madroy. Was machst du hier? Ist deine Zeit nicht im Februar?«

»Ich habe beschlossen zu verlängern.« Madroy hielt inne und wies mit einer unmerklichen Geste auf mich. »Ist sie eine … Freundin?«

Oliver lachte, als hätte er einen guten Scherz gemacht. Dabei blieben seine Augen unbewegt. »John, darf ich dir meine Frau Eleonore vorstellen?«

Ich streckte Madroy die Hand entgegen, doch er reagierte nicht.

»Was ist mit Kate?«

»Sie ist im vergangenen Jahr verstorben«, sagte Oliver und setzte leise nach: »Ein Unfall.«

»Soso.« Madroy sah überrascht aus. »Und da ist dir nichts Besseres eingefallen, als gleich wieder zu heiraten?«

Ich zuckte zusammen. Nur wenige Worte hatten gereicht, um aus mir wieder das kleine Mädchen aus Wormingford zu machen. In diesem Moment hatte ich gehofft, dass Oliver ihn scharf zurechtweisen würde. Stattdessen überging er die Bemerkung.

»Möchtest du uns nicht Gesellschaft leisten?«

»Nein.« Der Mann hob abwehrend die Hände. »Mein Wagen wartet bereits vor dem Stadttor. Aber wir müssen reden. Dimitri wird ebenfalls anreisen.«

»Dimitri?« Nun sah es so aus, als würde Oliver tatsächlich die Fassung verlieren. »Findest du nicht, dass es ein wenig übertrieben ist?«

»Das sagst *du*. Ich meine, es war längst überfällig.« Damit grinste Madroy ihm zu und verschwand durch den berankten Torbogen nach draußen.

»Verdammt!«, fluchte Oliver und ließ sich zurück in den Stuhl sinken. Sein Gesicht war aschfahl.

Ich berührte seine Hand. »Wer war das?«

»Ein alter Geschäftsfreund.«

»So ein ungehobelter Kerl! Was meinte er mit ›längst überfällig‹?«

Oliver zog seine Hand weg, holte ein silbernes Etui aus seiner Jackentasche und schüttelte unwillig den Kopf. »Ich habe nicht vor, das mit dir zu besprechen.« Dann entnahm er eine Zigarette und zündete sie an.

Ich schürzte die Lippen. »Du hättest mir ruhig erzählen können, dass du hier Geschäfte machst. Dann käme ich mir jetzt nicht so fürchterlich dumm vor.«

»Ich habe gesagt, ich möchte nicht darüber sprechen!« Seine Stimme war nun tief und düster.

»Aber mit Kate hast du über solche Dinge geredet, oder?«

Es war das erste Mal seit Monaten, dass ich ihren Namen aussprach. Oliver blies den Rauch in kleinen Kringeln gegen das Blätterdach. »Ich bitte dich, rede nicht so. Kate …« Er brach ab und sah mich verärgert an. Dann atmete er tief ein. »Ich möchte nicht über Kate sprechen.«

»Du hast noch nie von ihr erzählt. Sie ist wie ein Geist, der immer wieder auftaucht. Bitte, Oliver, lass mich nicht im Unklaren. Ich bin doch deine Frau. Wie war Kate, und was ist damals geschehen?«

»Nell, du tust dir und uns keinen Gefallen damit!«

Er presste die Lippen aufeinander und starrte mich mit unverhohlener Missbilligung an.

»Aber …«

»Schluss jetzt! Ich verbiete es dir, das Thema noch einmal anzusprechen.«

Seine Worte schnitten kalt in mein Herz. Ich reckte den Kopf und schluckte die Tränen hinunter, doch es wollte mir nicht gelingen. Das Gefühl der Scham und der Demütigung trieben sie wieder hinauf, bis ich sie endlich mit der Spitze eines Taschentuches entfernte.

In diesem Augenblick kam das Essen. Vor meinen Augen begann Oliver, sich zu verwandeln. Ich beobachtete, wie er mit dem Kellner auf Italienisch scherzte und sich im Gespräch sichtlich entspannt zeigte.

Als ich mich weigerte, die großäugigen gallertartigen Winzlinge, die man uns mit aufgeschnittenen Zitronen vorsetzte, zu essen, sagte er keinen Ton. Stattdessen konzentrierte er sich auf seinen Teller, summte sogar, während er die Fischbrut in sich hineinschlürfte.

Es war, als hätte ich die Frage nach Kate und ihrem Tod niemals gestellt, und doch hatte sie etwas zwischen uns verändert. Ich war ihm zu nahe gekommen, eingedrungen in seine innere Welt, von der ich gehofft hatte, dass er sie irgendwann einmal mit mir teilen würde.

Auch die getrüffelten Nudeln aßen wir schweigend. Zum ersten Mal fragte ich mich, ob ich den Mann, den ich nach so kurzer Zeit geheiratet hatte, überhaupt kannte.

Er war ein ganz anderer gewesen, als ich ihn im September des vergangenen Jahres zum ersten Mal getroffen hatte. Zumindest erschien er mir damals beständiger, ausgeglichener.

Tante Rose, deren unbändige Reiselust die Familie immer wieder in Unruhe versetzte, hatte meine Eltern überreden können, dass ich sie nach London begleiten durfte. Ich weiß bis heute nicht, wie sie das geschafft hatte, und als ich sie fragte, zwinkerte sie mir nur verschwörerisch zu. Ich hatte mein Glück kaum fassen können, die Vorstellung, zehn Tage in einer

Großstadt zu verbringen, die vor Lebensfreude geradezu pulsierte, brach wie ein Donnerwetter in meinen streng bewachten Alltag. In dem Moment, als Rose und ich die Kutsche bestiegen, ahnte ich, dass diese Reise etwas für mich bereithielt, das mein Leben für immer verändern würde.

Gleich am ersten Abend lernte ich ihn kennen. Oliver besuchte dasselbe Stück im Adelphi Theatre wie wir – eine überdrehte, musikalisch untermalte Komödie, die in einem Zigeunerlager spielte. Und wie der Zufall es wollte, war seine Cousine Patty, die ihn begleitete, eine alte Bekannte von Rose. Die Begegnung der beiden Frauen sollte mit dem Besuch eines Restaurants in der Maiden Lane gefeiert werden, und so fanden wir uns an einem gemeinsamen Tisch wieder, an dem Oliver und ich uns befangen anlächelten, während sich Rose und Patty in angeregter Unterhaltung austauschten.

Vom ersten Moment an nahm mich seine imposante Erscheinung gefangen. Sein gepflegtes Äußeres, die schlanken Finger, die Ernsthaftigkeit in seinem Blick, von der ich erst später erkannte, dass es Schwermut war.

Wie sehr es mich überraschte, dass er mich fragte, was ich vom Leben erwarte, plötzlich und ohne Vorwarnung.

»Die Welt entdecken, und sei diese nur wenige Meilen entfernt. Hauptsache weit genug von Wormingford«, antwortete ich lachend und ohne zu zögern.

Damit war das Eis gebrochen. Immer mehr wollte er von mir wissen. Welche Musik ich bevorzuge und welche kulinarischen Vorlieben ich hege – bis hin zu meinen Ansichten über Politik und Weltgeschehen. Von dem ich, das muss ich zugeben, nur wenig Ahnung habe. Daher bemühte ich mich, meine Belesenheit hervorzuheben und erzählte ihm von den Büchern, die mir am Herzen lagen. Wie sehr ich mich freute, als er meine

Meinung teilte, dass H. G. Wells' wissenschaftlich angelegte Romane von Chimären und Marsmenschen etwas Verstörendes haben und man sie in der Hoffnung beendet, dass kein Fünkchen von ihnen jemals Realität werden würde.

Sein offenkundiges Interesse löste ein inneres Beben in mir aus. Die Art, wie er mit mir umging, hatte etwas Galantes, Weltmännisches, es war so anders als die linkischen Annäherungen der Nachbarsjungen. Und auch an den folgenden Tagen, als er Rose und mich ins British Museum begleitete und zur St Paul's Cathedral, hüllte er mich in eine mir ungewohnt zartfühlende Aufmerksamkeit.

Wie sehr ich sein Lächeln liebte, das sich in seine Gesichtszüge schlich, wenn er mich betrachtete. Es gab mir das Gefühl, etwas ganz Besonderes zu sein. Dass ausgerechnet ich es war, die diesem Mann das Herz zu wärmen vermochte, machte mich stolz. Bis zu dem Tag, als er vollkommen überraschend um meine Hand anhielt, war er zuvorkommend, freundlich, ein vollendeter Kavalier. Die eisige Unnahbarkeit, zu der er sich soeben fähig gezeigt hatte, war hingegen neu für mich.

Ein plötzlicher Windstoß ließ mich frösteln.

Verwundert starrte ich auf den leeren Teller und stellte fest, dass ich gegessen hatte, ohne dem Geschmack des Trüffels, den man über die Nudeln gehobelt hatte, Aufmerksamkeit zu schenken.

Die Vorstellung, dass diese Unnahbarkeit Teil seines Charakters war, erschreckte mich. Und erst jetzt fiel mir auf, dass er immer nur fragte, nie von sich erzählte.

In den Monaten seit unserem Kennenlernen hatte er nicht ein einziges Wort über Kate verloren. Doch auf einmal schien sie zwischen uns zu stehen wie ein gesichtsloser Fluch.

Unschlüssig strich ich mit der Fußspitze über den Kies und

schob ihn beiseite, bis harter Kalkboden zum Vorschein kam. Sollte ich etwa so tun, als würde all dies mir nichts ausmachen?

Am liebsten hätte ich Oliver erzählt, dass ich mich nur als Zaungast fühlte, ausgeschlossen aus einem nicht unerheblichen Teil seines Lebens, dessen Zutritt er mir verweigerte. Stattdessen presste ich nur die Lippen aufeinander.

Als ich aufsah, bemerkte ich, dass Oliver mich beobachtete. Sein Blick war wieder weich geworden, zärtlich lächelte er mich an.

»Es tut mir leid«, sagte er, während er meine Hand nahm und über die Fingerspitzen strich. »Ich weiß nicht, was in mich gefahren ist.«

»Schon gut«, antwortete ich, dankbar über den Stimmungswechsel. »Aber versprich mir, irgendwann von ihr zu erzählen, ja? Tust du das?«

Er zögerte, nickte dann. »Irgendwann, Liebes. Aber wann der Moment gekommen ist, entscheide ich.«

3

John Madroy begegneten wir noch vor dem Dinner wieder. Wir saßen im Kaminzimmer des Hotels und warteten auf den vorabendlichen Cocktail, als er mit raschen Schritten den Raum durchmaß. Er nickte uns kurz zu und setzte seinen Weg in Richtung Speisesaal fort, ohne innezuhalten. Oliver runzelte die Stirn, schwieg aber.

»Ist alles in Ordnung?«, fragte ich mit sanfter Stimme.

Oliver blickte auf. »Mein Engel, glaube nicht, dass du mich mit deinem besorgten Blick reinlegen kannst. Ich sehe es dir an, dass du vor Neugier platzt.« Er deutete ein Lächeln an. »Aber ich habe geschworen, mit niemandem darüber zu reden, auch nicht mit dir. Es belästigt mich schon genug, dass dieser Kerl ausgerechnet in meinen Flitterwochen auftaucht!«

»*Unseren* Flitterwochen.« Ich zog einen Schmollmund und startete einen letzten Versuch. »Bitte«, flehte ich. »Es würde mir helfen, dich noch besser zu verstehen.«

»Lass es gut sein, Nell!«, sagte er nachsichtig. Er rückte seinen Stuhl ein wenig näher an den meinen. Dann legte er einen Finger unter mein Kinn und hob es sanft an. »Du weißt, dass ich dich liebe«, sagte er leise. »Vergiss das bitte niemals, egal, was passiert. Hörst du? Das allein ist wichtig.«

Der Kellner kam und stellte ein Tablett mit zwei Kristallgläsern, einer Karaffe und einem Wasserkrug ab. Missmutig sah ich zu, wie er ein längliches, perforiertes Silberplättchen über die Gläser legte, ein Stück Zucker darauf platzierte und dieses schließlich mit dem Absinth aus der Karaffe übergoss. Erst als er den alkoholisierten Zucker entzündete und dieser langsam in das grüne Getränk tropfte, wich mein Groll einer erwartungsfrohen Stimmung. Oliver liebte mich, und nur das zählte. Alles andere – die Geheimnistuerei und seine zeitweilige Verschlossenheit – verschwand in grünklebriger Bedeutungslosigkeit.

Ich verdünnte die hochprozentige Mischung mit etwas eisgekühltem Wasser, lehnte mich im samtbezogenen Stuhl zurück und beobachtete die Gäste, die sich langsam im Kaminzimmer zur Cocktailstunde einfanden. Damen in eleganten Kleidern mit hochgeschlossenen Taillen und aufwendig gerüschten Ärmeln, die Haare zu Türmen aufgesteckt. Die Herren hatten ihr obligatorisches Tweedsakko gegen Frack oder Smoking getauscht, nur einer schien die Kleiderordnung nicht allzu ernst zu nehmen. Er mochte ein Künstler sein, der mit seiner Lässigkeit kokettieren durfte. Und dort drüben saß ja auch der griesgrämige ältere Herr mit der lederartigen Haut und dem gezwirbelten Schnurrbart und betrachtete das Geschehen mit distanziertem Stirnrunzeln, als fühle er sich fehl am Platz.

Kellner eilten umher und servierten die verheißungsvolle Flüssigkeit, die man nur noch *grüne Fee* nannte und die zu Ruhm gelangt war, weil sie bereits Oscar Wilde inspiriert und van Gogh das Ohr gekostet hatte, während leises Klappern aus den beiden angrenzenden Restaurants, von denen das elegantere nur den Hotelgästen vorbehalten war, die Vorbereitung des Abendessens verkündete.

Die wenigen Sitzgelegenheiten des Kaminzimmers waren rasch belegt, und bald erfüllte angeregtes Gemurmel den Raum, das sich in meinen Ohren mit der langsam einsetzenden Wirkung des Alkohols zu einem angenehmen Rauschen verband.

Plötzlich fiel mein Blick auf ein Ölbild, das über dem Kamin angebracht war, und ich erstarrte. Es zeigte eine Frau in einem schlichten, hochgeschlossenen Kleid, mit braunem, von weißen Strähnen durchzogenem Haar. Die Augen blickten am Betrachter vorbei in die Ferne. Und dennoch hatte sie etwas an sich, das mich bewegte, als sähe ihre Seele mir direkt ins Herz.

»Oliver«, flüsterte ich. »Wer ist das?«

Seine Augen folgten meinem Kopfnicken. »Das ist Lucrezia.«

»Lucrezia?«

»Ja.« Mehr sagte er nicht.

»Sie sieht mir ähnlich, nicht wahr? Oliver, schau doch mal hin! So könnte ich in dreißig Jahren aussehen. Meinst du, diese Frau im Vestibül hat mich ihretwegen so angestarrt?«

Er betrachtete das Bild, sah dann wieder zu mir. »Diese Frau hat übertrieben, sicher hat sie die Legende zu ernst genommen. Du musst wissen, dass die Menschen hier sehr abergläubisch sind. Sie beten Heiligenbilder an, fühlen sich ohne Amulett dem Unheil schutzlos ausgeliefert und kennen mehrere Dutzend Zaubersprüche, um den bösen Blick abzuwenden. In alles wird eine Bedeutung hineingelegt, selbst in den Handel mit den Palmen. Die Plantagenarbeiter binden die inneren Blätter nur am Tag des Vollmondes, in der Hoffnung, dass dies für Glück und Wohlstand sorgt.«

»Und wovon handelt diese Legende?«

Der Kellner servierte einen weiteren Cocktail, und Oliver wartete, bis er sich wieder entfernt hatte. Dann trank er einen Schluck und beugte sich vor. »Lucrezia ist eine ehemalige Bewohnerin dieses Grundstücks. Der Eigentümer des Grandhotels, Adolf Angst, hat das Porträt ihr zu Ehren aufgehängt.« Er senkte seine Stimme. »Man sagt, sie komme hierher, um nach dem Rechten zu sehen. Sie soll dieses Stück Erde so sehr geliebt haben, dass ihre Seele es auch nach dem Tod nicht loslassen will.«

Ein eiskalter Schauder lief über meinen Rücken. Entsetzt hielt ich mir die Hand vor den Mund. »Es spukt im Hotel?«

»Keine Sorge«, kommentierte Oliver mit belustigtem Unterton. »Das ist nur dummes Geschwätz. Du wirst sehen, in diesem Hotel gibt es so einiges, was man sich erzählt. Alles nur, um den Aufenthalt zu etwas Besonderem zu machen.«

»Du willst doch nicht sagen, dass die Gäste auch wegen dieser Geschichten anreisen?«

»Ich bin sogar sicher, dass es man es bewusst in Kauf nimmt. Die Legende wird zelebriert, obwohl niemand weiß, ob sie wahr ist. Warum glaubst du, hat man dem Hotel den Namen des Besitzers gegeben und ihn in großen Buchstaben weithin sichtbar angebracht, statt den guten Ausblick anzupreisen, wie es das Belvedere oder das Bellavista getan haben? Weshalb sollte man einem derartig hochpreisigen Hotel den Namen *Angst* verpassen, wenn nicht als Hommage an all die Schauergeschichten, die jeder gerne unter der Bettdecke liest? Warte nur ab, bis die ersten Stufen knarren, das Licht flackert oder gespenstische Gesänge erklingen!«

Ich sah ihn mit großen Augen an. »Ich ahne es! Die gelangweilte englische Oberschicht erhält ihr hoteleigenes Theaterstück.«

Neugierig betrachtete ich Lucrezias Gesicht. Es wirkte verbittert und streng, gleichzeitig aber auch verletzlich und auf unerklärliche Weise schön.

»Diese Ähnlichkeit ist eigenartig. Die Frau im Vestibül hatte also recht …«

»Das Bild ist nicht besonders gut getroffen. Lass dich davon nicht verrückt machen.«

»Woher weißt du das? Kanntest du sie denn persönlich?«

»Unsinn. So, und nun Schluss damit.«

Hätte Oliver mir damals nicht so abweisend geantwortet, hätte er belanglose Details über Lucrezia erzählt, mich zum Lachen gebracht – vielleicht hätte ich mich damit zufriedengegeben. Nun aber beugte auch ich mich in meinem Stuhl vor, bis mein Gesicht ganz nah an seinem war. »Was ist mit ihr passiert?«

»Man hat sie ermordet!« Eine laute Stimme ließ mich herumfahren. John Madroy stand vor uns, die Hände vor der Brust verschränkt. »Sie wollte nicht fortgehen, da hat man sie kurzerhand in Flammen aufgehen lassen!«

»Es heißt, es sei ihr eigenes Werk gewesen«, widersprach Oliver. »Eine Verzweiflungstat oder eine Art von Protest. Also untersteh dich, von einem Mord zu sprechen.«

»Das glaubst du doch selber nicht!« Madroys Blick verdunkelte sich. »Nein, Oliver, du weißt genauso gut wie ich, dass es damals nicht mit rechten Dingen zuging. Es hat nicht einmal eine Woche gedauert, da wurde ihre Hütte bis auf den letzten Stein niedergerissen. Und nun hängt ihr Spiegel – das Einzige, was davon übrig blieb – im Vestibül, als sei es ein letzter Triumph! Ich an ihrer Stelle würde mich auch rächen wollen.«

»Du wirst doch diese Ammenmärchen nicht glauben wollen? Der Spuk ist geplant. Eine Attraktion für die Hotelgäste!«

»Und warum amüsiert sich Adolf Angst nicht über die gelungene Vorstellung?« Madroy lachte und entblößte dabei eine Reihe tadelloser Zähne. Oliver hob zu einer Entgegnung an, doch in diesem Augenblick erklangen vom Speisesaal die ersten Töne des Orchesters, das zum Abendessen aufspielte. Die Gäste setzten sich in Bewegung, und das gleichförmige Stimmengemurmel schwoll an.

Madroy hatte mich während der gesamten Unterhaltung ignoriert, nun betrachtete er mich mit einer Mischung aus Geringschätzung und Mitleid. »Passen Sie gut auf sich auf, Madam. Sie sollten sich Ihren Ehemann genauer ansehen, bevor Sie ihm Vertrauen schenken.« Damit wandte er sich zum Gehen.

Jetzt sprang Oliver auf. »Das geht nun wirklich zu weit!« Er hob die Faust, doch Madroy bahnte sich bereits seinen Weg durch die Menschen in Richtung Ausgang. Kopfschüttelnd sah er ihm nach.

Auch ich stand auf und starrte Oliver an. Ich hätte entsetzt sein sollen über die Unverfrorenheit. Meinen Mann verteidigen müssen, zumindest in Gedanken. Doch Madroys letzter Satz bohrte sich in meinen Verstand, ohne dass ich mich dagegen wehren konnte.

»Was hat er damit gemeint?«

»Ich verstehe, wenn du eine Erklärung suchst, und ich werde sie dir geben«, sagte er mühsam beherrscht. »John und ich waren Geschäftspartner und sind es auf unglücklich verstrickte Weise noch immer. Er gibt mir die Schuld an etwas, das sich meiner Kontrolle entzieht.« Er verzog den Mund zu einem eisigen Lächeln, als würde er das Thema damit zum Abschluss bringen wollen, und legte seinen Arm um mich. »Aber du musst dir keine Gedanken machen. Es wird sich alles aufklären.«

Ich dachte an unser Zusammentreffen im Dall'Aprosio. »Ist dieser Dimitri, von dem John Madroy heute Mittag sprach, auch ein Geschäftspartner?«

»Ja. Wir waren zu viert.«

»Wer ist der vierte Mann? Was waren das eigentlich für Geschäfte? Und was hat das Ganze mit dieser Frau zu tun?«

Doch er kniff seine Lippen aufeinander.

»Oliver, du bist mir eine Erklärung schuldig!«

»Nein, das bin ich nicht, mein Engel«, zischte er. »Wir sind hier nicht in Wormingford, wo sich alles nur um deine Wünsche dreht. Das hier, Eleonore, ist die wirkliche Welt.«

Ich zuckte zurück, als hätte er mich geohrfeigt.

Noch während wir den anderen in den Speisesaal folgten, versuchte ich mühsam, meinen Ärger zu bezwingen. Grollend nahm ich zur Kenntnis, dass Oliver mir formvollendet den Stuhl zurechtrückte, als habe er mich nicht soeben zurechtgewiesen wie ein dummes kleines Mädchen. Sein aufgesetztes Lächeln erwiderte ich mit eisiger Miene.

Wenn er glaubte, das Thema sei damit für mich erledigt, dann hatte er sich geirrt. Er mochte denken, ich sei jung und unerfahren, vielleicht sogar ein wenig naiv. Aber sosehr ich Oliver auch liebte, so wenig wollte ich es durchgehen lassen, dass er mich derart kalt auflaufen ließ.

An jenem Abend, während das Personal nacheinander Gemüsesuppe, Beef à la mode und einen Mandelpudding auftrug, beschloss ich, alles über die Legende von Lucrezia und ihren rätselhaften Tod in Erfahrung zu bringen. Auch ohne Olivers Wissen.

4

Die Gelegenheit, Nachforschungen anzustellen, ergab sich bereits am nächsten Morgen. Oliver wollte sich nach dem Frühstück mit einer Zigarre ins Herrenzimmer zurückziehen und ermunterte mich, währenddessen den Hotelpark zu erkunden.

»Wir treffen uns in einer halben Stunde an der Bank neben der Weggabelung«, sagte er, nachdem er seinen Kaffee ausgetrunken hatte, und warf einen Blick aus dem Fenster. »Das Wetter ist herrlich, wir sollten heute einen Bootsausflug machen.«

Nur wenige Tage zuvor hätte ich es bedauert, für Minuten von ihm getrennt zu sein. Nun aber nickte ich und freute mich über die unverhoffte Möglichkeit, mich ein wenig umzuhören.

Ich begleitete Oliver zum Herrenzimmer, wartete, bis er im dunkel getäfelten Raum verschwunden war, dessen Tabaksqualm beharrlich gegen das Tageslicht antrotzte. Dann eilte ich ins Foyer und suchte nach dem Portier. Er würde mir gewiss ein wenig über die Geschichte des Hotels erzählen können.

Das Vestibül war leer. Ich setzte mich auf einen der in Grüppchen stehenden Stühle und sah mich um. Der gesamte Eingangsbereich war in strahlend weißem Marmor gehalten: die von schwarzen Rauten unterbrochenen Bodenfliesen, die das Entree tragenden Säulen, deren Enden in stuckverzierte Bögen übergingen. Selbst die breite Treppe, die dem Eingang gegenüber in die oberen Stockwerke führte, glänzte hell in der durch das Oberlicht fallenden Sonne.

Fröstelnd schlang ich die Arme um meinen Körper. Das Entree sollte großzügig wirken und luxuriös, doch weder die vielen Blumentöpfe noch die in große Kübel gepflanzten Palmen konnten darüber hinwegtäuschen, dass diesem Raum eines fehlte: Wärme.

Ein großer antiker Spiegel zog meine Aufmerksamkeit auf sich. War das etwa der Spiegel, von dem John Madroy gestern Abend erzählt hatte?

Er hing ein wenig abseits, war Teil einer Bilderreihe, die stuckumrahmte Nischen füllte. Er wäre mir nicht aufgefallen, hätte nicht eine der Messingstangen, die den Läufer hielt, das Sonnenlicht reflektiert und zu einem kleinen funkelnden Punkt gebündelt, der sich nun im Glas des Spiegels verfing.

Neugierig stand ich auf und ging näher, betrachtete den mit goldenen Blattornamenten üppig verzierten Rahmen. Als ich mein Gesicht in der beinahe blinden Fläche besah, spürte ich eine Unruhe, die ich mir nicht erklären konnte. Etwas Eigenartiges ging von diesem Spiegel aus. Verwirrend, seltsam machtvoll. Als berge sein Inneres eine furchtbare Geschichte, die nur darauf wartete, erzählt zu werden. Doch bevor ich diesem Gefühl nachgehen konnte, sah ich hinter mir einen Mann mit schütterem Haar auftauchen, der die Uniform des Hotels trug. Ich drehte mich um und sah in das Gesicht von Herrn Kaltenbach, dem Concierge des Hotels, der – laut Oliver – ebenso wie Adolf Angst aus der Schweiz stammte und neben dem Deutschen drei Sprachen beherrschte: Italienisch, Englisch und Französisch.

»Kann ich Ihnen helfen, Madam?«, fragte er höflich und deutete eine Verbeugung an.

»Ich suche den Portier.«

»Es tut mir leid, Signore Bartelli befindet sich gerade am Kutschenbahnhof. Kann *ich* Ihnen weiterhelfen?«

»Vielleicht …« Ich zögerte, wusste nicht, wie ich beginnen sollte. »Ich würde gerne ein wenig mehr über die Geschichte des Hotels erfahren.«

»Sehr gerne.« Herr Kaltenbach lächelte und setzte eine gewichtige Miene auf, spulte dann eine Erläuterung herunter, die wie auswendig gelernt klang. »Signore Adolf Angst besaß zunächst ein kleines Hotel direkt am Bahnhof. Beim großen Erdbeben vor zwölf Jahren wurde es vollständig zerstört. Da zu dieser Zeit die Riviera rasch an Beliebtheit gewann, plante er den Bau eines Hotels, das den höchsten Ansprüchen genügen sollte.« Der Concierge machte mit den Händen eine weite Bewegung, als wollte er mir die gesamte Pracht präsentieren. »Es ist ihm gelungen. Unter unseren Gästen befinden sich alle wichtigen Namen aus Politik, Wirtschaft, Kultur und Gesellschaft. Bankiers und Literaten, die Tiffanys aus New York, die Fürsten von Hohenzollern, Angehörige der Zarenfamilie ebenso wie die Witwe des preußischen Kaisers, die es sich zur Gewohnheit gemacht hat, hier einige Wochen im Jahr zu verbringen. Sie alle wollen nur ins Hotel Angst.«

Er sah mich erwartungsvoll an, und ich zeigte mich beeindruckt, bevor ich meine nächste Frage mit betontem Gleichmut präsentierte.

»Wie ich hörte, stand auf dem Grundstück zuvor die Hütte einer älteren Dame?«

»Das wird zuweilen erzählt.«

Die Antwort kam schmallippig, davon unbeirrt setzte ich nach: »Oh, dann kennen Sie sicher die Legende von Lucrezia?«

»Selbstverständlich. Eine Schilderung, die von Jahr zu Jahr abenteuerlicher wird, wenn Sie verstehen, was ich meine.«

Sein Blick war jetzt verschlossen. Es widersprach Olivers Erklärung vom hoteleigenen Theaterstück, aber vielleicht war der Concierge auch zu distinguiert, um sich dem anschließen zu wollen. Ich nickte, verbarg meine Enttäuschung hinter einem höflichen Lächeln und wollte mich gerade abwenden, als mir ein Gedanke kam.

»Kennen Sie eine Frau namens Maria? Sie ist ein wenig älter, klein und von rundlicher Statur. Sie trug einen Korb mit Tomaten und verschwand in dieser Richtung.« Ich zeigte zum Korridor, der links der Treppe zum nördlichen Seitenflügel führte.

»Maria ...« Herr Kaltenbach legte den Kopf schräg. »Eine unserer Küchenhilfen heißt so. Ich hoffe, sie hat nichts angestellt!«

»Nein, nein. Ich habe lediglich eine Frage an sie. Nur ...« Ich überlegte fieberhaft, wie ich mein Interesse an einer Küchenhilfe erklären könnte. »Sie versprach mir zu erzählen, wo die besten Tomaten wachsen«, setzte ich schließlich mit entwaffnendem Lächeln nach.

»Ach so.« Es war eine absurde Begründung, doch der Concierge wirkte erleichtert. »Soll ich sie rufen lassen?«

»Wenn es keine Umstände macht, gehe ich selbst hin.«

»Aber Mrs. Dickinson ...« Er machte ein Gesicht, als schwanke er zwischen dem Bemühen, dem Gast jeden Wunsch zu erfüllen, und einer Anweisung, die er nicht zu übertreten wagte. »Das ist nicht üblich.«

»Bitte. Sagen Sie mir einfach, in welcher Richtung die Küche liegt. Ich werde sie gewiss alleine finden.«

»Nun, wenn Sie darauf bestehen ...«, erwiderte er zögernd und beschrieb den Weg. »Wenn Sie erlauben, begleite ich Sie.«

Er wurde jedoch von einer Dame abgehalten, die laut zeternd das Vestibül betrat und auf der Stelle ein anderes Zimmer verlangte, neben dem kein Adelszögling wohnte, der nachts seine Partys feierte und dazu ganze Orchester lud.

Noch während sich der Concierge ihrem Redeschwall stellte, nutzte ich die Gelegenheit und stahl mich davon.

Die Küche befand sich im Souterrain unterhalb des Speisesaals. Eine Servicetreppe führte in einen beleuchteten Trakt, in dem Speisekammer, Wein- und Vorratskeller, Spülraum und Hauptküche lagen. Der Concierge hatte mir erklärt, dass ich zunächst am Anrichtezimmer anfragen möge, ob man Maria aus der Küche holen könne; es befände sich gleich rechts der Treppe. Man sei sicher schon mit der Zubereitung des Mittagsmahls beschäftigt, es wäre nicht ungefährlich, sich zwischen hantierenden Köchen und in Betrieb befindlichen Feuerstätten zu bewegen.

Auf mein Klopfen hin reagierte niemand, also öffnete ich die Tür, und als ich den Raum leer fand, trat ich ein und wartete einen Augenblick. Hier also richteten die Kellner während der Mahlzeiten die Speisen an. Große Tische mit Servierhauben und Schüsseln, an der Wand Regale mit dem hoteleigenen Geschirr. Die Ornamente auf den Tellern, so hatte Oliver mir erklärt, seien aus reinem Blattgold.

Der Gedanke an meinen Mann versetzte mich in Unruhe. Ein rascher Blick auf die Uhr oberhalb der Regale trieb mich zur Eile, und ich durchquerte den Raum, folgte dem Lärm, der aus der angrenzenden Küche drang.

Die Tür war nur angelehnt. Ich blieb stehen, sog den herrlichen Geruch von gebratenem Fleisch und fremdartigen Kräutern ein und betrachtete das hektische Treiben. Köche und Küchenhilfen in weißen Jacken und Schürzen eilten geschäftig umher. Einer schob Brot in den riesigen Steinofen, andere kneteten Teig, putzten Gemüse, nahmen Fische aus oder rührten in kupfernen Töpfen, aus denen es mächtig dampfte.

Niemand schien mich zu bemerken, und so ließ ich den Blick weiter schweifen.

Die Küche war von beeindruckender Geräumigkeit und Modernität. In der Mitte stand eine breite gusseiserne Kochinsel mit mehreren Feuerstellen. Es gab einen Räucherofen, Borde mit unzähligen Töpfen und Pfannen in mehreren Größen, sogar einen Wasseranschluss und elektrisches Licht.

Ich staunte. Der Aufwand, ein derart exklusives Hotel zu bewirtschaften, war gigantisch!

Und dann sah ich sie. Maria saß weiter hinten, jenseits der Kochinsel, auf einer langen Holzbank. Sie hatte sich an die Wand gelehnt, die Augen fast geschlossen. Auf ihrem Schoß stand eine Schüssel Kartoffeln, der Boden vor ihr war mit Schalen bedeckt. Mit immer langsamer werdenden Bewegungen führte sie das Schälmesser über die sandigen Knollen. Im Näherkommen bemerkte ich, dass ihr Kopf langsam auf die Brust sank.

»Maria?«

Sie sah auf und erschrak. Dann murmelte sie etwas auf Italienisch, verzog dabei ihr Gesicht in tiefe, sorgenvolle Falten. Leise und mit angstvoller Miene fragte sie mich etwas und stellte die Schüssel mit den gelb glänzenden Kartoffeln neben sich ab, ohne den Blick von mir zu wenden.

»Ich verstehe leider kaum Italienisch.« Ich setzte mich zu ihr auf die Bank. Bei unserer ersten Begegnung hatte sie wenige Worte auf Englisch gesprochen. In der Hoffnung, sie würde mich verstehen, fuhr ich langsam und mit deutlicher Betonung fort. »Erinnerst du dich an mich? Wir sind vor ein paar Tagen in der Eingangshalle zusammengestoßen.«

In Marias Gesicht spiegelte sich Unglauben, dann schüttelte sie stumm den Kopf. Dabei löste sich eine graue Strähne aus ihrem sorgsam unter dem Häubchen verborgenen Haar.

Während ich nach Worten suchte, wischte sie die Hände an der Schürze ab. Langsam und bedächtig. Ihre Lippen zitterten.

»Dio mio«, wisperte sie plötzlich und hob die Finger schützend vors Gesicht. »Verschone mich. Bitte.«

Es war, als sehe sie jemand anderen. Ihr Blick war starr und glasig. Vorsichtig nahm ich ihre Hände herunter, betrachtete ihr blasses Gesicht, die Angst in ihren Augen.

»Bitte sag, warum du dich vor mir fürchtest.«

Langsam schüttelte sie den Kopf. »Willst du mich auf die Probe stellen?«, entfuhr es ihr in akzentbehaftetem Englisch.

»Nein.« Erst jetzt begriff ich, dass sie annehmen musste, Lucrezia selbst säße vor ihr, und ich beeilte mich, sie vom Gegenteil zu überzeugen. »Maria, glaube mir. Ich bin Engländerin und habe zum ersten Mal in meinem Leben italienischen Boden betreten. Als du mich angestarrt und behauptet hast, ich sähe jemandem ähnlich, empfand ich es nur als eine amüsante Verwechslung. Gestern aber, als ich das Porträt über dem Kamin sah, wusste ich, was du damit meintest.« Ich atmete tief ein und ließ ihre Hände los. »Die Ähnlichkeit ist verblüffend. Es hat mich neugierig gemacht, ich möchte mehr über sie erfahren.«

Maria sah mich misstrauisch an, dann schien sie zu begreifen. Auf ihren Wangen erschien ein zartes Rosa. »Sie wollen, dass ich erzähle von Lucrezia?«, vergewisserte sie sich.

»Ja, das möchte ich. Bislang weiß ich nur, dass sie auf dem Grundstück lebte, auf dem das Grandhotel heute steht.«

»Man hat sie getötet!« Marias Blick wurde düster. »Ich kannte Lucrezia gut. War eigenwillige Frau. Sie liebte diesen Ort. Sie wollte ihn nicht freigeben.«

»Und dann war sie tot …«

»Si, cosi è! Ihr ganzer Körper stand in Flammen, als sie auf die Straße stürzte und zusammenbrach. Ich habe sie liegen sehen. Die Haut klebrig schwarz, Arme und Beine angewinkelt, als ob sie den Teufel von sich stoßen wollte …«

Ein Schwall italienischer Klagelaute folgte, Maria schüttelte sich, als könne sie damit auch die schrecklichen Bilder vertreiben. Das Grauen in ihrer Schilderung, in ihrem Blick, traf mich ins Mark. Am liebsten wäre ich aufgesprungen und davongerannt, stattdessen verharrte ich auf der Bank, zerrissen zwischen Entsetzen und Neugier, und wartete, bis Maria sich wieder gefasst hatte, bevor ich die nächste Frage stellte.

»Hat man denn nicht versucht, den Mörder zu finden?«

Sie schüttelte seufzend den Kopf. »Man hat behauptet, sie habe sich selbst verbrannt. Io non ci credo!« Ihr Blick glitt in die Ferne. »Und nun nimmt ihre Seele Rache.«

»Das ist nur eine Legende …«

Maria schüttelte heftig den Kopf. »Es ist mehr als das. Etwas hat sie aus dem Totenschlaf geweckt, seitdem spukt es. Sie sucht nach ihrem Mörder. Nacht für Nacht. Sie schleicht durch Gänge, öffnet Türen und Fenster.« Ihre Stimme klang rau, wurde zum Flüstern. »Ho sentita piangere«, wisperte sie. »Ich habe sie weinen gehört.« Sie starrte mich an. »Ihre Seele kann in Körper junger Frauen schlüpfen. Zwei Mädchen haben gekündigt, aus Angst, dass Lucrezia sie besetzt!« Plötzlich hob Maria die Hand und strich mit zitternden Fingern über mein Haar. »Passen Sie gut auf sich auf, Signora! Sie müssen sich hüten vor Stimmen aus dem Nichts oder dem Gefühl, unter fremder Kontrolle zu sein. Und auf keinen Fall in den Spiegel sehen, der hängt im Vestibül, capisce? Er ist das Einzige, was vom Abriss verschont wurde. Man sagt, das sei Ort, in dem sich Lucrezias Seele am Tag versteckt hält.«

Ich zuckte zurück. Das war mehr, als ich wissen wollte. Eine tiefe Unruhe überkam mich. Der Geruch nach Bratfett und gedünstetem Gemüse nahm mir plötzlich den Atem. Ich sehnte mich nach frischer Luft, musste fort von hier.

Hastig erhob ich mich. »Ich danke Ihnen. Auch wenn es mir schwerfällt, Ihren Schilderungen zu glauben. Sie mag ermordet worden sein. Alles andere ist nur eine dumme Geschichte!«

Maria griff mich am Arm. »Das Gebäude lebt, mia cara, ich kann es spüren. In manchen Nächten, ich kann es atmen hören.«

Mit einem Ruck riss ich den Arm aus der Umklammerung ihrer Finger. »Das ist doch Unsinn!«, stieß ich hervor.

Ich sagte es wie zu mir selbst, denn noch während ich aus der Küche eilte, wusste ich, dass sich das Grauen bereits in meine Gedanken gefressen hatte und nicht eher loslassen würde, bis ich aus diesem Hotel gelangt war. Also lief ich weiter und weiter, den langen Korridor entlang, zum Vestibül hinaus, die Treppe hinunter auf die Auffahrt. Nur kurz hielt ich inne, um nach Luft zu schnappen, dann folgte ich einem der schmalen Wege, die an prächtigen Rabatten entlangführten. Endlich, auf einer Parkbank, fand ich Oliver. Eine Zigarette rauchend, die Augen unruhig umherwandernd, bis er mich sah und beinahe erleichtert wirkte.

»Ich bin so froh, dich zu sehen«, seufzte ich und ließ mich neben ihm nieder.

»So? Dasselbe wollte *ich* gerade sagen. Wo warst du so lange? Was hast du die ganze Zeit getan?« Er sah mich an, als suche er in meinem Gesicht eine Erklärung. »Du siehst ein wenig erhitzt aus. Bist du gerannt?«

»Ich habe mich in den vielen Gängen verlaufen«, log ich. »Dabei habe ich mir nur das Hotel ein wenig genauer ansehen wollen.« Wie fadenscheinig es klang, wie erbärmlich weit hergeholt. Mir fiel auf, wie gehemmt mich seine Gegenwart manchmal machte.

»Das nächste Mal begleite ich dich dabei. Ich kenne mich gut in dem Gebäude aus.«

Ich nickte nur, froh, dass er nicht weiterfragte. »Das Hotel ist mir irgendwie unheimlich«, setzte ich nach.

»Das meinst du nicht ernst, oder?«

»Ich mag die Schauergeschichten nicht, die in den Mauern hängen. Und dieser ganze Prunk wirkt kalt und ohne jede Atmosphäre.«

»Auf einmal?« Oliver lehnte sich zurück und sah mich staunend an. »Du vermisst wohl die verstaubte Gemütlichkeit der englischen Cottages.«

»Unsinn!« Ich schluckte die Panik herunter, so gut es ging, und gab es auf, mich ihm zu erklären. Stattdessen entschied ich mich, das Thema zu wechseln. »Und wie ist es dir ergangen?«

Es war nur eine dahingeworfene Frage, der Versuch, das Gefühl dunkler Vorahnung abzuschütteln. Doch Oliver war sichtlich irritiert.

»Wie meinst du das?«

»Du warst doch im Herrenzimmer. Hattest du nette Gespräche?«

»Ja«, sagte er schmallippig, dann warf er seine Zigarette zu Boden und stand auf. »Wollen wir? Die Kutsche steht schon für uns bereit.«

Ich folgte ihm nach, erleichtert, von hier fortzukommen. Während ich in den Zweispänner stieg, der vor der Freitreppe wartete, zwang ich meine Gedanken auf den bevorstehenden Ausflug. Und als wir den Hafen erreichten und Oliver mir mit einer galanten Handbewegung aus der Kutsche half, war die Erinnerung an das Grauen, das mich gerade noch fest umklammert hatte, bereits deutlich verblasst.

5

Den Tag verbrachten wir auf einem Segelboot, mit dem wir in östliche Richtung fuhren. Mit jeder Seemeile, die das Schiff zurücklegte, gewann ich wieder an Mut und Zuversicht. Erlöst hielt ich mein Gesicht in den Fahrtwind, genoss das verwegene Gefühl, als sich einzelne Haarsträhnen aus dem sorgfältig festgesteckten Knoten lösten und im Luftstrom zu flattern begannen.

Das Meer, glatt wie ein Spiegel, schillerte in hellem Türkis, das sich entlang der Bucht von Ospedaletti in ein tiefes Blau wandelte. Ich saß nahe des Steuerruders, hatte mich eng an Oliver geschmiegt und erfreute mich am Blick, der sich mir bot. Im Hintergrund die Seealpen, dicht bewaldet, mit kleinen versprengten Dörfern, deren Häuser im Licht der Sonne leuchteten. Einsame Kieselstrände wechselten mit terrassierten Plantagen aus Zitrusfrüchten und Oliven.

In San Remo, wo Fischer mit lautem Rufen prall gefüllte Netze leerten, gingen wir vor Anker. Kaum dass wir festen Boden berührten, führte Oliver mich an den behelfsmäßigen Tisch eines Händlers, auf dem ein eiserner Helm mit vergitterten Fenstern neben farbenprächtigen Korallen lag, wie ich sie noch nie gesehen hatte. Es waren Dutzende. Rosa und rot und tiefviolett.

»Sie ziehen diese merkwürdigen Tauchapparate an und steigen mit bleiernen Schuhen an den Füßen hinab in die Tiefen, um die Korallen dann mit einem Hammer abzuschlagen«, erklärte Oliver.

Er fragte mich, ob ich eine haben wolle, dann begann er zu feilschen, stritt mit dem Verkäufer, der seine Augen rollte, bis er mir schließlich ergeben eine prächtige Koralle reichte, deren Farbe an das zarte Perlmutt edler Muscheln erinnerte.

Ich wollte sie entgegennehmen, berührte dabei das steinerne Skelett. Sofort zuckte ich zurück, als ich bemerkte, wie scharf die Kanten waren.

»So etwas guckt man sich besser nur an«, sagte Oliver schmunzelnd, dann nahm er dem Verkäufer die Koralle vorsichtig ab. »Wir sollten sie gleich an Bord bringen.«

Wir gaben sie dem Steuermann, der sie in ein leinenes Tuch wickelte, dann nahm Oliver meine Hand und führte mich zu einem Restaurant am Hafen, unter dessen strohbedeckter Terrasse ein letzter freier Tisch stand. Die Sonne hatte mittlerweile ihren höchsten Stand verlassen und warf Schatten auf farbig verputzte Hauswände. Wir aßen frischen Fisch, tranken Weißwein, beobachteten die Flanierenden mit ihren Sonnenschirmchen und Hüten und sahen auf smaragdgrünes Wasser, auf dem Ruderboote in trauter Eintracht neben Segelbooten schaukelten.

An jenem Tag, an dem doch so viel Unglück ins Rollen gebracht wurde, fühlte ich mich plötzlich glücklich. Ich weiß noch, wie sehr ich es genoss, neben Oliver zu sitzen, seine Nähe selbst ohne Berührung körperlich zu spüren und mich der sanften Wirkung des Weines zu ergeben. Zuzusehen, wie kleine weiße Wölkchen über den Himmel zogen, die immer wieder goldfunkelnden Sonnenstrahlen Platz machten, die bereits wärmten, als nahe der Sommer.

Oliver legte den Arm um meine Schulter und flüsterte mir

zärtliche Worte ins Ohr, bevor er von der Historie dieses Ortes erzählte, der noch vor wenigen Jahren ein unbedeutendes Fischerdorf gewesen war, ebenso wie Bordighera.

Es war, als wäre nie etwas zwischen uns gewesen, und während ich dem warmen Klang seiner Stimme lauschte, dachte ich, dass ich mich zu sehr in etwas hineingesteigert hatte. Und dass das Leben an Olivers Seite schöner war, als ich es mir in meinen Jungmädchenträumen hätte ausmalen können.

Nach dem Essen mischten wir uns unter die Spaziergänger und wanderten die weitläufige Seepromenade entlang, an zahllosen neu erbauten Hotels vorbei, bis wir in eine belebte Geschäftsstraße abbogen, wo Oliver für mich ein blaues Samtcape erstand, das mit silbernem Brokat besetzt war.

Hand in Hand stiegen wir über ziegelgepflasterte Wege hinauf in die Città Vecchia, streiften durch das Gassengewirr, in denen rotwangige Kinder Fangen spielten und blickten über die alten Mauern auf den fernen Horizont, an dem man, wie Oliver mir versicherte, an klaren Tagen die felsige Küste von Korsika sehen konnte.

Als es Zeit war zurückzukehren, hielt ich einen Moment inne.

»Ich danke dir«, sagte ich im Überschwang der wiedergefundenen Leichtigkeit. »Für den Tag und dafür, dass du mir dieses wunderbare Land nahebringst.«

Olivers Augen schimmerten dunkel. Es war ihm anzusehen, dass ihn meine Worte freuten. Langsam beugte er sich vor und gab mir, nachdem er sich vergewissert hatte, dass niemand uns beobachtete, einen zärtlichen Kuss.

»Und das ist erst der Anfang«, flüsterte er. Er hob mich hoch und wirbelte im Kreis herum, bis ich ihn lachend um Gnade bat.

Wir erreichten den Hafen von Bordighera, als die Sonne das Wasser purpurn färbte. Der Wind frischte auf, und Oliver legte mir die samtene Stola über die Schultern.

»Wir sollten diesen Tag für immer in unseren Erinnerungen festhalten«, sagte er, als wir oberhalb des Anlegerstegs an dem Geschäft eines Fotografen vorbeikamen, dessen Besitzer gerade von außen die Tür verriegelte. »Es ist noch nicht sieben. Wir werden rechtzeitig im Hotel sein, um uns zum Abendessen umzuziehen.«

»Das Geschäft ist bereits geschlossen«, wandte ich ein.

»Lass das meine Sorge sein.«

Dann eilte er dem Inhaber hinterher und schob ihm ein paar Münzen in die Rocktasche, woraufhin dieser mit breitem Strahlen umkehrte und uns sein Atelier aufschloss.

Wir ließen drei Aufnahmen machen und benahmen uns dabei so ausgelassen, als seien wir Heranwachsende. Der Fotograf versprach uns, die Bilder sofort zu entwickeln, wir könnten sie gleich morgen bei ihm abholen, und so verließen wir das Atelier in allerbester Stimmung.

Oliver war so heiter, so fröhlich, wie ich ihn schon lange nicht mehr gesehen hatte. Auf dem Weg hinauf zum Hotel begann er sogar, ein Lied zu pfeifen. Es war mitreißend, und ich hakte mich bei ihm unter, in Vorfreude auf den gemeinsamen Abend.

Doch in dem Moment, als wir in die Strada Romana bogen und hinter hohen Dattelpalmen das Hotel auftauchte, traf mich die Erinnerung an das Grauen, das mich am Morgen gepackt hatte, mit geballter Macht. Ich sah auf die Fenster, die mir entgegenstarrten. Die langen Balkontüren, die aussahen wie weit aufgerissene Mäuler, hinter denen sich ein tiefer Schlund auftat, geifernd und dunkel. Davor eiserne Balkone, deren Streben im Licht der Abendsonne funkelten wie spitze kleine Zähne.

Es ließ mir das Herz gefrieren, und mit jedem Schritt, den ich mich dem Hotel näherte, fühlte ich, wie meine Beine schwerer und schwerer wurden.

Reiß dich zusammen, Nell!

Wie unsinnig es war, ich wusste doch, dass hinter den dunklen Fenstern elegante Hotelzimmer lagen, in denen sich die Gäste wohl in diesem Augenblick den Schmutz eines Sonnentages abwuschen, sich das Haar richteten oder sich gar leidenschaftlich liebten. Bald schon würden die Räume mit elektrischem Licht durchflutet werden und das Grandhotel erhellen, wie ein strahlender Leuchtturm inmitten eines Meeres aus exotischen Palmen, Orangenbäumen und Karruben.

Hatte ich lange genug in den Spiegel gesehen, um Lucrezia auf mich aufmerksam zu machen?

Es ist doch nur eine Geschichte, beschwor ich mich. Aber mein Verstand konnte nicht meine Angst bezwingen, die das Blut mit einer solchen Wucht durch die Adern trieb, dass es sich als heftiges Rauschen in meinen Ohren festsetzte.

Ruckartig blieb ich stehen und hielt Oliver am Arm. »Lass uns lieber im Ort essen«, bat ich mit zittriger Stimme. »Das Restaurant Giglio di Firenze sah doch sehr nett aus.«

»Woher kennst du das Giglio di Firenze?«

»Wir sind daran vorbeigefahren, als wir vom Bahnhof kamen.« Ich atmete tief durch. »Mir ist nicht nach fremder Gesellschaft.«

»Die Gesellschaft?«, er lachte zwinkernd. »Du meinst sicher John Madroy. Wir könnten doch auch im zweiten Hotelrestaurant essen, das vorwiegend von Auswärtigen frequentiert wird.«

»Nein, das ist es nicht. Es ist dieses … Hotel.«

Er sah mich verwundert an. »Ist es, weil du dich heute Morgen verlaufen hast? Komm schon, Nell. Ich habe dich für ein tapferes Mädchen gehalten. Ich denke, wir sollten einfach in die Hotelbar gehen und uns einen anständigen Drink mixen lassen. Du wirst sehen: Danach sieht die Welt wieder ganz anders aus!«

Beharrlich stemmte ich mich gegen seinen Griff, mit dem er mich weiterziehen wollte, und sah mutlos nach vorne. Die Abendsonne goss bernsteinfarbenes Licht über die Straße und hüllte die Fassade des Grandhotels in flüssiges Gold. Für jemanden wie Oliver mussten meine Ängste absurd erscheinen, und ich dachte, dass es Unsinn war, auf Verständnis zu hoffen, wenn ich ihm nicht von dem Gespräch mit Maria erzählte.

»Ich habe mich nicht verlaufen«, brach es aus mir hervor. »Ich war in der Küche und habe mit dieser Frau geredet, die mich für Lucrezia gehalten hat.«

»Herrje. Hat sie dir Angst gemacht? Du hast ihr doch wohl nicht geglaubt?« Sein Blick verriet Unverständnis.

»Nein. Das heißt, irgendwie schon. Eigentlich wollte ich nur mehr über die Legende erfahren. Es verwirrt mich, Oliver. Erst diese Ähnlichkeit, dann die Bemerkung von Madroy … Maria sagte, Lucrezia schlüpfe nachts in die Seelen junger Frauen und suche ihren Mörder, um sich zu rächen!«

»Du willst diesen Unfug doch nicht glauben?« Auf Olivers Stirn zeigte sich wieder die steile Falte. »Das ist doch alles nur Theater. Die Legende ist Teil des Spiels, Maria wird es übertrieben haben. Wenn du willst, spreche ich den Concierge darauf an, er wird sie zur Rechenschaft ziehen.«

»Und wenn es doch wahr ist?« Ich dachte an die Furcht in Marias Augen und an das Gefühl der Bedrohung, das auch der Besitzer des Grandhotels empfunden haben musste. »Seit wir hier sind, hat sich der Inhaber nicht sehen lassen. Madroy sagte, Adolf Angst amüsiere sich nicht über diese hoteleigene Theatervorstellung. Ist der wahre Grund für sein Fortbleiben die Furcht vor Lucrezias Rache?«

Oliver schnalzte ungehalten mit der Zunge. »Du hast doch gehört, was Signore Bartelli erzählt hat. Adolf ist verhindert, weil es in den Bergen stark geschneit hat. Ich weiß nicht, was Madroy damit erreichen wollte, aber eines weiß ich ganz sicher: Adolf ist einer der anständigsten und gottesfürchtigsten Hoteliers, die ich kenne. Er hat mit dem angeblichen Mord nichts zu tun, es gibt nichts, wovor er fliehen müsste.« Olivers Stimme wurde weich. »Sieh mal, Nell, ich bin nicht das erste Mal hier. All die Jahre ist nichts geschehen, trotz nächtlicher Geräusche und wehender Vorhänge. Warum sollte sich das so plötzlich geändert haben? Außerdem bist du nicht alleine. Ich verspreche dir, gut auf dich aufzupassen.«

Er legte beschützend den Arm um mich und wollte den Weg fortsetzen, doch ich riss mich los.

»Da ist noch etwas, das ich dir sagen muss.« Ich bemerkte, wie dünn meine Stimme klang. »Ich habe in den Spiegel gesehen, Oliver, in *ihren* Spiegel.«

»Und?«

»Maria sagt, dass darin Lucrezias Seele …«

Er sah mich an, als hätte ich den Verstand verloren. »Ehrlich gesagt reicht es mir langsam. Wir hatten doch einen schönen Tag! Soll ich ihn mir etwa von diesen kindischen Gruselgeschichten verderben lassen?« Oliver war tatsächlich verärgert. Mit gerunzelten Brauen zog er das Zigarettenetui aus seiner Jackentasche und hielt es mir entgegen. »Hier«, sagte er trocken. »Das beruhigt.« Er wartete, bis ich einen glimmenden

Stängel zwischen den Fingern hielt, dann zündete er sich selbst eine an.

Hustend quittierte ich den ersten Zug. Sah dem Rauch nach, der sich im milchigen Licht des Abends verlor. Die anfängliche Scham, damit gegen jegliche Etikette zu verstoßen, wich einem rebellischen Gefühl. Mit jedem Zug, den ich tat, wurde ich ruhiger. Und als ich den Stummel auf das Pflaster warf und in Olivers belustigt blickende Augen sah, hatte das Rauschen in den Ohren tatsächlich nachgelassen.

Es ist nicht bei der einen Zigarette geblieben. Seit diesem Erlebnis bilde ich mir ein, das Rauchen beruhige die Nerven und schärfe den Verstand. Vielleicht ist etwas Wahres dran, zumindest bin ich jetzt, während ich mein kleines Zimmer mit Rauch fülle, konzentrierter. Und mir fällt etwas auf, das ich an jenem Abend, an dem wir diskutierend auf der Strada Romana standen, übersehen habe. Jemand, den ich nur aus dem Augenwinkel bemerkt habe, ist an uns vorbeigegangen. Aber die altmodische Kleidung, die lederartige Haut sind mir im Gedächtnis geblieben. Damals war der kurze Augenblick des Registrierens nicht von Bedeutung. Heute aber, als ich den Tag Revue passieren lasse, bekommt er ungeahntes Gewicht.

Oliver hat ihn auch gesehen. Ein rascher Blickwechsel. Und dann hat er sich hastig von ihm weggedreht, wie man es tut, wenn man Ablehnung demonstrieren will – oder wenn man nicht zeigen möchte, dass man den anderen kennt.

Ich merke auf, notiere diesen Gedanken mit einem Federstift, bevor ich fortfahre, die Ereignisse jener Tage im Gedächtnis nachzuzeichnen.

Und noch etwas kommt mir in den Sinn: Olivers merkwürdiger Blick, mit dem er mich beim gemeinsamen Abendessen in unserer Suite bedachte. Als ich den halbvollen Teller von mir schob, müde von den Ereignissen des Tages, bemerkte ich, dass mein Mann mich beobachtete. Seine Augen ruhten auf meinem Gesicht, aufmerksam, beinahe sezierend.

Erst jetzt erkenne ich, dass er in diesem Moment geahnt haben muss, das etwas ins Rollen gekommen war. Und dass es nicht der Geist des Unverständnisses war, der in diesem Augenblick über uns schwebte, sondern der von Lucrezia.

6

Freitag, 24. März 1899

Es klopft.

Ich schrecke auf und sehe angstvoll zur Zimmertür. Während sie leise aufschwingt, verdecke ich die Notizen mit einer Ausgabe des *Journal de Bordighera.*

Ein junger Mann schiebt sich in den Türrahmen, es ist Michele Corradi, der mir nichtsahnend zur Flucht verholfen hat, als ich kopflos und in heller Panik über die große Freitreppe in den Park stürzte und mich in seinem Fuhrwerk versteckte. Zwischen verwelkten Blumen, Zweigen, Töpfen und allerlei Unkraut hatte ich versucht, mein galoppierendes Herz zu beruhigen, während die zunehmende Geräuschkulisse davon zeugte, dass man den Toten gefunden hatte.

Erst als sein Wagen nach einer Fahrt über holprige Wege haltmachte und er die Ladeklappe öffnete, sah er, welche Fracht er noch mit sich führte.

»Kann ich Ihnen helfen?«, waren seine ersten Worte, nachdem er erschrocken zurückgewichen war. Und als ich statt zu antworten nur in Tränen ausbrach, fuhr er mich hierher, wo seine Schwester mich in Empfang nahm, mir die Erde vom Rock bürstete und mir ein feuchtes Handtuch reichte, um mein Gesicht zu säubern.

»Haben Sie Hunger?«, fragt er nun.

Er stellt einen Krug mit Wasser auf das Tischchen am Eingang. Dabei fällt sein Blick auf die ausgedrückte Zigarette, die halb geraucht auf dem Fensterbrett liegt. Es ist mir unangenehm, ich kann ihm ansehen, dass er sich darüber wundert.

»Agnesa hat gerade Brandacujun gebacken.« Er zögert und setzt, als er meinen fragenden Blick bemerkt, hinzu: »Das ist ein Auflauf aus Stockfisch, Kartoffeln, Eiern und Pinienkernen.«

Sein Englisch ist ausgezeichnet, es deutet auf eine gute Bildung hin. Ebenso die Tatsache, dass in diesem Zimmer ein Sekretär steht, in dem Papier und Stifte liegen. Äußerlich sieht er aus wie ein Landarbeiter, mit pludrigen Hosen und einer viel zu weiten Jacke. Aber ich weiß aus dem Anzeigenteil des Journals, das in diesem Zimmer lag, dass Michele Corradi Inhaber eines Geschäfts in der Via Vittorio Emanuele ist, wo er seine Dienste als Florist und Landschaftsgärtner anbietet. Gleich neben der Buchhandlung von Pietro Gibelli, in deren Räumen ein gewisser Professor Zellweger Unterricht in Violine, Piano, Mandoline und Gitarre gibt.

Ich schüttele den Kopf. An Essen ist nicht zu denken, mein Magen verkrampft sich, als würde jemand an ihm ziehen.

»Danke«, sage ich und warte, dass er sich wieder entfernt. Doch er bleibt stehen und sieht mich mit scheuem Lächeln an.

Mir fällt auf, wie nett dieses Lächeln ist. Aufmerksam und gewinnend, nicht so bitter wie das der Arbeiter, denen man in England begegnet. Dennoch bleibe ich misstrauisch. Zu oft habe ich Berichte Reisender gelesen, die aus Italien zurückkehrten. Wie viele schwärmten von der Schönheit des Südländers, von der Anmut und Leichtigkeit seiner Bewegungen, in deren erschreckendem Gegensatz allerdings der Charakter stehe, der – wenn man den Erzählungen Glauben schenken mochte – nur wenig tugendhaft sei und zu hinterhältiger Aggressivität neige.

»Kann ich sonst noch etwas für Sie tun, Signora?«

Ich schüttele den Kopf.

Wie gerne würde ich ihn bitten, den Koffer zu holen, den ich am Abend vor der überstürzten Flucht gepackt habe. Oder ihn fragen, ob er mir einfache Kleider geben könne, die mich nicht als Engländerin verraten und die es mir ermöglichen, mich im Freien zu bewegen, ohne erkannt zu werden. Und wie gerne würde ich später, wenn sich die Gäste der umliegenden Hotels zur Nachtruhe begeben, eine Kapelle aufsuchen, mich vor den Altar knien und um Vergebung bitten.

Aber ich traue mich nicht. Was auch immer ich jetzt sage, es würde mich verraten.

»Nein, danke.«

Ich wende den Blick und sehe aus dem Fenster. Es ist spät geworden. In den Straßen werden erste Lampen entzündet, glimmen in Hunderten kleinen Lichtern die Strada Romana hinauf bis zum Hotel Angst. Endlich hat auch der Regen nachgelassen, und plötzlich sieht alles wieder friedlich aus. Als sei alles nur ein böser Traum gewesen. Als müsse ich nur diesen funkelnden Weg hinaufgehen, an dessen Ende Oliver steht und mich in die Arme schließt.

Mir entfährt ein Seufzer. Ach, könnte ich doch die Zeit zurückdrehen und dann anhalten. Für ewig.

Als ich mich wieder umwende, steht der Mann noch immer im Türrahmen. Er scheint etwas sagen zu wollen, wirkt plötzlich unsicher.

»Wollen Sie mir nicht erzählen, was geschehen ist?«, fragt er unvermittelt.

Ich schrecke auf, frage mich, wie viel er weiß. Waren die Polizisten, die vorhin durch die Straßen gelaufen sind, auch bei ihm? Haben sie ihm gesagt, wem sie auf der Spur sind?

Sie ist eine Mörderin, werden sie ihn gewarnt haben.

Aber bin ich das wirklich?

Mein Herz pocht. So heftig, dass ich mir sicher bin, dass man es hören kann. Im selben Augenblick ist das Entsetzen wieder da. Tränen schießen mir in die Augen.

Was habe ich bloß getan? Und warum fehlt mir jede Erinnerung daran?

»Nein, nicht«, flüstere ich, dann breche ich ab und sehe ihn angstvoll an.

»Schon gut«, versucht er, mich zu beruhigen, dabei hebt er die Hände, »ich möchte Ihnen nicht zu nahe treten. Ich dachte nur, dass Sie vielleicht jemanden brauchen, der Ihnen beisteht.«

Er zeigt auf meine Handgelenke. Sie sind noch immer geschwollen, die Druckstellen haben sich grün und braun verfärbt. Rasch schiebe ich den Ärmel meines Kleides tiefer, die Berührung hinterlässt einen dumpfen Schmerz. Ich ziehe weiter, doch der Stoff kann nicht die verschorfte Wunde verdecken, die quer über meinen Handrücken reicht.

»Es ist in Ordnung«, sage ich und bringe ein kraftloses Lächeln zustande. Die Erkenntnis, dass er nur von meinen Blessuren spricht, beruhigt meinen Herzschlag. Aber seine sture Gegenwart macht mich befangen, ich will, dass er wieder geht.

»Wenn Sie möchten«, schlägt er vor, »komme ich mit meinen Freunden. Wir nehmen es mit jedem auf, auch mit prügelnden Ehemännern.«

Es klingt verwegen, und ich muss unwillkürlich lächeln. Er scheint zu glauben, ich sei vor der Zucht meines Gatten geflohen. Im Grunde hat er recht damit, aber es ist nicht die ganze

Wahrheit. Energisch lehne ich ab und sehe Michele Corradi mit entschlossenem Blick an, bis der endlich nickt und die Tür hinter sich schließt.

Ich warte, bis seine Schritte im Gang verhallen, dann wende ich mich dem Schreibtisch zu, ziehe die beschriebenen Seiten hinter dem Journal hervor und tauche wieder in die Geschichte ein. In meine Geschichte. Während ich die Notizen überfliege, fällt mir auf, dass das Nachzeichnen des Grauens eine beruhigende Wirkung auf mich auszuüben scheint. Also fahre ich fort, bin mit meinen Gedanken in jenem Moment, an dem ich mich – dankbar, die Fassung wiedergefunden zu haben – in die Kissen sinken ließ. Nicht ahnend, dass die Sicherheit, in der ich mich wiegte, nur eine vermeintliche war.

7

Mittwoch, 22. März 1899

In jener fünften Nacht seit unserer Ankunft schlief ich unruhig. Ich träumte, ich sei eine Möwe, die vom Wind immer weiter aufs offene Meer getrieben wurde. Das Land entfernte sich, war schließlich nicht mehr als ein schmaler Streifen am Ende der wogenden See, irgendwann nur noch ein Schemen, eine Nuance von Grau. Panik stieg auf, ich begann, mit den Flügeln zu rudern, doch vergebens, bis etwas mich packte und aus den Tiefen des Schlafes zog. Jemand bewegte mich und rief meinen Namen, leise, eindringlich. Nur langsam begriff ich, dass es Oliver war, der mich in seinen Armen wiegte und mir das Haar aus der verschwitzten Stirn strich.

»Nell, komm zu dir!«

»Was ist geschehen?«

»Du hast geträumt.« Er sprach leise, fast als müsse er mich beruhigen, und wiegte mich weiter wie ein aus höchster Gefahr geborgenes Kind. »Schhh, es ist alles in Ordnung.«

»Nur vom Meer und den Möwen«, erklärte ich, nach Worten ringend, und rieb mir die Augen im Versuch, den Traum zu verscheuchen.

»Es war, als würdest du kämpfen!« Oliver sah mich seltsam berührt an. »Du warst vollkommen aufgebracht, hast wild um dich geschlagen. Ich musste dich festhalten, damit nicht noch mehr passiert.«

Ich folgte seinem Blick zum Nachttisch, wo ich am Abend die Koralle aufgestellt hatte. Nun lag sie am Boden, ein Teil des Kalkskeletts war abgebrochen. »Das war ich?«

Oliver nickte, dann nahm er meine Hand. »Sieh nur, du hast dich geschnitten«, sagte er besorgt.

Ein klaffender Riss prangte quer über dem Handrücken. Jetzt erst sah ich die Blutspuren auf Laken und Nachthemd. Wie war es möglich, dass ich das nicht bemerkt hatte?

Oliver stand auf und ging in das angrenzende Bad, um wenig später mit einem schmalen Streifen Leinen, den er aus einem Handtuch gerissen haben mochte, und einem Glas Wasser zurückzukehren. »Hier, trink.« Dann band er mir das Tuch straff um die Wunde. »Ich hätte deine Ängste ernster nehmen sollen«, sagte er nachdenklich. »Wir sollten uns heute einen ruhigen Tag machen, der deine Gedanken in andere Richtungen lenkt. Vielleicht verbringen wir ihn in der Bibliothek bei einem guten Buch?« Er küsste meine Finger, einen nach dem anderen. »Und ich werde dir ein wenig von meinen Geschäften erzählen, um dir zumindest in diesem Punkt die Angst zu nehmen. Lass uns die schönen Seiten des Lebens genießen, denn dazu haben wir auch allen Grund, nicht wahr?«

Gehorsam trank ich das Wasser und sah zum Fenster, durch dessen Lamellen langsam erstes Morgenlicht schlich. Das Leben genießen. Es gab nichts, was ich mir mehr wünschte.

Wir nahmen das Frühstück auf dem Balkon ein, der zum Zimmer gehörte. Die Luft war klar und frisch und vertrieb das verstörende Gefühl der Ahnungslosigkeit. Die Sonne stahl sich über den Capo di Sant'Ampeglio und verfing sich in der silbernen Kanne, in der man auf Olivers Anordnung hin echten italienischen Kaffee serviert hatte, nicht die dünne Brühe, die man ansonsten hier als Engländer zu trinken bekam. Er hatte es mit der ihm eigenen Galanterie verlangt, hinter der die Bestimmtheit seines Anliegens kaum verborgen war. So dauerte es weniger als zehn Minuten, bis ein Zimmerkellner neben allerhand Leckereien auch den verlangten Caffè brachte, der bereits herrlich duftete, bevor er ihn einschenkte.

Ich kuschelte mich in den wollenen Mantel, den ich mir angesichts der morgendlichen Frische übergezogen hatte, und sah über die Wipfel der Palmen hinunter zum Ort, während der Kellner das englische Frühstück servierte und dafür einen Korb mit geröstetem Weißbrot, geeiste Butterlocken, verschiedene Marmeladen, Wurst, Schinken und Rührei mit Speck auf dem Tisch anrichtete.

Oliver nahm einen Schluck des dampfenden Getränks und wartete, bis wir wieder alleine waren. »Geht es dir jetzt besser?«

Mein Blick blieb auf dem Meer hängen, das in der Ferne silbrig glitzerte. Unschuldig, windstill. Möwen kreisten leicht und mühelos. Ich verdrängte die Erinnerung an meinen Traum und sah, dass Oliver wohl auf eine Antwort wartete.

»Danke, ja.«

»Mir scheint, der Besuch der Bibliothek ist eine gute Idee. Sieh nur, die dunklen Wolken, die sich über den Seealpen zusammenbrauen. In weniger als einer Stunde wird ganz Bordighera im Regen versinken.« Oliver hob einen mit Orangenmarmelade bestrichenen Toast und führte ihn zum Mund. »Wie gut, dass wir keinen Schritt vor die Tür machen müssen«, sagte er und biss hinein.

»Wir gehen in die Hotelbibliothek?«

»Selbstverständlich. Dachtest du, ich spreche von der im Ort?«

Für einen Augenblick zog sich mir der Magen zusammen. Die Aussicht, den Tag im Hotel zu verbringen, behagte mir gar nicht. Aber ich wollte Oliver, der sich rührend um mich kümmerte, nicht vor den Kopf stoßen.

»Ja, das dachte ich tatsächlich.«

»Du wirst begeistert sein«, fuhr er fort. »Es gibt dort Dinge, die man in der Biblioteca Bicknell nicht finden wird: hervorragende Bildbände, Abhandlungen über zeitgenössische Kunst und Berichte von Auktionen. Einige ligurische Galerien legen dort sogar ihre Broschüren aus, in der Hoffnung, wohlhabende Hotelgäste in ihre Räume zu locken. Die wenigsten haben damit Erfolg. Dem Engländer fällt zumeist erst in der Heimat ein, seine Sehnsucht nach Italien mit einem Gemälde zu stillen. Und in diesen Fällen wendet er sich dann an mich.« Er lächelte und schenkte mir noch etwas von dem wohltuenden Caffè nach. »Ich habe bereits unzählige ligurische Landschaftsbilder in den lokalen Galerien günstig erstehen und in England für das Zehnfache verkaufen können.«

»Dann hast du damit dein Vermögen gemacht?«

Er lächelte zustimmend.

»Darum also fährst du jedes Jahr hierher?«

»Ja. Die Kunst und das Grandhotel gehören untrennbar zusammen. Nicht nur, weil hier viele Künstler logieren, wie schon Claude Monet oder Hermann Nestel, der gemeinsam mit dem hiesigen Maler Guiseppe Ferdinando Piana die Fresken im Empfangssaal angefertigt hat, sondern auch interessierte Gäste. Es gibt kaum einen vergleichbaren Ort an der gesamten Riviera, an dem man derart wertvolle Kontakte zu wohlhabenden und schöngeistigen Familien knüpfen kann. Hier im

Grandhotel logieren Adelige, Geschäftsleute und Händler – allesamt mit reich gefüllten Börsen.«

»Und du erstehst die Bilder hier an der Riviera? Ich habe dich seit unserer Ankunft noch nicht eines kaufen sehen.«

»Ich habe zunächst unsere Flitterwochen genießen wollen. Aber nun wird es langsam Zeit, dass ich mich wieder dem eigentlichen Ziel unserer Reise widme. Kontakte knüpfen gehört an die allererste Stelle. Mehr noch als das Beschaffen von Kunstgegenständen. Die wenigsten Käufer bestehen auf ein Unikat. Ich habe eine Mappe mit Vorlageskizzen dabei, nach denen die Künstler wunschgemäß reproduzieren können. Diese zeige ich dem Interessenten, damit er sich daran erinnert, wenn die Sehnsucht nach dem Süden zurück in der Heimat wächst. Ich habe in London ein Atelier für diese Zwecke, dann erspart man sich die Transportkosten.«

»Darf ich die Skizzen mal sehen?«

»Sicher.« Er stand auf, tupfte sich den Mund mit einer Serviette ab und verschwand im Inneren. Kurz darauf kam er mit einem ledergebundenen Folianten auf die Terrasse und legte ihn auf den Tisch.

Vorsichtig schlug ich den schweren Buchdeckel zurück und fand Lithografien, farbige Landschaftsdrucke von brillanter Qualität, neben Holzstichen und Originalzeichnungen in schwarz-weiß. Seitenweise mit Seidenpapier voneinander getrennt und alle mit erklärender Beschriftung. Ich sah Palmengärten und blühende Aloen am Rand einer Steilküste, Fischer in der Bucht von Menton, einen Zitronengarten bei Monaco, die Promenade von San Remo und das Val di Sasso bei Bordighera. Bilder, die Emotionen freisetzen und das Verlangen, sich augenblicklich dorthin aufzumachen, um das Gesehene mit eigenen Augen nachzuzeichnen. Weiter hinten im Buch waren Abbildungen von Hotels und Palazzi. Die Villa Garnier mit Blick auf die Spiaggia di Arziglia. Dem Strand, der – wie mir Oliver erzählte – einst den Fischern vorbehalten war, die von dort ihre Sardinen, Tintenfische, Garnelen und Meerbarben fingen.

Langsam blätterte ich weiter, tief ergriffen von der Lebendigkeit der Darstellungen, und entdeckte schließlich, fast ganz am Ende, eine Lithografie vom Grandhotel Angst. Auf der Erhöhung thronend, umgeben von üppiger Vegetation. Erhaben, majestätisch, überwältigend.

Mit einem Aufseufzen schlug ich das Buch wieder zu.

»So, nun weißt du, warum wir unsere Flitterwochen hier verbringen, in diesem Hotel.« Oliver rückte ein Stück näher an mich heran und ergriff meine Hand. »Willst du mir dabei helfen?«, fragte er in beinahe kindlichem Überschwang. »Wir könnten gemeinsam am heutigen Bridgeabend teilnehmen und die anderen Gäste kennenlernen. Du spielst doch Bridge?«

»Natürlich.« Ich lächelte und sonnte mich in dem ungewohnten Gefühl, eine Eingeweihte zu sein. Soeben hatte Oliver mir nicht nur den Grund genannt, warum er Jahr für Jahr nach Bordighera fuhr, sondern mich auch noch gebeten, ihn bei der Ausübung seiner Geschäfte zu unterstützen. »Und welche Rolle spielt Madroy in dem Ganzen?«

Er legte den Kopf schräg, und gerade als ich befürchtete, er würde sich meinen Fragen verweigern, antwortete er langsam, mit schleppenden Worten.

»Er ist mein ärgster Konkurrent. Kennengelernt habe ich ihn im Zuge einer größeren Investition, bei der das finanzielle Risiko auf mehrere Schultern verteilt war.«

»Du sagtest, seine Zeit wäre der Februar.«

»Wir teilen die Monate untereinander auf, damit wir uns

nicht in die Quere kommen. Er reist Mitte Februar an und verlässt Bordighera Mitte März.«

»Und die anderen beiden?«, fragte ich hastig, als gäbe es eine Sanduhr, die mir die verbliebene Zeit vorgab, bevor Oliver sich wieder verschloss. »Du sprachst von vier Partnern.«

»Jacob Winslow hatte den Januar, er ist leider im vergangenen Jahr bei einem Bootsunglück ums Leben gekommen. Nicht hier, sondern in Brighton. Der vierte ist Dimitri Komarow, ein Russe, er kommt für gewöhnlich ab Mitte April. Ich weiß gar nicht, was er und John damit bezwecken wollen … Aber gut, es ist vielleicht auch an der Zeit, die alten Dinge zu einem Ende zu bringen.«

»Welche alten Dinge?«

»Das, meine Liebe, bleibt mein Geheimnis.« Er drückte meine Hand und sah mich auffordernd an. »Genug jetzt, lass uns den Tag genießen.«

»Eines noch. Warum hat John Madroy so eigenartig von Lucrezias Tod gesprochen?«

Oliver runzelte die Stirn. »Ich kann es mir nicht erklären. Er hat unrecht, es war ihre eigene Entscheidung, sich anzuzünden.«

»Woher willst du das so genau wissen? Warst du dabei?«

»Ich verlasse mich ganz auf mein Gefühl. Und auf den Verstand, der war mir bislang immer der beste Ratgeber. Der Inhaber des Grandhotels ist kein Mörder. Alleine die Tatsache, dass er keine Furcht davor hat, sowohl den Spiegel als auch ein Porträt von Lucrezia aufzuhängen, zeugt doch davon, wie unsinnig das Geschwätz ist.« Oliver beugte sich vor und strich mir über die Wange. »Sicher wird Adolf bald wieder hier sein, ich stelle ihn dir vor, damit du weißt, was ich meine. Du wirst sehen, er ist ein wunderbarer Mann. Und ein großherziger Spender. Er arbeitet eng mit dem hiesigen Pfarrer, Padre Giacomo Viale, zusammen und unterstützt das örtliche Kinderheim. Die Einheimischen schätzen ihn sehr, er ist gern gesehener Gast ihrer Feste. Sag selbst, würden sie ihn in ihrer Gemeinschaft dulden, wenn er sich das Grundstück mit Gewalt angeeignet hätte?«

»Du hast sicher recht.«

Ich lehnte mich zurück und sah in den Himmel, der sich langsam zuzog.

»Versprichst du mir etwas?« Noch immer saß Oliver vorgebeugt, dabei hatte er einen Ernst im Blick, der mich überraschte.

»Was denn?«

»Dass wir heute nicht mehr von Lucrezia reden. Und auch nicht morgen oder übermorgen. Nun, da alles geklärt ist, sollten wir diesen Namen aus dem Gedächtnis streichen, einverstanden?«

Er erhob sich, ohne meine Antwort abzuwarten, und ließ mich im Freien zurück, wo der Wind allmählich auffrischte und salzige Meeresluft herübertrieb.

Seufzend folgte ich ihm. Die Sanduhr war abgelaufen, ohne dass ich es bemerkt hatte. Dabei hätte ich noch so viele Fragen gehabt.

Die Bibliothek war im Erdgeschoss des Westflügels untergebracht, am hinteren Teil des Gebäudes. Durch tiefe Fenster hatte man einen Blick auf den begrünten Hügel. Das Licht war gedämpft, einzelne Tische und Sitzgruppen hatten kleine Lämpchen, die sich wie Inseln im immer düster werdenden Raum ausnahmen. Die Wände waren bis an die stuckverzierte Decke von eng gefüllten Regalen bedeckt, an deren Oberkanten verschiebbare Leitern an Messingstangen angebracht waren. Bis auf eine ältere Dame, die mit einem Buch in den Händen nahe des flackernden Kamins saß, war der Raum menschenleer.

Es roch nach jenem unverwechselbaren Duft, den nur alte Bücher verströmen konnten. Staubig, beinahe modrig, mit einer Note von Tabak. Hier schien nicht nur eine beeindruckende Sammlung modernster Literatur untergebracht zu sein, die nur darauf wartete, die Hotelgäste zu unterhalten, es gab ganz offenbar auch ältere Exemplare, die man ansonsten in Privathäusern fand oder in den großen Staatsbibliotheken.

Kaum hatten wir den Raum betreten, tauchte ein kleiner Mann aus dem Halbdunkel auf. Er war ganz in Grau gekleidet, hatte eine beeindruckende Falkennase und flinke Augen hinter einer goldumrandeten Brille.

»Wenn Sie gestatten, möchte ich mich Ihnen vorstellen«, sagte er im Flüsterton. »Mein Name ist Geoffrey Parker, und ich bin Bibliothekar dieses Hotels. Erlauben Sie, dass ich Ihnen einen Überblick des Bestandes gebe?«

»Nein, das ist nicht notwendig. Ich kenne mich hier bestens aus«, antwortete Oliver ebenso leise und sah zum Schreibtisch, aus dessen Richtung der Mann gekommen war. »Wo ist Federico?«

»Er hat es vorgezogen, ein Angebot der Biblioteca Bicknell anzunehmen. Aber die Ordnung der Bücher ist unverändert.«

Oliver nickte, und der Bibliothekar verschwand wieder im Halbdunkel.

Ich folgte Oliver zur Fensterseite des Raumes. »Dort, beim großen Globus, findest du Reiseliteratur in vier Sprachen«, erklärte er. »Gleich daneben, wo die Dame sitzt, stehen Romane und Gedichtbände.«

»Und was ist das?« Ich zeigte auf ein Eckregal neben der

Reiseliteratur, in dem hohe Holzkästen standen, deren Rücken aufwendig beschriftet waren.

»Das sind die Zeitschriften«, wisperte er. »Viele davon alleine zum Zweck, die ausländischen Gäste zu informieren. Das *Journal de Bordighera* enthält sogar Artikel in französischer, deutscher und englischer Sprache. Aber außer den Ankündigungen der nächsten Bridgeabende und Tennisturniere oder das Verzeichnis der Anreisenden findet man dort nichts als Werbung für ortsansässige Geschäfte.« Er wandte sich den schmalen Regalen seitlich der Fenster zu. »Bücher zur Malerei und darstellenden Kunst sind dort drüben. Ich bin gespannt, welche Neuerwerbungen hinzugekommen sind.«

Während Oliver zu den Borden mit den dicken Kunstbänden ging, widmete ich mich den Romanen. Die meisten Bücher dieser Bibliothek schienen nur der Unterhaltung zu dienen. Charles Dickens' *David Copperfield*, Arthur Conan Doyles *Die Abenteuer des Sherlock Holmes*, Sir Walter Scotts *Tochter des Nebels*, Jane Austens *Emma*, Emily Brontës *Sturmhöhe*. Giovanni Ruffinis *Doctor Antonio*, dessen wundervolle Landschaftsbeschreibungen die Engländer in Scharen nach Bordighera geführt hatten, lag in englischer und italienischer Ausgabe vor.

Es gab Klassiker wie auch unbekannte Bücher. Manche von ihnen auch auf Russisch, dazu einige andere Sprachen, die ich nicht kannte. Die Anordnung der Werke entsprach einem simplen System, sichtlich geordnet nach ihrem Genre.

Standen rechts noch die Romanzen, so kam ich, je weiter ich die Regale entlangging, zu den Kriminalgeschichten. Und schließlich, gleich hinter der fantastischen Literatur von Edgar Allen Poe, H. G. Wells und Jules Verne, die Schauerromane. Neben Bram Stokers gerade erschienenem Roman *Dracula* oder etwa Mary Shelleys *Frankenstein* fand ich auch eine Ausgabe von

E.T.A. Hoffmanns *Magnetiseur*, dessen Protagonist die Kunst der Manipulation verstand.

Nachdenklich nahm ich das Buch aus dem Regal und begann, darin zu blättern, bis ich eine Stelle fand, die mir gut im Gedächtnis geblieben war.

> *Nur meines Blicks, meines festen Willens bedurfte es, sie in den sogenannten somnambulen Zustand zu versetzen, der nichts anders war, als das gänzliche Hinaustreten aus sich selbst und das Leben in der höheren Sphäre des Meisters.*

Ich habe dieses Buch bereits zweimal gelesen, und in diesem Moment, als ich mir den Inhalt wieder ins Gedächtnis rufe, fährt mir ein furchtbarer Schauder über den Rücken. Ich halte inne, kehre zurück in die Gegenwart, in die Kammer fernab im Ort.

8

Freitag, 24. März 1899

Bin ich die ganze Zeit einer Illusion gefolgt, habe ich die Wahrheit verschleiert, statt sie zu suchen?

Ich weiß um meine Beeinflussbarkeit. Und um meine Sensibilität gegenüber okkulten Kräften. Es *wäre* nicht das erste Mal, dass ich eine Begegnung mit der jenseitigen Welt gehabt hätte. In meiner Vergangenheit gibt es ein Geheimnis, das ich tief in meinem Herzen bewahre. Ich habe es verdrängt, weil die Erinnerungen daran zu schmerzvoll sind.

Ich atme tief durch, erhebe mich von meinem Platz und gehe zum Fenster, lege meine Finger an die kühle Scheibe, zeichne einen letzten Regentropfen nach, der langsam hinabrinnt. Starre dann unbewegt in die Nacht, bis die Bilder der Vergangenheit wieder verblasst sind.

Vielleicht habe ich auch nur zu empfindlich auf die Legende reagiert. Ich gehöre zu jenem Personenkreis, auf den jegliche Literatur über Geister und Dämonen eine enorme Faszination ausübt.

All diese Schauerromane in der Bibliothek des Grandhotels sind mir seltsam vertraut, und in diesem Moment frage ich mich, ob ich am Morgen, als ich voller Panik aus dem Zimmer ins Freie floh, noch unter dem Eindruck eines allzu lebendigen

Traumes stand. Dass ich nur ein Opfer meiner eigenen Fantasie geworden bin, weil mich diese Art der Geschichten schon immer in ihren Bann gezogen haben.

Ich erinnere mich, dass ich im Alter von etwa zwölf Jahren meine Mutter, die ihre Kindheit in Deutschland verbracht hatte, anflehte, mir Theodor Storms Geisterroman *Am Kamin* zu übersetzen, den ich in einem der Regale gefunden hatte.

Die Wirkung dieser Romane ist sicher nicht unerheblich, vor allem, wenn man sie regelmäßig verschlingt. Die Legende um Lucrezia wird dies befeuert haben, sie hat sich bis in mein Innerstes gebrannt, bis mein schlaftrunkenes Gehirn Traum und Wachzustand nicht mehr voneinander unterscheiden konnte.

Haben mir meine Augen etwas vorgegaukelt? Bin ich vor etwas geflohen, was in Wahrheit Teil eines entschwindenden Albtraums gewesen ist? Und war das Blut, das ich mir vor wenigen Stunden von den Händen gewaschen habe, nur wieder mein eigenes, weil ich mich zum zweiten Mal während des Träumens verletzt habe?

Dann waren die Polizisten, die rufend durch die Straßen eilten, nur auf der Suche nach der verschwundenen Ehefrau des in tiefer Sorge stehenden Mr. Dickinson?

»Ich habe niemanden umgebracht!«, entfährt es mir.

Ich drehe mich um. Bereit, die Treppe hinunterzulaufen und die Straße entlang zurück zum Hotel. Ich will Oliver in die Arme schließen, ihm sagen, dass mir nichts passiert ist, dass alles wieder gut wird. Doch in dem Moment, als ich den ersten Schritt tun will, hält mich eine innere Stimme zurück. Sie klingt warnend, und egal, wie sehr ich auch versuche, sie zu überhören, sie wird lauter, schreit mich an.

Hör auf und sieh hin!

Erschöpft lasse ich mich zurück auf den Stuhl fallen. Lege den Kopf in die Hände und reibe meine Stirn.

Im Zimmer ist es stockdunkel. Von draußen schallt der Gesang Betrunkener herauf, das schrille Geschrei einer Frau, die wohl Ruhe fordert. Dann ist es wieder still. Ich bemerke das Ticken einer Wanduhr, das ich bis eben nicht wahrgenommen habe. Das regelmäßige Geräusch des vorwärtsstrebenden Zeigers trägt mich zurück in die kalte Wirklichkeit.

Ich begreife, dass ich voreilig war. Die Geschehnisse der vergangenen Tage passen nicht zu der Erklärung. Es muss einen anderen Zusammenhang geben, einen, den ich noch nicht begriffen habe. Also entzünde ich die Kerze auf dem Tisch, fülle ein Glas mit dem Wasser, das Michele Corradi mir vorhin gebracht hat, und fahre in meinen Erinnerungen fort. Gehe zurück zu jenem Tag, als ich in der Bibliothek stand, den Roman von E.T.A. Hoffmann in der Hand – und wieder nur an Lucrezia dachte.

9

Mittwoch, 22. März 1899

Langsam stellte ich den Roman wieder zurück ins Regal. Eine plötzliche Eingebung trieb meinen Pulsschlag an, entlockte mir ein Lächeln.

Diese Bibliothek verfügte über einen ungeahnten Fundus. Noch nie hatte ich so viele Bücher an einem Ort gesehen. Vielleicht hatte jemand die Legende von Lucrezia aufgezeichnet, und sie versteckte sich hier, inmitten der anderen Erzählungen?

Ich strich über die Buchrücken, suchte nach einem Stichwort, das mir einen Hinweis geben konnte. Zögernd. Oliver würde es nicht gutheißen. Und wollte ich die Harmonie aufs Spiel setzen, die sich wieder zwischen uns eingestellt hatte?

Ich redete mir ein, es sei doch nur, um auch in diesem letzten Punkt Klarheit zu gewinnen, damit die Legende der herumgeisternden und auf Rache sinnenden Lucrezia endgültig ihren Schrecken verlor. In Wahrheit aber war ich einfach nur neugierig.

Rasch überflog ich die Titel, stellte mich auf die Zehenspitzen, um die höheren Regale zu erreichen, wanderte zu den Märchen und Sagen. Wie dick war ein Buch, in dem nur eine einzige Legende geschrieben stand? Ohne Hilfe würde ich sie in dieser Fülle gewiss nicht finden.

Mit leisen Schritten näherte ich mich dem Tisch, an dem der Bibliothekar saß und damit beschäftigt war, mit einer altmodischen Schreibfeder Notizen in ein Buch zu machen, aus dem kleine Zettelchen ragten. Sofort erhob er sich.

»Kann ich Ihnen helfen, Madam? Brauchen Sie mehr Licht, soll ich den Kronleuchter entzünden?« Er wies zu einem gewaltigen elektrischen Lüster, der an einer Kette von der Decke hing.

»Ich suche ein Buch, ein ganz bestimmtes.«

Aus den Augenwinkeln sah ich, dass Oliver inzwischen auf einem Ledersessel Platz genommen hatte und in einen Bildband vertieft war. Hinter ihm prasselte Regen in dicken Tropfen ans Fensterglas.

»Können Sie mir sagen, ob es eine Geschichte über die Legende der Lucrezia gibt? Oder vielleicht auch nur etwas zu ihrer Person?«

Der Bibliothekar runzelte die Stirn, sodass seine Brille tiefer auf die Nasenspitze rutschte. »Ich kenne die Legende. Aber ich habe noch nie gehört, dass jemand sie niedergeschrieben hat. Doch warten Sie bitte, ich möchte mich vergewissern.« Er holte ein Tuch aus der Hosentasche, putzte damit seine Brille und drehte sich zu einem Regal, das hinter ihm stand. Sorgsam studierte er die Buchrücken, dann holte er einen dicken Folianten hervor, mit dem er sich wieder setzte. »Einen kleinen Moment …« Sein dünner Finger glitt über die eng beschriebenen Zeilen, dabei murmelte er leise vor sich hin. Eine Seite folgte der nächsten, und jedes Umblättern ließ mein Herz ein Stück tiefer sinken.

Ich sollte auf Oliver hören, dachte ich, und diese Geschichte endlich ruhen lassen.

Noch einmal sah ich zu meinem Mann hinüber. Er hatte inzwischen aufgesehen, nickte mir nun fragend zu und erhob sich.

»Bitte, machen Sie sich keine Mühe. Es ist nicht wichtig«, beeilte ich mich in Richtung des Bibliothekars zu sagen. »Vielleicht können Sie mir einen Roman im Stil von Ruffini empfehlen?«

Mr. Parker hob den Blick, rückte mit einer umständlichen Bewegung seine Brille zurecht. »Nun, Vergleichbares haben wir nicht. Vielleicht interessiert Sie die Romanze einer Engländerin in Nizza?«

Ich zögerte. Olivers Schritte knarrten auf den Holzdielen. »Das klingt gut, ich brauche etwas, das mich unterhält. Eine leichte Lektüre.«

Der Bibliothekar sah mich mit merkwürdigem Ausdruck an. In diesem Moment trat Oliver zu uns und legte einen Arm um meine Taille. »Nun? Hast du gefunden, was du suchst?« Ich schüttelte den Kopf und mied seinen Blick. »Aber Mr. Parker wird mir sicher etwas empfehlen können.«

Wir verbrachten den ganzen Vormittag in der Bibliothek. Das Buch, das Mr. Parker mir gegeben hatte, war in der Tat äußerst leicht geschrieben, fast schon banal, und ich ertappte mich immer wieder dabei, dass meine Gedanken abschweiften. Während Oliver sich Notizen machte und einen Ausflug zu den neueren Galerien plante, sah ich aus dem Fenster ins nasse Grau des italienischen Frühlings.

Die Natur hatte ihren Glanz verloren. Dicke Tropfen rannen von zu schwer gewordenen Blättern, sammelten sich in flächigen Pfützen, die sich rasch vergrößerten. Der Blick auf die andere Seite des Fensters war bedrückend. Er unterschied sich nicht allzu sehr von dem aus meinem Zimmer in Wormingford. Nur dass die Zweige im März dort kahl waren und die Pflanzen weniger exotisch.

Plötzlich sehnte ich mich nach der Heimat. Nicht nach der Enge des elterlichen Landgutes, nein, es gab nichts, was mich dorthin zurückzog. Aber der Gedanke an das Leben in London, das auf uns wartete, weckte ein unbändiges Gefühl der Vorfreude. Auf einmal konnte ich es kaum abwarten, dorthin zurückzukehren. Ich wollte endlich mein neues Leben als Eleonore Dickinson beginnen. Das Haus, in dem ich wohnen sollte, zu einem behaglichen Nest machen, ihm meine Handschrift verleihen, indem ich es mit neuen Vasen, Kissen und Teppichen füllte, bis es jene Wärme ausstrahlte, die ich bei meinem ersten Besuch vermisst hatte.

Als ich zum ersten Mal vor Olivers Haus gestanden hatte, hatte ich mich als ein Gast gefühlt, den man nur zu einem Nachmittagstee geladen hatte, um ihn wenige Stunden später wieder zu verabschieden. Nie hätte ich mir vorstellen können, jemals in einer derart luxuriösen Gegend zu wohnen, in der die schönsten Häuser aneinandergereiht standen wie Zinnsoldaten und mit ihren säulengetragenen Vordächern und den schmiedeeisernen Balkongeländern aussahen, als stammten sie aus einem Roman von Jane Austen oder von den Brontë-Schwestern.

Es war Ende Januar, nur wenige Wochen vor unserer Hochzeit. Das Gefühl, nicht hierherzugehören, wandelte sich, als Oliver mich dem Personal vorstellte, einem älteren Butler, einer Haushälterin und der Köchin. Sie begrüßten mich mit respektvoller Freundlichkeit und gaben mir dabei das Gefühl, willkommen zu sein. Nichts in ihren Mienen ließ darauf schließen, dass sie mich als Fremdkörper sahen oder dass sie mich mit der ersten Mrs. Dickinson verglichen. Und wenn, dann taten sie es unauffällig.

Man hatte einen Tisch gedeckt, auf dem ein prachtvoller Strauß mit Blumen stand, die ich zu dieser Jahreszeit noch nie gesehen hatte. Daneben Etageren mit Gebäck und kleinen Sandwiches, die man uns zum Tee servierte.

Als Oliver mich zum ersten Mal durch die Räume führte, war ich plötzlich befangen. Jedem neuen Zimmer näherte ich mich scheu, durchleuchtete es nach Hinweisen auf Kate. Man sagt, Menschen würden die Häuser, die sie bewohnen, mit ihrem Leben füllen, sodass man sie noch Monate später in den Räumen spüren könne. Doch es war, als hätte Kate dieses Haus niemals betreten. Keine Bilder zeugten von ihrer Anwesenheit, es gab keine persönlichen Gegenstände.

Hatte ich ein Haus erwartet, das einem Schrein voller Erinnerungen glich, war dieses beinahe schnörkellos, kühl und unnahbar, als hätte Oliver alles entfernt, was ihn an sie erinnerte.

»Es sieht aus, als hätte Kate niemals hier gelebt«, flüsterte ich verwundert.

Es schien, als hätte ich eine unsichtbare Grenze überschritten.

»Du kannst es mit Leben füllen, wie es dir beliebt«, hatte Oliver unwirsch geantwortet. »Ich hänge nicht an der Vergangenheit. Je früher neues Leben einzieht, desto besser.«

Das war vor zwei Monaten gewesen. Damals hatte ich geglaubt, er würde seinen Schmerz überwinden und irgendwann beginnen, von ihr zu erzählen. Doch es hatte sich nichts verändert. Noch immer weigerte er sich, von Kate und ihrer gemeinsamen Zeit zu sprechen; dass sie einen Unfall hatte, hörte ich zum ersten Mal, als er Madroy im Bergrestaurant von Vallebona davon erzählt hatte. Selbst ihr Name war tabu, und ich hatte ihn bis zu jenem Tag nie wieder in den Mund genommen.

»Madam?«

Es war nur ein Flüstern.

Ich schrak auf. Erst jetzt bemerkte ich, dass der Bibliothekar neben mir stand. »Ich habe etwas gefunden, das Sie vielleicht interessieren könnte.« Er reichte mir ein dickes Buch und ein Exemplar des *Journal de Bordighera.* »Auf Seite neun finden Sie einen Artikel über die Anfänge des Hotelwesens. Und in dieser Schrift hier sind die Stammbäume mehrerer Familien aus Bordighera verzeichnet. Leider kenne ich nicht Lucrezias vollständigen Namen. Aber vielleicht hilft es Ihnen dennoch weiter?«

Mein Pulsschlag erhöhte sich augenblicklich. Ich sah zu Oliver, doch der hatte seinen Kopf zurückgelehnt, die Augen geschlossen. »Darf ich beide mit aufs Zimmer nehmen?«

»Aber selbstverständlich. Wenn Sie mir den Empfang quittieren würden …«

Ich folgte ihm zum Tresen und setzte meine Unterschrift in ein Buch. Dann zeigte ich zu meinem Ehemann. »Würden Sie Mr. Dickinson mitteilen, dass ich gleich zurück bin, falls er zwischenzeitlich aufwacht? Richten Sie ihm bitte aus, ich habe nur kurz an die frische Luft gehen wollen.«

Damit eilte ich aus dem Raum, Zeitung und Buch fest an mich gepresst. Ich lief den Gang hinunter zum Haupttrakt. Mein Herz schlug im Rhythmus der Schritte. Es war dunkel geworden, obwohl es noch nicht einmal Mittag war. So dunkel, dass man bereits überall Lampen entzündet hatte.

Ich bemerkte, dass ich hungrig war, und dieser Gedanke hatte etwas beinahe Tröstliches. Im Zimmer würde ich einen kurzen Blick auf den Artikel werfen, Buch und Zeitung rasch in meinem Koffer verstecken und in die Bibliothek zurückkehren, bevor Oliver erwacht war. Dann würden wir etwas essen, und der Tag würde verstreichen, als sei nichts geschehen. Und doch würde ich der Wahrheit vielleicht einen bedeutenden Schritt näher gekommen sein.

Kaum erreichte ich die Empfangshalle, als ein wütendes Zischen erklang. »Nicht hier! Nehmen Sie den Hinterausgang.«

Ich hielt im Laufen inne und näherte mich langsam dem Vestibül.

Zwei vollkommen durchnässte Männer in dunklen Anzügen, eine Bahre zwischen sich tragend, standen mitten auf der Treppe vom oberen Stockwerk. Ratlos, wohin nun mit ihrer Last. Ein schwarzes Tuch war über die Bahre gelegt und ließ keinen Zweifel aufkommen, was dort transportiert wurde. Mir wich das Blut aus dem Kopf.

Vor den Leichenträgern stand der Concierge mit rotem Gesicht und winkte sie zurück. Neben ihm der Portier, mit hängenden Schultern. Ein Carabiniere in üppig dekorierter Uniform sprang dazwischen, dass der Federturm seines dreieckigen Hutes wippte. Wütend drängte er den Concierge beiseite, bedeutete den beiden Trägern weiterzugehen. »Sind Sie wahnsinnig? Wir haben keine Zeit für solche Scherze!«

Der Concierge seufzte und ließ sie passieren.

Ich trat einen Schritt nach vorne, sah den Bestattern nach, wie sie das Hotel über die breiten Stufen der Freitreppe verließen und sich dabei gegen den aufpeitschenden Wind stemmten. Im Schleier des dichten Regens stand eine schwarze, flache Kutsche, in die man nun die Bahre schob. Dann schwangen sich die Männer auf den Kutschbock, trieben den Rappen an, und der Wagen setzte sich mitsamt seiner schwankenden Ladung in Bewegung.

Noch immer hielt ich Buch und Zeitung fest an mich gepresst. Niemand schien mich zu bemerken. Concierge und Carabiniere waren in eine lebhafte Diskussion vertieft. Dabei fuchtelte der Polizist mit den Händen und erhob die Stimme, als wolle er sich damit Respekt verschaffen.

Plötzlich sah ich, dass sich noch jemand im Foyer befand. In einer Ecke saß eine junge Frau mit dem weiß gestärkten Häubchen der Zimmermädchen. Sie sah mich mit großen Augen an. »Lo ha ucciso«, rief sie aus und schlug die Hände vors Gesicht. »Sie hat ihn brutal ermordet!«

Der Rest ging in einem Schluchzen unter. Ein Wort jedoch war klar und deutlich zu vernehmen: *Lucrezia*!

10

Mit heißen Wangen lief ich aufs Zimmer, warf Buch und Zeitung unbesehen in den Koffer und eilte dann zurück ins Foyer, wo sich bereits eine kleine Menschenansammlung gebildet hatte. Mitten unter ihnen der Concierge, eifrig bemüht, die Gäste zu beruhigen und zurück in ihre Zimmer zu schicken. Das Mädchen, das die Leiche gefunden hatte, war verschwunden, ebenso der Polizist.

»Man hat ihm den Hals aufgeschlitzt«, erklärte eine wohlbeleibte Dame in diesem Moment und deutete mit der Hand die Bewegung eines Messers an.

»Woher wollen Sie das wissen?«, fragte eine andere, deren Gesichtsfarbe einen fahlen Ton angenommen hatte.

»Das Zimmermädchen hat es erzählt. Sie hat ihn gefunden. Blutüberströmt, mit weit aufgerissenen Augen. Furchtbar, so etwas. In diesem Hotel bleibe ich keine Sekunde länger! Womöglich ist das erst der Anf…«

Der Rest ging im Aufbranden erregter Stimmen unter. Ein Mann lachte, das sei doch alles nur Theater. Niemals habe unter dem Tuch eine Leiche gesteckt, das gehöre zum Amüsement wie das nächtliche Türenknarren.

»Was ein Mord mit Amüsement zu tun hat, ist mir schleierhaft«, erwiderte die beleibte Dame. »Ich für meinen Teil werde abreisen, die anderen mögen sich gerne weiter mit makabren Scherzen die Langeweile vertreiben.«

Ich lief an den heftig debattierenden Gästen vorbei, zurück zur Bibliothek, wo Oliver inzwischen wieder aufrecht im Sessel saß und mit dem jungen Bohemien in der nachlässigen Kleidung, der mir bereits am Abend im Kaminzimmer aufgefallen war, in ein Gespräch vertieft war. Vor ihnen auf dem Tisch lagen Skizzen und Abbildungen.

Kaum hatte ich den Raum betreten, sprang Oliver auf, um mich zu empfangen, als sei ich bereits seit Stunden fort. »Du warst plötzlich verschwunden«, sagte er erleichtert. »Der Bibliothekar meinte, du seiest an der frischen Luft.« Er sah nach draußen, und ich folgte seinem Blick, der vom strömenden Regen wieder zu mir wanderte. Bevor ich antworten konnte, erhob sich auch der Mann, und Oliver stellte uns einander vor. »Das ist James Clifford, ein junger Künstler. Seit drei Jahren lebt er an der Riviera, und er versteht sich aufs Beste, die intensive Farbwelt dieser Landschaft einzufangen. Ich denke, ich werde ihn unter meine Fittiche nehmen.«

»Ich bin Ihnen so dankbar, Mr. Dickinson«, erwiderte dieser und reichte mir dann die Hand. »Die Herrschaften scheinen zu glauben, einem Maler keinen angemessenen Lohn zahlen zu müssen. Ich habe Ihren Mann gebeten, meine Kunst zu vertreten.«

Er versicherte Oliver, jeder noch so ausgefallenen Anfrage nachzukommen, dann verbeugte er sich, wünschte uns einen angenehmen Nachmittag und verließ die Bibliothek.

Oliver hob die Skizzen auf und schob sie sorgfältig zusammen. »Ein großes Talent, er wird es gewiss weit bringen.«

Ich nickte nur und brachte kein Wort heraus. Hinter mir klopfte es an die Scheibe, erschrocken drehte ich mich um und sah einen Zweig, der sich gelöst hatte und mit dünnen Fingern gegen das Glas schlug, als würde er nach mir greifen wollen.

Entsetzen stieg in mir auf, als mich jemand am Arm packte; es dauerte einen kurzen Augenblick, bis ich merkte, dass es mein Mann war.

»Alles in Ordnung, Nell?« Oliver sah mich besorgt an. »Du bist ja ganz blass!«

»Etwas Furchtbares ist geschehen«, brach es aus mir hervor, und ich rang nach Luft. Mein Mund war trocken, die Zunge schwer, ich brachte keinen Ton heraus, schüttelte nur den Kopf.

Sofort nahm Oliver mich in den Arm. Ich lehnte mein Gesicht an seine Schulter und fühlte, wie sich mein Atem langsam beruhigte. »Jemand ist ermordet worden«, wisperte ich. Leise, als kämen alleine die Worte einem weiteren Todesurteil gleich. »Man hat einen Mann mit aufgeschlitztem Hals gefunden.«

Mit einer abrupten Bewegung schob er mich von sich, sah mich mit aufgerissenen Augen an. »Wer ist es? Wen hat man gefunden?«

»Ich weiß es nicht.«

Er ließ mich stehen, stürmte hinaus. Ich eilte ihm nach und holte ihn erst wieder im Vestibül ein, wo er eindringlich mit dem Concierge sprach, dem es offenbar gelungen war, die Gäste wieder zu beruhigen und ihrer Wege zu schicken.

»Dimitri Komarow«, wiederholte Oliver gerade, sichtlich erschrocken. Dann sah er mich an. »Es war tatsächlich Dimitri! Verdammt!«

Noch nie hatte ich ihn derart außer Fassung gesehen. Und damals glaubte ich, er sei wirklich erschüttert. Heute indessen frage ich mich, woher er geahnt hatte, dass der Mord einen seiner Geschäftsfreunde betrifft. Denn wie ließe sich anders erklären, dass er auf meinen Bericht hin sofort alarmiert war? In jenem Moment aber rührte mich sein hilfloser Gesichtsausdruck, und ich ging zu ihm, drückte seine Hand und strich ihm über die steile Falte zwischen seinen Augen.

Dabei dachte ich an die Aussage des Zimmermädchens und daran, dass ich die ganze Nacht schlafend im Bett verbracht hatte, an der Seite meines Mannes. Unvermittelt fragte ich mich, woher das Zimmermädchen so sicher sein konnte, dass es Lucrezia gewesen war und nicht einer der vielen Gäste.

»Wer kann das getan haben?«, fragte ich, etwas beruhigt von diesem Gedanken.

»Das würde ich auch gerne wissen.« Oliver sah mich mit undurchdringlichem Blick an und fuhr sich über den fein gestutzten Bart. »Ich glaube, ich brauche jetzt einen Drink!«

Wenige Gin Sour später war Oliver einer trübsinnigen Stimmung verfallen, die ihn einhüllte wie ein dunkles Tuch. Wir saßen im Teesalon, dessen Tische noch unbesetzt waren. Oliver hatte sich in seinem Korbstuhl zurückgelehnt, die Augen geschlossen. In der Hand das halb gefüllte Glas.

Ein heftiger Wind rüttelte an den Fenstern, durch die großen Glasscheiben drang kein Licht. Der Kellner hatte eine Kerze entzündet, deren Lichtkegel das Tischtuch nicht überragte. Die Helligkeit des großen Leuchters hatte Oliver nicht ertragen, nun saßen wir im Halbdunkel und schwiegen uns an.

»Oliver, was soll nun werden?«, fragte ich, als ich die Stille nicht mehr aushielt.

Er hob den Blick, schüttelte den Kopf und taxierte mich, als hätte ich ihn mit meiner Frage beleidigt. Dann senkte er wieder die Lider.

Ich betrachtete Olivers angespannte Gesichtszüge, seinen verkniffenen Mund, und ich bemerkte einen aufsteigenden Widerwillen. Diese Hochzeitsreise schien sich zum Fluch zu entwickeln. Der Mann, dem ich aus tiefstem Herzen zugetan war, wurde von Stunde zu Stunde ein anderer. Er schien plötzlich wieder in jene Welt versunken zu sein, zu der ich keinen Zutritt hatte. In der es keinen Trost zu geben schien, keinen Blick für das Gegenüber. Stattdessen strahlte er eine Kälte aus, die mich sprachlos machte.

Eisern klammerte ich mich an die Oberfläche meiner Gedanken, wollte dem Schrecken keinen weiteren Raum mehr geben. Sicher wäre es besser, abzureisen und all diese Dinge abzustreifen wie eine schmutzige Haut. Doch ich traute mich nicht, Oliver darum zu bitten. In einem verborgenen Winkel meines Herzens hoffte ich, dass morgen alles wieder gut war. Die Sonne würde scheinen, das Leben wäre heller, und wir würden uns endlich leidenschaftlich lieben und jene Leichtigkeit verspüren, die mich während der ersten Tage so beflügelt hatte.

Ach, alles vergessen, die vergangenen Stunden streichen.

Ich starrte auf meine leere Teetasse und fragte mich, ob ich meinen Mann, der offenbar jeden Zuspruch ablehnte, besser in seinem Schmerz alleine lassen sollte. Es drängte mich, mit anderen Menschen zu sprechen, mit Reisenden, die meine Sehnsucht nach Zerstreuung teilten. Ein wenig plaudern, amüsante Gespräche führen und all die quälende Dunkelheit endlich hinter mir lassen. Sicher hatten die meisten Gäste schon zu Mittag gegessen und saßen im großen Salon mit den bequemen Sesseln oder im Kaminzimmer. Gesellschaftsräume gab es in diesem Hotel zuhauf. Es war darauf ausgerichtet, den Aufenthalt für seine Gäste so angenehm wie möglich zu gestalten. Selbst bei einem so grässlichen Wetter wie diesem.

Ich sah hinaus. Noch immer war der Himmel verhangen, schmutzige Nebelschwaden durchdrangen den Park.

Für den Abend war das Bridgeturnier angekündigt; es konnte sicher nicht schaden, schon jetzt einige der Teilnehmer kennenzulernen.

»Ist es dir recht, wenn ich mich ein wenig umsehe?«, durchbrach ich das Schweigen.

»Dimitri«, sagte Oliver und öffnete die Augen, »hatte mehr Kontakte als irgendjemand anderes in diesem Landstrich. Ja, er hat es weit gebracht.« Mit einer umständlichen Bewegung richtete er sich auf, sodass der Stuhl knarrte. »Er war ein herausragender Diplomat. Im Gegensatz zu John Madroy hatte er das Herz am rechten Fleck.«

»Diplomat? Ich dachte, er sei ebenfalls Kunsthändler.«

»Habe ich das gesagt?« Die Worte kamen undeutlich. »Habe ich das wirklich …« Seine Stimme brach. Dann leerte er sein Glas, atmete tief ein und fuhr fort. »Nein, Kunst interessierte ihn überhaupt nicht. Höchstens an den Wänden seiner Wohnsitze.«

Noch bevor ich meiner Verwunderung weiter Ausdruck geben konnte, rief er nach dem Kellner und bestellte einen weiteren Drink.

»Ist es nicht langsam genug?«, ermahnte ich ihn. »Es ist noch nicht einmal zwei, und wir haben noch nichts gegessen!«

»Bringen Sie uns auch ein wenig Gebäck«, rief er dem Bediensteten hinterher. »Und für meine Frau einen starken Kaffee. Sie braucht einen klaren Kopf.«

»Oliver!«

»Ich bin erwachsen, Nell. Und ich brauche niemanden, der mir sagt, was ich zu tun oder zu lassen habe!«

Mit einer abrupten Bewegung stand ich auf. »Ich habe jedenfalls nicht vor, diese fürchterliche Stimmung zuzulassen. Es macht alles nur noch schlimmer!«

»So? Tut es das?« Er zog eine Zigarette aus seinem Etui und entzündete sie an der Kerze. Die Flamme beleuchtete sein Gesicht, und erst jetzt sah ich, dass er geweint hatte. Sofort bekam ich ein schlechtes Gewissen.

»Lass uns nicht streiten«, antwortete ich mit weicher Stimme. Ich setzte mich wieder und ergriff seine Hand. »Oliver, ich möchte dich so gerne verstehen. Aber du machst es mir nicht leicht. Bis vor Kurzem habe ich nichts von der Existenz dieses Dimitri gewusst, und nun trauerst du, als hättest du deinen besten Freund verloren.«

»Ich trauere nicht um ihn. Sondern um das, was sein Tod für mich bedeutet.« Seine Augen glitten an mir vorbei und fixierten etwas, das hinter mir war und nun einen Schatten ins Halbdunkel warf. Ich drehte mich um.

Im Durchgang zum Teesalon stand ein Mann in dunkelblauer Uniform, mit goldfarbenen Schulterklappen und einer breiten Schärpe quer über dem Oberkörper. Er war dünn, mit spitzer Nase und einem runden Kinn, das nicht zu seiner hageren Erscheinung passen mochte. Nun, da er entdeckt worden war, betätigte er den Schalter der Deckenlampe und näherte sich unserem Tisch.

Oliver blinzelte in der plötzlichen Helligkeit und setzte ein höfliches Lächeln auf. »Sie wollen zu mir?«

»Mein Name ist Generale Tremante«, sagte der Mann in akzentbehaftetem Englisch. »Sprechen Sie italienisch?«

Um Olivers Mundwinkel zuckte es. Aber er nickte nur und zog an der Zigarette.

Tremantes fragender Blick traf mich.

»Nein, ich leider nicht«, beeilte ich mich zu sagen.

»Gut, dann versuche ich es in Ihrer Sprache.« Er zog einen Stuhl zu sich heran und nahm Platz.

»Sie wissen sicher, worum es mir geht«, begann er, an Oliver gewandt. »In der Nacht ist ein Russe ermordet worden, der Ihnen nicht unbekannt sein dürfte.«

»Wer sagt das?«

»Ein Gast.«

»Und dieser Gast heißt nicht zufällig John Madroy? Dann sollten Sie vorsichtig sein. Dieser Mann ist ein übler Bursche. Und er versucht, mir zu schaden.«

Der Kommissar verzog keine Miene. »Warum sollte er das tun?«

»Fragen Sie ihn selbst.« Oliver nahm noch einen Zug und löschte die Zigarette im verbliebenen Nass des Glases.

Auf dem Fliesenboden erklangen Schritte. Der Generale hielt inne und wartete, bis der Kellner Kaffee, Gebäck und einen weiteren Gin Sour abgestellt und sich wieder entfernt hatte. Dann nahm er einen Keks, biss hinein und sah Oliver erwartungsvoll an. »Aber in dem Punkt hat er recht, nicht wahr? Sie kannten Dimitri Komarow.«

»Flüchtig.«

»Interessant. Wie ich aber erfahren durfte, war er jedes Jahr hier zu Gast. Genau wie Sie.«

»Dann haben Sie sicher auch herausgefunden, dass er meist zu anderen Zeiten hier weilte als ich.« Oliver drehte das Glas zwischen seinen Fingern. »Wie gesagt: Wir kannten uns nur flüchtig.«

Tremante ignorierte seine Antwort. »Was haben Sie in der vergangenen Nacht gemacht?«

»Erzählen Sie es mir.«

»Vermutlich geschlafen.« Der Generale lachte auf. »Im Gegensatz zu Ihrer Frau.« Er drehte sein Gesicht und sah mir direkt in die Augen.

Ich erstarrte. »Nein, nein, Sie irren sich. Ich war die ganze Nacht im Bett, mein Mann kann das bezeugen.«

»Sicher kann er das. Das tun alle liebenden Ehemänner. Sie sind in den Flitterwochen?«

Ich verschränkte die Arme und beschloss, nichts zu sagen. Dieser Mann schien sich bereits eine Meinung gebildet zu haben, die ich nicht zu bestätigen gedachte. Aber mit dem, was nun kam, hatte ich nicht gerechnet.

Tremante beugte sich vor und entblößte eine Reihe kleiner, spitzer Zähne. »Man hat Sie gesehen«, flüsterte er. »Eine der Angestellten schwört, dass Sie in den frühen Morgenstunden durch die Gänge gewandelt seien.«

»Das ist absurd!«, mischte sich Oliver ein und schlug mit der flachen Hand auf den Tisch, dass der Kaffee beinahe über den Rand der Tasse schwappte. Aber ich sah ihm an, dass er an den Morgen dachte. An das Blut auf Kissen und Laken.

Entsetzen stieg in mir auf, mühsam rang ich es nieder. *Es war die Koralle gewesen, nur eine scharfe Koralle …*

Mit einer fast unmerklichen Bewegung schob ich den Ärmel meines Kleides weiter über den Handrücken, dessen Wunde zu pochen begann. »Ich würde mich doch daran erinnern, wenn ich das Zimmer verlassen hätte«, erwiderte ich matt. »Es muss sich um eine Verwechslung handeln.«

»Die Angestellte schwört auf die Bibel, dass Sie es waren. Aber das soll nicht heißen, dass Sie auch etwas mit dem Mord zu tun haben, Signora. Vielleicht leiden Sie auch nur unter einer … wie sagt man … Nachtwanderung?«

»Sie meinen Schlafwandeln?«

»Esatto!« Er lachte tonlos. Ohne mich anzublicken, holte er einen Block aus der Innentasche seiner Uniform, eine zerknitterte Ansammlung von Zetteln, dazu einen Stift. Offenbar glaubte er, die schriftliche Niederlegung seiner These würde sie zementieren.

»Ich bin in meinem ganzen Leben noch niemals schlafgewandelt!« Ein heftiger Schwindel erfasste mich, und ich klammerte mich an die Lehne meines Stuhls.

»Das mag durchaus sein. Was allerdings bedeuten würde, sie wären bei vollem Bewusstsein durchs Hotel geschlichen!«

Seine kleinen Knopfaugen ruhten auf meinem Gesicht.

»Sie werden sofort aufhören, meine Frau wie eine Mörderin zu behandeln!«, rief Oliver aus.

»Das liegt nicht in meinem Interesse«, sagte Tremante und kritzelte etwas auf die knittrigen Seiten. »Ich sprach lediglich von einer Angestellten, die Signora Dickinson frühmorgens in den Gängen gesehen hat. Das alleine ist noch kein Beweis. Was nicht heißt, dass ich sie für unschuldig halte …«

Oliver nickte, rutschte vor bis auf die Kante seines Stuhls, bis er dem Generale ganz nahe war. »Wie heißt diese Angestellte?«, fragte er nur, und sein Gesicht hatte plötzlich einen Ausdruck von Zuversicht.

»Nun, ich glaube, ich habe ihren Namen vergessen. Manchmal bin ich ein wenig unaufmerksam.« Langsam ließ Tremante die Notizen wieder in seiner Uniform verschwinden und erhob sich. Dabei griff er noch einmal in die Gebäckschale und steckte sich ein Stück Früchtekuchen in den Mund. »Ich werde dranbleiben«, sagte er kauend und steckte sich ein weiteres ein.

»Tun Sie Ihre Pflicht.« Oliver stand auf, versenkte seine Hand in der Jackentasche, um kurz darauf ein paar Geldscheine hervorzuholen und in der Uniform seines Gegenüber verschwinden zu lassen. Dieser tat so, als habe er nichts davon bemerkt, und war gerade dabei, summend den Raum zu verlassen, als er sich noch einmal umdrehte.

»Emilia ist ein wunderschöner Name, nicht wahr? So viele Frauen heißen Emilia.«

Damit ließ er uns alleine.

Oliver sog die Luft ein. »So heißt unser Zimmermädchen. Sie hat dich also gesehen!«

»Du denkst doch nicht, dass ich es war?«, fragte ich und sprang auf. »Ich wäre nicht dazu fähig, jemandem etwas anzutun, nicht einmal unter Hypnose! Auf dem Jahrmarkt, ja, da kann man unter dem Johlen der Zuschauer in eine Zitrone beißen, ohne das Gesicht zu verziehen, aber Mord ist doch etwas ganz anderes! Es gibt moralische Grenzen. Bevor man etwas ausführt, was man zutiefst verabscheut, würde man aufwachen, ganz sicher!«

Oliver stellte sich vor mich und begann, meine Schultern zu massieren. »Was immer auch geschehen ist, er wird dich nicht länger belästigen«, beteuerte er, plötzlich nüchtern. »Für Generale Tremante war es nur ein dummer Russe, nicht das Papier wert, auf das er seine Notizen schreibt. Alles, was er wollte, waren ein paar Lire, die es ihm erlauben, sich anderen Dingen zuzuwenden. Ich werde auch mit Emilia reden. Glaube mir, alles wird gut.«

»Du glaubst tatsächlich, dass ich es war.« Tränen schossen in meine Augen und rannen die Wange hinab.

»Nein, Nell. Aber du könntest auf dem Gang gewesen sein. Alles, was ich verhindern will, ist, dass man dich deshalb zur Mörderin macht.«

Eine plötzliche Müdigkeit überfiel mich, senkte sich wie Blei auf Kopf und Nacken.

Der Spiegel im Foyer. Hatte Maria recht? Maria, die die Ähnlichkeit erkannt, die mich vor den Blick in das blindfleckige Glas gewarnt hatte.

Ich blickte auf meine Hände, als seien sie vom restlichen Körper getrennt. Ein seltsames Gefühl ergriff von mir Besitz, mir war schwindelig, und ich spürte, wie mein Verstand ins Wanken geriet. *Lucrezia*, wisperte es in mir. Aber warum Dimitri?

»Ich möchte abreisen«, sagte ich tonlos. Und dann noch einmal lauter. »Oliver, ich möchte auf der Stelle abreisen! Dieses Hotel ist verflucht. Begreifst du das nicht? Lass uns woandershin fahren. Die Küste entlang, nach Nizza oder Cannes.«

»Ich kann nicht.«

»Warum? Um Himmels willen, was hält dich noch hier?«

Er sah mich lange an. Als er endlich sprach, waren seine Worte wie kleine spitze Nadeln, die sich langsam in mein Herz bohrten. »Weil ich es mir sonst nicht leisten kann. Dieses Hotel ist wichtig für mich und mein Renommee. Ohne die Kontakte, die ich hier knüpfe, kann ich mir das Londoner Leben nicht erlauben.«

»Das kannst du auch in jedem anderen Hotel an der Küste! In San Remo gibt es bezaubernde Unterkünfte, mit ebenso hochgestellten Gästen. Und wozu brauchen wir diesen Luxus? Allein die Kosten der Übernachtungen müssen unermesslich sein!« Ein Gefühl der Panik kroch von meiner Stirn bis in den Bauch, wo es sich langsam ausbreitete und meine Magengrube zum Pulsieren brachte.

»Du verstehst nicht. Hier, im Grandhotel Angst, kennt man mich. In England reichen die Leute meinen Namen untereinander weiter. Sie wissen, wo sie mich ab Mitte März jeden Jahres finden können. An der ganzen Küste gibt es kein vergleichbares Hotel mit einer derart extravaganten Mischung. Industrielle und Künstler, Adelige und Großbürger, Kaiser und Könige mieten sich hier ein. Sie alle sind auf der Suche nach etwas, das sie in der Heimat nicht finden können. Und wenn sie zurückkehren und sich danach sehnen, dann kann ich ihnen ein Abbild der Erinnerungen an diesen Ort geben. Verstehst du? Dieses Gebäude ist mehr als nur ein Hotel. Es ist ein Auffangbecken von Bedürfnissen und Sehnsüchten, von dem Verlangen nach Zufriedenheit und seelischem Wohlstand. Etwas, das ihre Heimat ihnen niemals geben wird.«

Noch immer kneteten seine Hände meine Schultern, wanderten hinab zu meiner Taille, wo sie warm und auffordernd liegen blieben.

»Und was ist mit mir? Wo bin ich in deiner Aufzählung? Ich dachte, es seien unsere Flitterwochen!«

Seufzend zog er seine Hände weg. »Es tut mir leid, wenn ich dich enttäuscht habe. Aber ich tue es, um dir das Leben zu bieten, das du verdienst.« Er nahm mein Gesicht in beide Hände und bedeckte es mit Küssen. »Doch nur deinetwegen. Ich liebe dich, Nell. Auch wenn du es mir nicht glauben magst. Ich liebe dich und werde alles tun, um dich glücklich zu machen.«

Seine Küsse trieben einen unerwarteten Schauder über meinen Rücken. »Wenn du mich wirklich lieben würdest, tätest du mir das nicht an!«, flüsterte ich und trat einen Schritt zurück.

»Es ist nur eine Frage der Zeit.« Oliver machte eine abweisende Handbewegung, als könne er damit die dunklen Schatten vertreiben. »Du hast nichts mit Dimitris Tod zu tun, du wärst gar nicht fähig zu morden, das hast du doch selbst gesagt. Lass uns das Ganze einfach vergessen. Das Leben genießen. Ein wenig feiern und dabei auch ans Geldverdienen denken. Heute Abend werden wir Bridge spielen und ein paar Kontakte knüpfen. Es ist wichtig, dass ich mich zeige und von meiner Arbeit erzähle. Und ich verspreche dir, dass wir früher abreisen, wenn der Aufenthalt sich bezahlt gemacht hat. In

Ordnung?« Er wischte mir mit dem Daumen die letzten Tränen von den Wangen.

Ich starrte ihn an, enttäuscht über die Sorglosigkeit, mit der er meine Bedenken fortschob. Doch dann legte ich meine Hand auf die pulsierende Magengrube und nickte unbeholfen. Was hätte ich auch tun sollen?

»Braves Mädchen«, sagte er nur, und damit schien die Sache für ihn erledigt zu sein. Zumindest wollte er es mich wohl glauben lassen.

11

Die Bridgeabende des Grandhotels waren über die Grenzen Bordigheras hinaus bekannt. Nass glänzende Kutschen standen in langer Schlange den fackelgesäumten Weg vom Tor hinauf bis an die Freitreppe. Von überallher kamen Gäste, in feinste Roben gehüllt, stiegen über die Pfützen, die der Regen in den Boden gewaschen hatte. Eine flimmernde Atmosphäre hing über den Ankommenden, prall gefüllt von der Lust an Vergnügen und Ausgelassenheit. Die Musik des Orchesters begleitete die Menschen mit einem fröhlichen Klangteppich zum hell erleuchteten Vestibül, wo sie vom Concierge in Empfang genommen wurden, und weiter bis hin zum großen Salon, in dem das wöchentliche Spektakel stattfinden sollte.

An den Tischen drängten sich Spieler und Schaulustige, niemals hätte ich gedacht, dass so viele Menschen in den Raum passten. Verschiedenste Sprachen tönten durcheinander, auch Deutsch, Russisch und Französisch. Die parfumgeschwängerte Luft vermengte sich mit dem Duft Dutzender Blumensträuße zu einer aufreizenden Mixtur, die meinen Geruchssinn beinahe überforderte.

Nervös griff ich mir ans Haar.

Ich hatte es beim hoteleigenen Friseur richten und locker hochstecken lassen, nun umspielten die Wellen in Form einer Baskenmütze meinen Kopf. Man hatte mir erzählt, das sei die neueste Mode, von einem amerikanischen Zeichner namens

Gibson kreiert. Anfangs hatte ich geglaubt, die Frisur würde jeden Augenblick in sich zusammenfallen, doch sie erwies sich als erstaunlich robust, und nun sah ich sie auch an anderen Frauen.

Noch im Gehen zupfte ich an meinem grünen Abendkleid, das sich von der schmalen Mitte nach unten hin auffächerte, und richtete das spitzenumrahmte Dekolleté.

»Du siehst bezaubernd aus«, raunte mir Oliver ins Ohr, während er seinen Blick über die Tische schweifen ließ, als würde er jemanden suchen. »Ich habe übrigens mit unserem Zimmermädchen gesprochen, während du beim Friseur warst.«

Mein Herz setzte für einen Schlag aus. »Und? Was hat sie gesagt? Hat sie mich wirklich in der Nacht gesehen?«

»Sie kann sich an nichts dergleichen erinnern.« Er lächelte und zwinkerte mir zu.

Den blassen Versuch, eine weitere Erklärung zu erhalten, wischte er mit einer abweisenden Handbewegung fort. Damals hatte mich diese Geste beruhigt, sie gab mir das Gefühl, als sei es tatsächlich nicht von Belang.

Heute weiß ich, wie naiv ich war. Doch an jenem Abend zwang ich mich zu einem Lächeln, bemüht, alles, was mich weiter beunruhigen konnte, zu verdrängen. Fast war ich erleichtert, als er das Thema fallen ließ und mich stattdessen zu einem Tisch am Fenster zog.

»Ich habe uns bereits einen Platz reserviert.«

Unsere Mitspieler stellten sich als Thomas und Margery Barfield vor, ein Industrieller aus Manchester nebst Gemahlin. Beide waren klein gewachsen, er sogar noch kleiner als sie. Was durch ihre hoch aufragende Lockenfrisur noch unterstrichen wurde.

»Wie angenehm«, entfuhr es Mrs. Barfield, nachdem sich alle gesetzt hatten. »Ich hatte schon befürchtet, mit den Herrschaften dort drüben spielen zu müssen, die Dame hustet unentwegt. Ich kann nicht verstehen, dass man sie hineingelassen hat, Lungenkranke sind in diesem Hotel doch eigentlich unerwünscht.«

Oliver lachte, als habe sie einen guten Scherz gemacht, und zwinkerte mir gut gelaunt zu, während Mr. Barfield mit beiden Händen über seinen dicht gewellten Schopf strich und mit den Augen rollte.

»Hör mit dem Geplapper auf und lass uns endlich beginnen, Marge«, sagte er.

Die Wahl der Karten bestimmten die Barfields als Spielpartner und Gegner von Oliver und mir. Mr. Barfield begann, die beiden Stapel mit größter Ernsthaftigkeit an Oliver und seine Frau Margery zu verteilen, die sich indessen mehr für die anderen Gäste zu interessieren schien.

»Sehen Sie nur! Dort hinten sitzt seine Exzellenz Graf von Steckendorf, Oberhofmarschall Ihrer Majestät der Kaiserin Friedrich. Und ist das daneben nicht ihr Kammerherr Freiherr von Wedel?«

»Kaiserin Friedrich? Wie kann man einer Frau einen derartigen Namen geben?« Ich verstand mich nicht auf diese Dinge und musste sehr erstaunt ausgesehen haben, denn Margery lächelte nachsichtig.

»Kaiserin Friedrich ist Victoria, Tochter von Queen Victoria, und führt seit dem Tod ihres Mannes Friedrich III. von Preußen diesen Titel. Er verstarb an Kehlkopfkrebs.« Sie wandte sich an ihren Mann, der Olivers Kartenpaket bereits zurückerhalten hatte. »Ist denn die Kaiserin auch da?«

»Schon seit Januar!«

Sie sah ihn erstaunt an. »Woher weißt du das?«

»Man kann sich in ihr Buch eintragen. Ich habe hineingesehen. Der erste Vermerk erfolgte am sechzehnten.«

»So?« Margery hob eine Braue. »Ich habe sie noch gar nicht gesehen. Weder beim Frühstück noch beim Dinner.«

Thomas Barfield seufzte. »Sie wird sich nicht unters gemeine Volk mischen wollen. Wahrscheinlich lässt sie sich das Essen aufs Zimmer bringen.«

»Ich möchte mal wissen, warum sie überhaupt hier ist, wenn sie die Räume nicht verlässt.«

»Stehst du Tag und Nacht vor ihrer Tür, dass du das weißt? Außerdem hat sie einen eigenen Zugang am rückwärtigen Teil des Hotels.«

»Oder sie ist heute, nach diesem tragischen Unglück, bereits wieder abgereist.« Margery stieß ein dramatisches Seufzen aus. »Dieser Russe soll ja bestialisch ermordet worden sein. Von einer Gestalt aus dem Jenseits!«

Ich hielt den Atem an und blickte zu Oliver, der mir scheinbar gleichmütig zulächelte. Doch seine Augen mahnten mich zu schweigen.

»Unsinn«, entgegnete Thomas, »es gibt keine Geister! Am Ende kommt noch heraus, dass es ein Eifersuchtsdrama mit Todesfolge war. Der gute Mann wird sich zu weit in fremde Betten gewagt haben.«

»Aber es ist doch eine amüsante Vorstellung; endlich passiert etwas in diesem verschlafenen Nest. Immer nur Tennis, Theater und Bälle. An manchen Tagen weiß ich gar nicht, wohin mit all der Zeit – so ein Nervenkitzel ist doch ganz belebend, nicht wahr?«

Sie sah mich Beifall heischend an, doch bevor ich antworten konnte, zeigte Thomas Barfield ungeduldig auf die Karten. »Los, Marge, du musst mischen. Wir sind zum Kartenspielen hier, nicht um uns von fragwürdigen Spukgeschichten zum Narren halten zu lassen.«

Margery verzog den Mund und begann, die Karten mit ausgesuchter Langsamkeit zu vermengen.

Thomas Barfield schob Margerys Paket an mich weiter, ich hob ab, dann wurde ausgeteilt.

»Queen Victoria soll ja auch wieder an der Riviera sein«, nahm Mrs. Barfield das vorige Thema wieder auf, während sie jede ihrer zugeschobenen Karten mit der linken Hand bedeckte. »In Nizza. Fast schon wäre der Besuch abgesagt worden. Eine Katastrophe für die Region!«

Thomas Barfield verdrehte die Augen. Mich aber amüsierte das Geplauder seiner Frau, und so fragte ich nach. »Und warum wollte sie nicht kommen?«

»Im Globe stand ein Artikel über eine Schauspielerin, einer Mrs. Norris oder so ähnlich, welche die Queen im Palais de la Jetée-Promenade auf beleidigende Art nachahmte. Eine Zumutung, wie ich finde!«

»Das ist ja absurd«, warf einer der Zuschauer ein, der das Gespräch verfolgt hatte. »Ich habe die Vorstellung gesehen. Cecile Norris ist eine wunderbare Schauspielerin, die Nachahmung berühmter Persönlichkeiten ist ihre Spezialität. Großartig, wenn sie in diesem pompös gerüschten Witwenkleid und Spitzenhäubchen auf der Bühne steht und ausruft: ›Als Kopf einer großen Nation werde ich von meinem Volk geliebt, und ich bin stolz darauf.‹ Was soll daran denn verächtlich sein?«

»Wahrscheinlich hat der Korrespondent der *Globe* die Geschichte nur überzogen dargestellt, um seinen Artikel gut zu verkaufen«, brummte Mr. Barfield.

»Und warum ist Queen Victoria nun doch gekommen?«, warf ich ein.

»Monsieur Honoré Sauvant, der Bürgermeister von Nizza, ist höchstpersönlich nach Paris gereist, um sich bei der Britischen Botschaft für diesen Affront zu entschuldigen«, antwortete Margery triumphierend, als sei sie selbst verantwortlich für das Wohlergehen der Queen.

»*Das* hat er getan?« Mr. Barfield schüttelte zweifelnd den Kopf, sodass seine gewellte Mähne etwas außer Ordnung geriet.

»Nun, zumindest steht es so in der Zeitung. Ich persönlich glaube, er hätte einiges mehr aufgeboten, nur um die Queen in seiner Stadt empfangen zu können. Ein größeres Renommee für den Ort kann es wohl kaum geben.«

»Nenn du es Renommee, ich nenne es Geld. Es geht doch immer nur um Geld.«

Ich sah zu Oliver, der mir am Rande des Geplänkels ein Lächeln zuwarf. »Pass auf«, wisperte er fast unhörbar. »Das Plaudern ist nur eine Ablenkung. Sieh, wie sie die Karten in die Nähe ihres Ärmels rutschen lässt.« Ich zwinkerte und deutete einen Kussmund an. Plötzlich war das alte Band wieder zwischen uns. So als sei nichts geschehen. Ich inhalierte dieses Gefühl, nahm es tief in mir auf, bis Thomas Barfield die Spieler zur Konzentration rief.

Während alle versuchten, mit ihren Karten möglichst hoch zu reizen, beobachtete ich, wie Margery bei jeder ihrer Ansagen die Stellung der Finger veränderte. Ich verstand nicht, was es zu bedeuten hatte, begann aber, mir sich wiederholende Haltungen zu merken und in einen Zusammenhang mit den folgenden Stichen zu bringen.

Beim dritten Spiel glaubte ich, die Kommunikation begriffen zu haben, doch nun beteiligte sich Oliver an dem angeregten Geplauder, erzählte von dem Maler, den er hier kennengelernt hatte und dessen Werke er sich anschauen wolle, bis wir am Ende haushoch verloren und den Barfields den Einsatz hinüberschoben.

»Ich dachte, du wolltest gewinnen«, sagte ich verwundert, als wir durch die dichte Menschenmenge zur Bar drängten. »Margerys Taktik war leicht zu durchschauen. Sie hat ja nicht nur bei Bedarf eine neue Karte aus dem Ärmel rutschen lassen, sondern ihrem Mann auch den Inhalt ihres Blattes verraten.«

»Kluges Mädchen«, sagte Oliver lächelnd. »Ich bin sehr stolz auf dich. Aber die hohe Kunst der Kontaktpflege beinhaltet auch, das Gegenüber gewinnen zu lassen. Das verschafft Sympathie und gleichzeitig ein Gefühl der Bringschuld. Mit dem Einsatz habe ich ihnen auch meine Firmenkarte hinübergeschoben, woraufhin er mir seine zurückgab. Du wirst sehen, er meldet sich.«

»Bist du dir sicher?«

»Es funktioniert nicht immer. Aber wenn ich ihnen in trüben Wintermonaten eine Karte mit dem Motiv eines meiner Künstler schicke und sie an den wundervollen Abend erinnere, bekomme ich in den meisten Fällen eine Anfrage. Für die Daheimgebliebenen ist die Sehnsucht nach dem Süden nahezu unstillbar. Da hilft es nur, sich ein Bildnis davon an die Wand zu hängen.«

»Oliver!« Ich blieb stehen, stützte meine Hände in die Hüften und sah ihn mit gespieltem Entsetzen an. »Du bist ja ein richtiger Schurke!«

»Stets zu Diensten«, antwortete er mit dem koketten Charme des Enttarnten. Dabei kam er so nahe, dass ich die Wärme seines Körpers auf meiner Haut zu spüren glaubte. »Wir sollten unbedingt nach Monte Carlo fahren und dort unser Glück versuchen. Die Stadt badet im Luxus, man fühlt sich wie in einem Märchen aus Tausendundeiner Nacht. Wir werden in den feinsten Lokalen speisen, uns durch die pompösen Säle des Casinos treiben lassen und so tun, als gehörten wir zu den vermögendsten und einflussreichsten Personen des gesamten Kontinents.«

Ich reckte mich, bis ich sein Ohr beinahe mit den Lippen berührte. »Was immer du willst«, flüsterte ich.

Später lernten wir noch weitere Gäste kennen. Einen alleinreisenden Oberst, eine deutsche Gräfin und ein Ehepaar aus Michigan, das sich auf einer Weltreise befand. Auch einen Stahltycoon aus New York, der reges Interesse an dem umfangreichen Skizzenbuch zeigte, von dem Oliver mit blumigen Worten erzählte.

Andere schienen ihn aus vorangegangenen Jahren zu kennen, sie kamen freudig auf ihn zu, es wurden Hände geschüttelt und Termine für die nächsten Tage vereinbart. Mal wollte man sich im Billardzimmer treffen, mal im Herrenraum, und immer wieder wurde ihm versichert, welche Bewunderung die bereits gekauften Bilder in der Heimat hervorriefen, es sei ganz beeindruckend, man könne gar nicht genug von ihnen bekommen. Oliver war in seinem Element und verteilte fleißig Namenskarten.

Inzwischen hatte man die großen Flügeltüren geöffnet und den Salon um einen Raum erweitert. Dort spielte eine Kapelle aus Klavier, Streichern, Trompeten und einer Oboe, einmal wurde sogar eine Polka intoniert, was bei den Tanzenden für große Erheiterung sorgte. Der Mord war an diesem Abend kein Thema mehr.

War es denn wirklich einer gewesen? Die Gesellschaft schien beschlossen zu haben, zu vergessen und sich zu amüsieren. Immer mehr elegant gekleidete Besucher strömten in den Saal, als wollten sich die schönsten und angesehensten Menschen der Riviera hier im Grandhotel versammeln. Bald glich die Party einer Karussellfahrt, auf der sich die Gäste überschwänglich drehten, bis einem schwindelig wurde.

Irgendwann wurde mir die Lautstärke zu viel, das hysterische Lachen, der schweißige Dunst der Tanzenden, und ich zog mich auf die von Fackeln erleuchtete Terrasse vor dem Ballsaal zurück, wo sich Grüppchen gebildet hatten, die sich leise unterhielten oder Zigarren rauchten. Erschöpft hielt ich mein Gesicht in den lauen Abendwind, genoss das Streicheln auf meiner Haut und blickte auf den vor mir liegenden Park, dessen Pracht sich im Dunkel verlor.

Über die regenfeuchte Erde zogen Schwaden, Baumstämme stachen schwarz in den Himmel. Auf einmal war mir, als starre mich dort unten in der Schwärze etwas an. Darauf wartend, mich zu verschlingen. Das Licht des Ballsaals spiegelte sich jäh in einem Augenpaar, das immer näher zu kommen schien.

Wie gebannt starrte ich in die glühenden Kreise, unfähig, mich zu bewegen. Ich spürte, wie sich mein Puls verlangsamte, beinahe aussetzte.

Der Wind frischte auf, und das leise Rauschen der Blätter schwoll zum unheilvollen Wispern. »Bald«, schienen sie zu flüstern, »bald.«

Ich zuckte zurück und unterdrückte einen Schrei. Ein Vogel stob aus dem Gebüsch, dann sah ich, was ihn aufgeschreckt hatte. Es war eine Katze, die nun einen der Wege überquerte und das funkelnde Augenpaar mit sich trug.

Erleichtert stieß ich die Luft aus, doch das Gefühl der Bedrohung blieb. Mit zitternden Fingern klammerte ich mich an die Balustrade.

»Ganz ruhig, Nell«, flüsterte ich mir zu. Hier konnte doch nichts geschehen, mitten unter Menschen, ein Schatten im Lichtkegel des Tanzsaals!

Allmählich gewann ich wieder die Kontrolle über meinen Puls. Aufatmend blickte ich zum Himmel. Die Wolken hatten sich beinahe verzogen. Hinter trüben Schleiern blinkten zahlreiche Sterne hervor, die Luft war kühl und feucht. Eine Weile lauschte ich dem Geräusch der Palmenblätter im Wind, das wieder so klang wie immer. Ich spürte, dass die Angst langsam wich, als eine tiefe Stimme mich herumfahren ließ.

»Hat Oliver Sie alleine gelassen?«

Es war John Madroy. Sein pomadiges Haar glänzte im Schein der Fackeln, aber seine Augen lagen im Dunkel. Ich sah an ihm vorbei zum hell erleuchteten Saal und schwieg.

»Sie brauchen keine Angst vor mir zu haben. Ich gehöre zu den Guten.«

»Was wollen Sie?«

»Ich möchte Sie warnen.«

»Das haben Sie bereits getan.«

»Hat Oliver Ihnen von Kate erzählt?«

Ihr Name traf mich ins Herz. Ich seufzte und sah zu Boden.

»Das dachte ich mir. Warum auch sollte er das tun? Es würde Sie nur kränken.« Seine Stimme wurde rau. »Sie war eine kluge, weltgewandte Frau mit einer unvergleichbaren Eleganz. Nicht so ein junges, unerfahrenes Ding wie Sie.«

Ich ignorierte die Beleidigung, überlegte kurz, an ihm vorbei hineinzugehen. Doch etwas hielt mich zurück. War es Neugierde oder einfach die Unfähigkeit, der Herabwürdigung meiner Person zu begegnen? Ich griff in meine Abendtasche, in der ich Olivers Etui aufbewahrte, und steckte mir eine Zigarette in den Mund. Sofort entzündete Madroy ein Streichholz, und ich zog an der Spitze, bis der Tabak glimmte.

»Warum erzählen Sie mir das?«, fragte ich und blies den Rauch in seine Richtung.

»Weil Kate mich kurz vor ihrem Tod kontaktiert hat. Ich dachte, das würde Sie interessieren.«

»Sie lügen.«

»Nein, das tue ich nicht.« Er zog einen Brief aus der Tasche seines Cuts und reichte ihn mir. »Ich hatte ihn mitgenommen, um Oliver zur Rede zu stellen, doch nun denke ich, dass es klüger ist, wenn Sie der Wahrheit ins Gesicht sehen.«

Ich besah den Umschlag, der mit einer geschwungenen Schrift versehen war. Einer weiblichen Schrift. Aber war es auch die von Kate?

»Der Wahrheit? Und wer sagt mir, dass dieser Brief nicht gefälscht ist?«

Ich gab ihn zurück, ohne ihn zu öffnen, aber er hob abwehrend die Hände.

»Lesen Sie ihn. Er könnte Ihr Leben retten.«

Zögernd drehte ich den Umschlag, und schließlich entnahm ich den Brief und entfaltete ihn.

Lieber John,

ich kontaktiere Sie, weil ich mir nicht mehr zu helfen weiß.
Ich habe etwas herausgefunden, das ich mit Ihnen besprechen möchte, und es betrifft Oliver. Ich weiß, dass Sie gemeinsame Geschäfte machten. Aber wie weit sind Sie dabei gegangen?
Wie weit ist er *gegangen?*
Bitte treffen Sie mich am nächsten Freitag um acht im Paganini in der Great Portland Street. Ich warte auf Sie.

Hoffnungsvoll,
Ihre Kate Dickinson

»Das ist alles?« Ich gab ihm den Brief zurück. »Was hat sie Ihnen bei dem Treffen erzählt?«

»An jenem Freitag habe ich im Paganini auf sie gewartet, bis man das Restaurant zusperrte. Sie ist nicht erschienen. Ich hatte geglaubt, ihr sei der Mut gesunken oder sie habe es sich anders überlegt. Nun aber, da Oliver Sie als seine neue Ehefrau vorstellte, wusste ich, dass etwas mit Kate passiert sein muss.«

»Es war ein Unfall.«

»Glauben Sie das wirklich?« Er lachte auf. »Auch Jacob Winslow hatte einen tödlichen Unfall, nur wenige Wochen, bevor Kate diesen Brief an mich schrieb. Er war unser Geschäftspartner und hatte etwas herausgefunden, das Oliver schwer belastete. In der Annahme, es gäbe etwas zu klären, habe ich Dimitri gebeten, schon im März nach Bordighera zu reisen. Nun ist er tot. Was glauben Sie, woran das liegt?«

Ich warf die Zigarette auf den Boden. »Das müssen Sie Oliver fragen. Für haltlose Spekulationen bin ich die Falsche!« Damit lief ich an ihm vorbei in den hell erleuchteten Salon, nur weg von der immer ausgelassener tanzenden Menge, die Treppe hinauf ins Zimmer, wo ich mich schluchzend aufs Bett warf.

So fand mich Oliver, der nur wenige Minuten nach mir eintraf.

»Ich habe gesehen, dass du mit John gesprochen hast«, begann er, kaum dass er die Tür hinter sich geschlossen hatte. »Was will er von dir? Worüber habt ihr geredet?«

Erstaunt über die Härte seines Tonfalls, richtete ich mich auf. Sein Blick war starr und unversöhnlich. Hatte ich eben noch geglaubt, ich müsse ihm davon erzählen, um gemeinsam über die ungeheuerlichen Vorwürfe zu lachen, so zögerte ich nun. Ich wollte Kate nicht wiederauferstehen lassen, seinen

Schmerz sehen, die Dunkelheit, in die er sich stets fallen ließ, wenn ihr Name erklang. Und vor allem wollte ich nicht hören, dass Madroy richtig lag mit seiner Vermutung.

»Er hat wieder versucht, mich vor dir zu warnen«, sagte ich mit scheinbarer Ruhe, während mein Innerstes bebte.

»Zu warnen?« Er setzte sich neben mich aufs Bett. »Ich bitte dich, ihm nicht zu glauben. Er kokettiert mit dir. So, wie er es auch bei Kate getan hat. Er hat sie mit seinen falschen Theorien eingewickelt, bis sie ihm gefolgt war wie die Schlange dem Flötenspieler.«

Kate. Nun hatte *er* ihren Namen ausgesprochen.

»Ach, Unsinn. Du hast selbst gesehen, wie geringschätzig er mich behandelt hat. Nicht einmal die Hand mochte er mir geben, als du mich ihm vorgestellt hast.«

»Alles Tarnung, um mich in falscher Sicherheit zu wiegen. Nein, Nell. Er wird es auch bei dir versuchen. Dich so lange mit angeblichen Enthüllungen traktieren, bis du dich von mir abwendest.« Olivers Atem ging schwer. »Ich bitte dich, hör nicht auf ihn. Er lügt. Jedes Wort, das seine Lippen verlässt, ist unwahr.«

»Warum sollte er das tun?«

»Um mich zu vernichten.«

Er hob seine Hände zum Gesicht, rieb es, als helfe es ihm, klarer zu denken. Als er sie sinken ließ, schimmerten seine Augen dunkel.

»Ich weiß, dass es nicht immer leicht ist mit mir«, flüsterte er. »Aber ich will nicht, dass du anfängst, mir zu misstrauen.«

»Was soll ich denn tun, Oliver? Seit wir hier sind, scheinst du dich von mir zu entfernen. Deine Stimmungen machen mir Angst, ebenso wie Madroys Andeutungen und dieser grauenvolle Mord. Während du dich jedes Mal, wenn ich auf eure

Vergangenheit zu sprechen komme, verschließt, bietet er mir Antworten, die diese entsetzliche Leere zu füllen versuchen. Ich weiß selbst nicht mehr, was ich glauben soll! Ich beginne, den Boden unter den Füßen zu verlieren und habe dabei niemanden, an den ich mich halten kann. Und Kate …«

»Erwähne nie wieder diesen Namen!«

In der Ferne schwoll der Klang des Orchesters zu einem unheilvollen Crescendo an. Olivers Augen taxierten mich unruhig, dann schlich sich eine Entschlossenheit in seinen Blick, die mich frieren ließ, während er seine Finger zur Faust ballte. Ich rückte von ihm ab, drängte nach hinten, bis ich in meinem Rücken das Holz der Bettwand spürte.

»Nicht schlagen, bitte!«, wisperte ich.

Doch er blieb unbewegt. Schweiß erschien auf seiner Stirn, ein Tropfen perlte seitlich der Schläfe hinab.

»So kann es nicht weitergehen«, presste er endlich hervor. »Ich hätte wissen müssen, dass er dich nicht verschonen würde.«

»Was meinst du damit?«

Mit zitternden Fingern öffnete er die Faust, rückte näher, nahm mein Gesicht in beide Hände und sah mich mit einer Ernsthaftigkeit an, die etwas Bedrohliches hatte. »Dass ich ab sofort besser auf dich aufpassen und dich nicht eine Sekunde mehr alleine lassen werde.«

Auch jetzt, da ich mich an Olivers Worte erinnere, an seinen durchdringenden Blick, spüre ich das Grauen. Nie hatte ich ihn so erlebt. Herrisch, unerbittlich, roh. An jenem Abend empfand ich eine Angst vor meinem eigenen Ehemann, die mir den Atem nahm.

Mit einem plötzlichen Gefühl von Erschöpfung lege ich den

Federstift beiseite. Langsam stehe ich auf, öffne das Fenster und lasse die kalte Nachtluft herein. Die plötzliche Frische tut gut, sie nimmt mir die Hitze, die sich auf meine Wangen gelegt hat. Ich trete näher an die Öffnung und sehe in Richtung des Grandhotels, das inmitten eines funkelnden Lichtermeers liegt.

Mit einem Mal glaube ich zu spüren, dass mich jemand aus einem der vielen Fenster heraus beobachtet.

Schaudernd weiche ich zurück. Mit einem energischen Ruck verschließe ich Fenster und Läden und schiebe den Stuhl vor die Tür, bevor ich mich vollkommen bekleidet auf das Bett lege und versuche, in den Schlaf zu finden.

»Niemand weiß, dass ich hier bin«, flüstere ich. Doch es dauert bis weit nach Mitternacht, bevor die Lider zufallen und ich in einen rastlosen Traum gleite.

12

Samstag, 25. März 1899

Ich erwache mit einem unbestimmten Gefühl von Gefahr. Im Traum habe ich Stimmen gehört, jetzt merke ich, dass sie real sind. Jemand spricht mit energischem Tonfall; in der besorgten Antwort erkenne ich Agnesa, Michele Corradis jugendliche Schwester.

Rasch setze ich mich auf und lausche. Durch die Ritzen der Fensterläden dringt das milchig-rosa Licht des beginnenden Tages. Auf der Straße rattert lärmend ein Fuhrwerk vorbei, und ich eile zum Fenster, weil das Geräusch die Stimmen übertönt. Das Holz knarrt, als ich es vorsichtig aufstoße. Eine schwache Brise dringt durch die Öffnung und trägt Agnesas Rufen hinein.

»Michele? Michele, la polizia vuole parlare con te!«

Die Antwort kommt gedämpft aus dem Inneren. Ich höre, wie das Tor knarrend aufschwingt, nun werden die Stimmen leiser. Ich haste zur Zimmertür und presse mein Ohr an das Holz. Die Männer sind jetzt im Haus. Ich glaube, meine Landessprache herauszuhören, und vergesse für einen kurzen Moment zu atmen. Sind sie gekommen, um mich zu holen?

Rasch schiebe ich den Stuhl, der noch immer vor der Tür steht, beiseite und öffne sie einen Spaltbreit.

Vom Eingangsbereich dringen Gesprächsfetzen herauf. Der Mann, der jetzt spricht, ist ein Engländer.

»Laut Auskunft des Portiers haben Sie gestern Morgen in der Parkanlage des Grandhotels gearbeitet. Zur selben Zeit, als die Gesuchte hinausgerannt ist. Sie müssen die Dame eigentlich gesehen haben.«

»Nein.« Es kommt zögernd.

»Sind Sie sicher?«

Michele Corradis Zögern beunruhigt mich. Er wird mich verraten, wenn er weiß, wer ich bin. Warum sollte er mich schützen?

Rasch zwänge ich mich auf den Flur und schleiche weiter, um dem Gespräch besser folgen zu können. Am Fuß der Treppe steht Generale Tremante und fixiert Michele Corradi mit strengem Blick. Doch die Unterhaltung führt ein Mann in altmodisch kariertem Anzug. Als ich ihn erkenne, zucke ich zurück, tauche in den Schatten des Ganges und presse meinen Rücken an die kühle Steinwand.

Es ist der griesgrämige Herr mit dem gezwirbelten Bart und der lederartigen Haut! Sofort erinnere ich mich an den Moment, als wir ihm begegnet sind. Der kurze Blickwechsel mit Oliver, das rasche Fortdrehen. Was hat der hier zu suchen?

»Ich habe verdorbene Pflanzen ausgetauscht und mich vor allem auf die Beete konzentriert«, fährt Michele Corradi nun fester fort. »Dabei sind sicher auch einige Damen die Wege entlanggegangen, aber ich habe sie nicht weiter beachtet.«

»Sie war die Einzige an diesem frühen Morgen. Sie muss in Panik gewesen sein, so etwas fällt auf.«

»In Panik? Was ist denn passiert?«

Der Mann zögert. »Nun denn, es hat ein paar unschöne Vorfälle im Hotel gegeben.«

»Ja, ich habe schon davon gehört. Es wird erzählt, Lucrezia habe sich gerächt ...«

»Glauben Sie etwa auch an diese Geistergeschichten?« Der Engländer lacht, und es klingt wie ein Vorwurf. »Ihr Italiener seid ein furchtbar abergläubisches Volk! Viel zu leicht zu entflammen, immer mit dem Gefühl statt mit dem Verstand.«

»Das ist Teil unserer Seele«, entgegnet Michele Corradi. »Es bringt die warmherzigsten Menschen hervor!«

Er sagt es mit feurigem Stolz, ich kann das Funkeln in seinen Augen förmlich sehen.

»Wie dem auch sei«, fährt der Griesgrämige fort, »der Inhaber, Adolf Angst, befürchtet, der Ruf des Hotels könne Schaden nehmen, er will unter allen Umständen beweisen, dass es nicht ein Geisterwesen ist, das sein Unwesen treibt, sondern ein Mensch aus Fleisch und Blut. Wir gehen davon aus, dass die gesuchte Dame uns mehr darüber erzählen kann. Ihr Name ist Eleonore Dickinson. Ihr geistiger Zustand soll besorgniserregend sein. Es ist von allergrößter Wichtigkeit, dass wir Madame Dickinson rasch finden, damit nicht noch ein weiteres Unglück geschieht.«

Eine bleierne Müdigkeit legt sich über meinen Körper. Zieht hinab, bis ich meine Beine kaum noch spüre. Mein Widerstand schwindet.

Das Messer, das Blut. Das hilflose Gefühl tiefer Schuld. Habe ich getötet, um mein eigenes Leben zu schützen? Müsste ich mich dann nicht der Polizei stellen?

Ich atme tief durch. Die Konsequenz, die mir droht, macht mir Angst. Auf Mord steht der Strick.

Mit leisen Schritten schleppe ich mich zurück ins Zimmer und gehe zum Waschtrog, kühle mein Gesicht und richte das Haar. Dann setze ich mich auf das Bett, aufrecht und mit gestrafften Schultern, und warte darauf, dass die Männer die Stiege heraufeilen, auf das Klopfen an der Tür.

Der Gedanke, dass das Unglück hätte verhindert werden können, wenn ich nicht so schwach gewesen wäre, treibt mir die Tränen in die Augen.

In jener Nacht, als Oliver mir aufs Zimmer gefolgt war, um mein Gesicht mit beiden Händen zu packen und zu schwören, mich nie mehr aus den Augen zu lassen, hätte ich auf mein Gefühl hören und das Hotel augenblicklich verlassen sollen.

Ich hätte gehen sollen, als sich die Gelegenheit dazu bot.

13

Donnerstag, 23. März 1899

Dass ich ab sofort besser auf dich aufpassen und dich nicht eine Sekunde mehr alleine lassen werde.

Seine Worte klangen in meinem Inneren nach. Setzten sich auf Herz und Lunge, gruben sich in Hirn und Haut, bis ich dem Gefühl zu ersticken endlich zu entfliehen vermochte – und schweißgebadet erwachte. Nur langsam gewöhnten sich meine Augen an das Halbdunkel im Zimmer. Neben mir atmete Oliver, gleichmäßig und mit kehligem Laut, während ich Mühe hatte, mein stolperndes Herz zu beruhigen.

Die Wärme, die von ihm ausging, war mir unerträglich. Ich würde es nicht eine Minute länger neben ihm aushalten.

Abrupt stand ich auf und suchte nach meinem Morgenrock, den ich auf dem Boden neben dem Sessel fand. Dann ging ich zur Tür, die auf den Gang führte, nur um festzustellen, dass sie verriegelt war.

Wollte er nur verhindern, dass ich schlafwandelte, oder hatte er Sorge, dass ich vor ihm davonlief?

Unschlüssig blieb ich im Zimmer stehen und starrte in die beginnende Dämmerung.

Wie zornig sein Blick gewesen war, als sei ich schuld daran, dass Madroy mir aufgelauert hatte. Oliver machte mir Angst.

In seiner Nähe fühlte ich mich plötzlich unwohl, gefangen, dem Schicksal hilflos ausgeliefert. Ich hatte geglaubt, er bringe mir Freiheit, um jetzt festzustellen, dass ich in einem vergoldeten Käfig saß, der nur wenig größer war als der alte.

Auf bloßen Füßen ging ich zum Nebenraum und öffnete die Läden der Balkontür, langsam, damit sie nicht knarrten.

Während ich ins Freie trat, dachte ich an die Zukunft, die plötzlich ein trübes Gesicht bekommen hatte. Ich ertrug es nicht, mit einem Mann zu leben, dessen seelische Tiefen mich erstickten und Ängste heraufbeförderten, die ich nicht an mir kannte. Es machte mich wütend; am liebsten hätte ich ihn aufgeweckt und angeschrien, er solle mir nie wieder so etwas antun!

Heftiger Wind riss an meinem Haar. Wie eine Ertrinkende sog ich die kühle Luft ein und dachte, dass sich mein Leben innerhalb weniger Tage von Grund auf verändert hatte, wie ich es nie für möglich gehalten hätte.

Waren wir noch als frisch verheiratetes Paar angereist, das sich auf die gemeinsame Zeit in südlicher Sonne freute, so fühlte es sich nun an, als sähe Oliver in mir nicht länger die geliebte Ehefrau, sondern nur noch ein störrisches Kind, dessen vielen Fragen man am besten begegnete, indem man ihm Gewalt androhte.

Hätte ich doch nur auf meine Mutter gehört, die mich inständig anflehte, Olivers Antrag nicht anzunehmen, zumindest nicht gleich.

»Du kennst ihn doch kaum«, hatte sie zu Bedenken gegeben. »Ein Eheversprechen gilt bis ans Lebensende. Du solltest sichergehen, mit wem du deine Tage verbringen wirst.«

»Ich weiß, dass ich ihn liebe«, hatte ich entgegnet, »und das ist alles, was zählt.«

»Die Ehe ist keine nicht enden wollende Romanze. Auf Dauer zählen die Beständigkeit und das Vertrauen. Du weißt nicht, was dich mit diesem Mann erwartet, nicht nach so kurzer Zeit.«

Natürlich hatte sie recht gehabt, doch damals wollte ich es nicht zugeben. Ich wusste überhaupt nichts über Oliver. Die wundervollen Tage nach unserem Kennenlernen verbrachten wir stets unter den wachsamen Augen von Tante Rose. Nach meiner Heimreise hatten wir einen Briefwechsel begonnen, der rasch intensiver geworden war. Genau sechzehn Briefe wechselten zwischen London und Wormingford, bis er mich Anfang Januar in Essex besuchte. Er hatte sich in einer Pension in Colchester eingemietet und hielt jeden Morgen mit seiner motorisierten Kutsche vor unserem Haus, um mich zu einem Ausflug abzuholen.

Ich erinnere mich noch, wie mein Herz jubilierte, wenn ich ihn sah, jeden Morgen aufs Neue. Der Nebel hing noch über den Wiesen, während wir durch die konturlose Landschaft fuhren, ohne jedes Ziel. Wir bestaunten Schlösser und Burgen, die auf unseren Wegen lagen, aßen in kleinen Gasthöfen zu Mittag und machten Touren an die Küste, nach Dovercourt und Clacton-on-Sea. Einmal hatten sich dichte Schneeflocken auf Hausdächer und Wege gelegt, während wir dick eingepackt am Strand entlangspazierten. Ich hielt es für Romantik, dass wir die Einzigen waren, die dem Wetter trotzten, dem Wind, der uns die Worte aus dem Mund riss, bis wir schließlich schweigend weitergingen. Seite an Seite, stundenlang. Dass wir uns in stiller Eintracht in die Augen sahen, während wir uns bei einem heißen Tee vor dem Kamin eines Gasthofes wieder aufwärmten.

Am fünften Tag nahm er während eines Spazierganges meine

Hand, fast beiläufig, während sein Blick nach vorne gerichtet war. Ich fühlte die Wärme seiner Finger und traute mich kaum zu atmen, aus Angst, dass er sie wieder fortnahm.

Das Einzige, was ich in dieser Zeit über Oliver erfuhr, war, dass seine Eltern rasch hintereinander an einer tödlichen Krankheit gestorben waren, als er gerade volljährig war. Und dass er sich Kinder wünschte, um ihnen die Nestwärme zu geben, die ihm seine Eltern versagt hatten. Nur einmal hatte er Kate erwähnt, beiläufig, und es war eine Bitterkeit in seinen Worten gewesen, die mich daran hinderten nachzufragen, aus Angst, es könnten Wunden aufbrechen, die nur langsam zu verschorfen begannen. Stattdessen widmete ich mich der Aufgabe, ihn aufzuheitern. Ich versuchte, ihm eine angenehme Gesprächspartnerin zu sein, und wenn wir über die Musik sprachen, über Pferde oder über Weltpolitik, gab ich mich betont heiter. Dass Oliver mehr und mehr auftaute, immer häufiger ein Lächeln zeigte oder gar selbst zu spaßen begann, wertete ich als einen Sieg.

Es war der vorletzte Tag seines Aufenthalts, als er bei einem unserer Spaziergänge plötzlich stehen blieb.

»Der Gedanke, alleine wieder nach London zurückzukehren, ist mir unerträglich«, sagte er und nahm meine Hände. »Sie haben mir die Lebensfreude zurückgegeben. Ich möchte das nie mehr missen.«

»Dann nehmen Sie mich doch mit«, antwortete ich kokett, und natürlich war es als Scherz gemeint.

Doch er lächelte nicht, sah mich mit dunklen Augen fest an. »Ich meine es ernst, Nell. Möchten Sie … möchtest du meine Frau werden?«

Ich erblasste und wandte den Blick, sah auf das Meer, dessen Grau mit dem der Wolken verschmolz. Seine Frage war ungeheuerlich, viel zu groß für mein mädchenhaftes Gemüt. Bislang hatten sich nur ein paar Jungen aus dem Dorf um mich bemüht, mir hübsche Steine vom Fluss geschenkt und mir den Korb getragen, wenn ich frische Eier vom Bauern holte. Keiner von ihnen hatte in mir ein ähnlich starkes Gefühl entfacht wie Oliver. Er war ein Mann, der mir mit kleinen Gesten und Worten das Gefühl gab, etwas Besonderes zu sein. Teil einer fremden, mir unbekannten Welt, die mein kleines Herz zum Hüpfen brachte.

»Damit sollte man nicht spaßen«, flüsterte ich endlich.

»Ich habe noch nie etwas ernster gemeint als das. Ich kann es kaum abwarten, dich zu mir nach London zu holen.« Er lächelte. »Und? Was sagst du?«

Dieser Antrag hatte etwas Unprätentiöses, Unromantisches, anders, als ich es mir in meinen Träumen vorgestellt hatte, und dennoch stieg in mir eine Freude auf, die mich innerlich schier zerriss.

»Ja«, rief ich freudestrahlend. »Und wie gerne!«

Einen Tag später hatte er meine Eltern um Erlaubnis gebeten. Mein Vater war begeistert von Oliver. Er war beeindruckt von den wirtschaftlichen Verhältnissen, von der Aussicht auf eine abgesicherte Zukunft. Aber vor allem sah er in Oliver den älteren Mann, der erfahren genug war, gut auf mich aufzupassen.

Damals hatte ich gedacht, ich sei der glücklichste Mensch auf Erden. Doch als ich auf dem Balkon des Grandhotels stand und in den erwachenden Morgen sah, erkannte ich, wie überstürzt die Hochzeit gewesen war. Und dass Olivers Verschlossenheit, die ich mit Zuneigung aufzuweichen versuchte, nichts anderes war als die Weigerung, seine innersten Gedanken und Gefühle mit jemand anderem zu teilen.

War es Kate ebenso ergangen wie mir? Hatte sie versucht, Oliver die Maske herunterzureißen, um zu erkennen, dass sein wahres Gesicht ein Ungeheuer zeigte? Hatte Madroy womöglich recht gehabt, als er behauptete, mein Mann sei schuld an Kates Tod?

Fröstelnd schlug ich die Arme um meinen Körper und starrte in das Palmenmeer.

Die Wahrheit schmerzte. Oliver war nicht der, den ich zu heiraten geglaubt hatte. Er war unberechenbar. Ein Mann, dem es Freude zu machen schien, mich zu quälen, der mich nicht vor dem grauenhaften Sog der Legende befreien wollte, sondern mich nur umso enger an dieses verfluchte Hotel fesselte, obwohl er doch wusste, wie sehr ich darunter litt.

Noch am gestrigen Abend hatte ich ihn erneut angefleht, diesen unheimlichen Ort zu verlassen, doch statt mich zu bestärken, hatte er steif vor mir gesessen und mich mit eisigem Schweigen betraft, bis ich mich für die Nacht fertig gemacht und mit stillem Weinen ins Bett gelegt hatte.

Es war, als gäbe ihm meine Hilflosigkeit einen unerklärlichen Triumph. Der Gedanke, wieder zurück ins Zimmer zu gehen, mich neben ihm ins Bett zu legen, nahm mir die Luft.

Ich muss von hier weg!

Die Kälte des steinernen Bodens brannte unter meinen Füßen, als ich mich der Balustrade näherte und schließlich hinabsah. Von hier konnte man direkt auf die Krone der Dattelpalmen sehen. Der plötzliche Impuls, mich am Geländer auf die nächsten Balkone herabzulassen und einfach davonzulaufen, versickerte in einer erschöpfenden Mutlosigkeit.

Wie unsinnig es doch war. Wo hätte ich denn hingehen sollen, in diesem fremden Land, dessen Sprache ich nicht beherrschte. Mittellos, alleine.

Was war nur aus mir geworden? Aus dem ungestümen Mädchen, das auf Bäume kletterte, um von dort über die Felder zu sehen bis ins nächste Dorf, war ein jämmerliches Nichts geworden, das erkennen musste, dass die Vorstellung von einem Prinzen, der ihr die Welt zu Füßen legte, nur Teil versponnener Romane war. Entstanden in den Köpfen ahnungsloser Poeten, die ihre Sehnsüchte und Träume in schöne Worthülsen gefasst hatten und so taten, als gäbe es die selbstlose Liebe in der Realität.

Eine Illusion. Das wirkliche Leben war anders.

Ich stieß die Luft aus und sah in den Himmel, über den von zaghaftem Rot beleuchtete Wolkenbänder trieben.

Während ich um einen Ausweg betete, erklang plötzlich ein Heulen. Zuerst dachte ich, es sei nur der Wind, der durch die Gärten zog und sich an einer Hausecke rieb, oder der Ruf eines Tieres. Aber es schien aus dem Inneren der Mauern zu kommen.

Hastig trat ich durch die sich aufblähenden Vorhänge zurück ins Zimmer, verschloss die Läden und schlich zur Tür, die auf den Hotelflur führte. Hockte mich auf Höhe des Schlüsselloches und versuchte, einen Blick auf den Gang zu erhaschen.

Das furchtbare Geräusch war nun überall, schien die Treppen des Hotels hinauf- und direkt auf mich zuzustreben. Mit pochendem Herzen wich ich zurück, wartete, lauschte wieder, erkannte, dass es sich rhythmisch veränderte, als schlage jemand einen unsichtbaren Takt.

Lucrezia!

Entsetzt wich ich zurück. Ich spürte, wie mein Verstand wieder ins Wanken geriet, suchte fieberhaft nach einer natürlichen Erklärung, die mich in der Wirklichkeit zu halten vermochte. Es konnte einer der Bediensteten sein, der lärmend durch das Haus zog, um dem Ruf der Legende gerecht zu werden. Eine offene Tür, die den Wind durchs Treppenhaus pfeifen ließ, durch einen der Wäscheschächte, die in den Fluren jedes Stockwerks endeten.

In plötzlicher Panik griff ich nach einem Stuhl, den ich vor die Tür schob, als würde dies meine Seele schützen. Dann floh ich zurück ins Bett, wo ich mich aufrecht hinsetzte. Bemüht, wach zu bleiben, bis der Tag kam und mich in Sicherheit hüllte.

Ich erwachte von der Helligkeit der Sonne, die über mein Gesicht tanzte. Durch das weit geöffnete Fenster drang Vogelgezwitscher. Oliver stand vollkommen angekleidet am Bettende, in der Hand eine Tasse Kaffee, und beobachtete mich.

»Ich habe dich nicht wecken wollen, Liebes, du hast so fest geschlafen.«

Er tat so, als sei nie etwas zwischen uns vorgefallen, versteckte seinen nächtlichen Ausbruch hinter strahlender Fröhlichkeit. Eine Facette aus dem Gruselkabinett wechselnder Stimmungen, zu denen nur er imstande war.

Mein Blick glitt zur Tür, der Stuhl war inzwischen beiseitegeschoben.

»Wolltest du sichergehen, dass du nicht schlafwandelst?«, fragte er mit einem amüsierten Lächeln und hielt den Zimmerschlüssel in die Höhe. »Dabei habe ich doch bereits gut vorgesorgt.«

»Ich wollte nur …« Ich stockte, setzte mich langsam auf und stellte die Füße auf den Boden.

»Du musst mir nichts erklären. Ich sehe es dir an, dass du schlecht geschlafen hast. Ich kann das gut verstehen, nach alldem, was in der Mordnacht geschehen ist. Und wenn so ein

Stuhl dir Sicherheit gibt, soll es mir recht sein.« Er stellte den Kaffee auf dem leeren Nachttisch ab und setzte sich neben mich aufs Bett.

Es war, als wäre nie etwas geschehen. Zärtlich küsste er meinen Mund und strich mir mit sanften Fingern über die Schultern. Unwillkürlich rückte ich ab und schüttelte den Kopf. »Nicht.«

Seine Brauen zogen sich zusammen, nur kurz, dann glättete sich seine Stirn. Eine Weile betrachtete er mich schweigend und mit unergründlicher Miene, während ich darauf hoffte, er würde endlich reden. Erklären, warum er mich gestern Abend derart angefahren hatte, statt mir zu sagen, warum Kate John Madroy mehr vertraut hatte als ihrem eigenen Mann. Und warum er glaubte, dass all die Kälte, der Ärger in seinem Blick, der mich bis ins Innerste erschüttert hatte, vergessen sein sollte, nur weil die Nacht zum Tag geworden war.

Nun lächelte er. »Entschuldige bitte«, sagte er mit einem Ausdruck von Zerknirschung. »Ich glaube, ich war gestern ein wenig unbeherrscht.«

»Du *glaubst* es?« Ich funkelte ihn an. »Du warst derart unbeherrscht, dass es mir Angst gemacht hat. Einen Moment hatte ich sogar befürchtet, du würdest die Hand gegen mich erheben. Was ist nur in dich gefahren?«

»Ich werde es dir erklären. Versprochen«, sagte er. »Aber nicht jetzt. Du hast Besuch bekommen. Unten wartet deine Tante Rose und möchte dich sprechen.«

»Tante Rose?« Es war, als sei mein nächtliches Gebet erhört worden. Rose war jemand, auf den ich mich verlassen konnte, eine Vertraute, ein Ankerpunkt. Sie würde mir sicher helfen können, mir einen Weg aus dem Dilemma weisen. »Was macht sie denn hier?«

»Sie sagte, sie sei auf der Durchreise.«

Mit einem Satz war ich auf den Beinen und lief ins Bad. Ich vermied den Blick in den Spiegel, der mir schon im Vorbeigehen enthüllt hatte, wie furchtbar blass ich aussah. Blutleer, fragil, als sei mein Gesicht aus Porzellan.

Ich klopfte mit den Handflächen auf die Wangen, um ihnen ein wenig Farbe zu entlocken, wusch mich in Windeseile, stieg in mein Kleid und stand nur wenig später wieder vor ihm, den Sommermantel in der Hand.

»Wo ist sie, ich will zu ihr!«

Oliver stand unbewegt an der Tür. Die Falte zwischen den Brauen vertiefte sich wieder. »Wollen wir nicht erst frühstücken?«

»Später! Ich will Rose nicht warten lassen.«

»Sicher möchte sie uns dabei Gesellschaft leisten.« Er nahm mir den Mantel wieder ab, hängte ihn zurück in den Schrank und hielt mir dann die Tür auf. »Was ist, kommst du?«

»Oliver …«, erwiderte ich und blieb unentschlossen stehen, dann seufzte ich.

Es hatte keinen Sinn, ihm zu widersprechen. Die Bitte, mich mit meiner Tante alleine zu lassen, würde er als Affront auffassen. Also entschied ich mich, zu lächeln und die Fügsame zu spielen – um auf eine passende Gelegenheit zu warten, Rose unter vier Augen zu sprechen. Daher folgte ich ihm ohne ein weiteres Wort und hoffte, dass diese Gelegenheit nicht allzu lange auf sich warten lassen würde.

14

Nie hatte ich mich mehr gefreut, jemanden zu sehen! Tante Rose war eine vor Lebensfreude sprühende Person, warmherzig und klug. Seit dem frühen Tod ihres Mannes, dem Bruder meines Vaters, lebte sie das Leben so, wie es ihr gefiel. Unternahm Reisen in die entlegensten Gebiete, veranstaltete Soireen mit Philosophen und Literaten und verfasste kritische Texte zur sozialen und politischen Stellung der Frau. Und niemand, nicht einmal der Pastor von Mersea Island, schien daran Anstoß zu nehmen.

Sie saß auf einem der Stühle im Vestibül. Schon von Weitem erkannte ich ihre aufrechte Gestalt mit dem geraden Rücken und dem vorgereckten Kinn. Sie trug ein schmal geschnittenes blaues Reisekleid mit spitzenunterlegtem Stehkragen. Ihre dunkelblonden Locken hatte sie hochgesteckt, ein paar lose Strähnen fielen auf ihre Schultern.

Als sie mich sah, sprang sie auf und strahlte dabei über das ganze Gesicht. »Nell«, rief sie aus, »meine liebe Nell!«

Ich schloss sie in die Arme und hätte beinahe vor Erleichterung geweint, doch dann besann ich mich und erwiderte ihr Strahlen. »Was machst du hier? Ach, wie ich mich freue!«

»Ich begleite eine Gruppe Musikerinnen auf ihrer Konzertreise durch Italien. Für heute sind wir in einem Hotel in Ventimiglia untergekommen, und da es von dort eine gute Verbindung mit der Straßenbahn nach Bordighera gibt, konnte ich es mir nicht nehmen lassen, dich zu besuchen.«

»Du bist ganz alleine mit der Straßenbahn gefahren?« Das war die Rose, die ich kannte. Wagemutig, modern. Ich selbst hätte mich das wohl nie getraut.

»Ich habe mich zu einem Ehepaar aus Birmingham gesellt«, erklärte sie leichthin. Dann reichte sie mir eine hübsch verschnürte Schachtel. »Meine Damen sind ganz verrückt danach: *Baci di Cherasco*, Schokoladenküsse aus dem Piemonte, mit gerösteten Haselnüssen. Ich bin ganz versessen auf diese Pralinen, ich fürchte wirklich, bei all den Köstlichkeiten, die dieses Land hervorbringt, werde ich als Matrone nach England zurückkehren.« Sie lachte und wandte sich an Oliver, der nur einen Schritt hinter mir stand. »Ich hoffe, ich habe euch nicht allzu sehr mit meinem Besuch überfallen?«

»Aber nein«, antwortete er. »Wir freuen uns darauf, den Tag mit dir zu verbringen. Vielleicht machen wir einen Ausflug? Sieh nur, das Wetter ist herrlich!«

Wir bestellten beim Concierge einen Picknickkorb und eine Kutsche für die Fahrt an die Steilküste und gingen zum Frühstück in den kleinen Speiseraum.

Gerade als wir Platz genommen hatten, kam ein Page und überbrachte uns einen Umschlag des Fotografen, der soeben die Abzüge vorbeigebracht hatte.

»Wir hatten ganz vergessen, sie abzuholen«, sagte Oliver und öffnete das Kuvert. »Sieh nur, wie gelungen sie sind.«

Gemeinsam beugten wir uns über die drei Abbildungen, und mir zog sich das Herz zusammen. Wie fröhlich wir aussahen, wie verliebt.

»Das sind wunderschöne Aufnahmen«, begeisterte sich Rose. »Ihr seid so ein hübsches Paar.«

Oliver schob ihr eine zu, sie könne sie gerne als Erinnerung behalten. Was Rose nach kraftlosem Protest dann doch annahm.

Während Kellner silberne Kannen mit Kaffee und Milch brachten, dazu Früchte, Eier, Marmelade und getoastetes Weißbrot, begann Rose von der Reise in einem erstaunlich komfortablen Zugabteil zu erzählen und von den geplanten Konzerten der musizierenden Damen.

»Ihre Vorstellungen geben sie in den besten Häusern von Livorno, Florenz und Rom. Und während sich die Künstlerinnen auf ihre Darbietungen vorbereiten, werde ich die Stationen ihrer Tournee aufzeichnen und für ein paar englische und deutsche Journale zusammenfassen. Das Angebot kam erst vor wenigen Tagen. Einer meiner Bekannten, ein Reiseschriftsteller, ist erkrankt und bat mich, ihn zu vertreten. Das habe ich mir natürlich nicht entgehen lassen. Was gibt es Herrlicheres auf Gottes Erden als dieses Land, in dem Zitronen blühen?«

Roses Begeisterung war ansteckend. Während sie redete, war ihr Gesicht von einem Leuchten überzogen. Es kam mir vor, als sei sie um Jahre verjüngt. Ihre Frage, ob wir unsere Flitterwochen genießen würden, beantwortete Oliver mit heiterer Miene, er tat ganz so, als hätten wir eine wunderbare Zeit.

Als er bemerkte, dass ich ihn erstaunt ansah, legte er nur seinen Arm um mich und begann, von unseren Streifzügen durch Bordighera zu schwärmen, vom Bootsausflug nach San Remo und von den prachtvollen Korallen, die es dort zu erstehen gab.

»Am Sonntag wird das Palmfest gefeiert«, sagte er. »Das wäre doch sicher auch etwas für deine musizierenden Damen. Wie wäre es, wenn du mit ihnen hierherkommst.«

Rose schüttelte bedauernd den Kopf. »Da sind wir bereits in Livorno. Gleich morgen fahren wir weiter.«

»Schade, die Messe hier ist wirklich beeindruckend. Wusstest du, dass Bordighera seit dem sechzehnten Jahrhundert das

Privileg besitzt, den Vatikan zum Palmsonntag zu beliefern? Das Innere der Blätterkrone wird bereits im Juli zusammengebunden. Auf diese Weise bleiben die Blätter jungfräulich hell, wenn man sie erntet. Und biegsam, um sie für die Prozession zu flechten. Ein Großteil der Ernte ist bereits per Schiff und Bahn unterwegs, um sämtlichen Anfragen im Land zeitig nachzukommen.«

Ein ums andere Mal widerstand ich der Versuchung, ihn in seiner Erzählung zu unterbrechen und von den Schatten zu berichten, die auf unserer Reise lagen. Doch ich fürchtete, dass mein Mann mich später dafür bestrafen würde, also ergab ich mich der fröhlichen Stimmung. Es erstaunte mich, wie gut ich es inzwischen verstand, Olivers Schauspiel mit einem Lächeln zu begleiten, während mein Innerstes angespannt darauf wartete, endlich mit Rose alleine zu sein.

Der ersehnte Moment kam schneller als erwartet. Als das Essen abgeräumt war, trat ein Kellner zu Oliver und raunte ihm etwas zu. Mein Mann erhob sich zögernd und schien mit sich zu ringen, dann entschuldigte er sich.

»Der New Yorker Stahltycoon, den wir am Vorabend kennengelernt haben, hat um eine Unterredung gebeten«, sagte er. »Es wird sicher nicht lange dauern, ich bin sofort wieder bei euch.«

»Lass dir nur Zeit«, entgegnete ich und gab vor, Rose solange den herrlichen Hotelpark zeigen zu wollen.

Der Himmel begrüßte uns mit einem klaren Blau, die Luft war nach dem gestrigen Regen wie frisch gewaschen. Glänzend, ganz durchsichtig und leicht. Zweige und Blätter wirkten, als seien sie poliert, und die zahlreichen Rosenblüten, die an diesem Morgen farbenfroher strahlten denn je, verströmten einen süßlichen Duft. An jedem anderen Tag hätte es mich beflügelt, doch als wir dem Weg entgegenstrebten, der sich am Kutschplatz vorbei durch die Anlage schlängelte, konnte ich an nichts anderes denken als an den Entschluss, den ich noch während des Frühstücks gefasst hatte: Rose zu bitten, mich mitzunehmen.

So waren wir gerade um die erste Kurve gebogen, als ich sie am Arm festhielt.

»Ich brauche deine Hilfe«, stieß ich hervor. »Mein Leben ist aus den Fugen geraten, und ich will es wieder zurückgewinnen.«

Sie sah mich erschrocken an. »Was ist denn passiert?«

»Ich will weg hier, fort von Oliver und von diesem Hotel.«

»Bei Gott, Nell, warum denn?«

»Er hält mich hier fest. Und ich habe Angst, dass etwas Furchtbares geschieht, wenn ich auch nur einen Tag länger hierbleibe.«

Ich zog sie zu einer abgelegenen Parkbank und begann zu erzählen. Vom Tag der Ankunft, als Maria mich für einen Geist gehalten hatte, von meiner Ähnlichkeit mit der Frau auf dem Bild über dem Kamin, die man Lucrezia nannte. Auch die lebhafte Prophezeiung unten auf der Küchenbank schilderte ich und dass es da bereits zu spät war, weil ich ja zuvor in den Spiegel gesehen hatte. Dass daraufhin Olivers russischer Geschäftspartner ermordet worden war, in derselben Nacht, in der ich mir eine Wunde zugezogen hatte, von der ich annahm, sie stamme vom Schnitt an einer Koralle.

»Unser Zimmermädchen hat mich in den Gängen gesehen, aber ich kann mich nicht daran erinnern, dort gewesen zu sein.« Ich sah Rose an, erwartete, dass sie mich auslachte, während sich mir eine hektische Hitze über Wangen und Hals legte. »Ich weiß, es klingt absurd, aber es beunruhigt mich, ich fühle mich unwohl in diesem Haus. Ich kann nicht einen Tag länger bleiben, sonst werde ich hier noch verrückt!«

Während der ganzen Zeit hatte Rose aufrecht dagesessen, hier und da genickt. Jetzt merkte sie auf.

»Du bist wieder im Schlaf gewandelt?«

»Wieder?«

Kaum dass sie meine Bestürzung bemerkte, begann sie zu beschwichtigen. »Na ja, es ist lange her, du warst noch ein Kind«, sagte sie eindringlich. »Aber das hat nichts zu bedeuten, es tun doch viele in jüngeren Jahren.«

»Du hast mir nie davon erzählt!«

»Ich wollte dich nicht beunruhigen. Es war die Zeit, nachdem dein Bruder …« Sie hielt inne, als sie mein stilles Flehen sah, und fuhr fort zu erzählen, ohne die Tage zu streifen, die mein Leben aus ihrer Verankerung gerissen hatten. »Es war bei einem deiner Ferienbesuche, im Sommer 1888, damals warst du zehn Jahre alt. Du hattest in diesen Wochen besonders lebendig geträumt, manchmal sogar geschrien. Und wenn ich dann nach dir sah, warst du meist schon auf dem Weg in den Garten, zum kleinen Tümpel. Da habe ich dich an die Hand genommen und zurück ins Bett geführt, wo du friedlich weitergeschlafen hast bis zum nächsten Morgen. Du hast dich nie daran erinnert.«

Du hast dich nie daran erinnert …

Ich blickte auf und sah in Richtung des Grüns, deren herabhängende Blätter die Wege zu verschlucken schienen. Aber ich nahm es kaum wahr. Ein Gedankenfetzen hatte sich gelöst und trieb richtungslos durch meinen Kopf. Ich schloss die Augen, und plötzlich war da ein Bild, breitete sich vor mir aus, wurde immer klarer, bis es zum Leben erwachte.

Unser Haus in Wormingford. Es ist noch nicht Herbst, aber die Luft hat merklich abgekühlt. In den Abendstunden steigt Nebel auf, legt sich schwer über Gras und Wege, während im Inneren bereits der Kamin entzündet wird.

Ich weiß, dass ich mich über meinen Vater geärgert habe. Eine Ungerechtigkeit, die mir zu schaffen macht. In meinem Traum brülle ich ihn an, er solle das nie wieder tun, und erschrecke zutiefst, als seine Hand schallend auf meiner Wange landet.

Es hatte eine Weile gedauert, bis ich realisierte, dass der Schrei, den ich ausstieß, real war und dass ich in dem Moment, in dem ich meine Wut hinausgebrüllt hatte, nicht träumend in den Kissen lag, sondern vor ihm stand. Im Nachthemd, barfuß und mit geweitetem Blick.

Damals musste ich alleine zurück ins Bett finden. Erst als die Tränen längst wieder getrocknet waren, schlich sich meine Mutter zu mir und wies mich mit sanfter Stimme zurecht. Sie wusste nichts von diesen Wachträumen, sie hatte gedacht, es sei mein eigener Wille gewesen, mich gegen meinen Vater zu stellen, ihn anzubrüllen.

Ich starrte auf das Grün, das sich im sanften Wind bewegte.

Das Gefühl der Verwirrung war präsent, als sei es gerade erst passiert. Damals hatte ich geschworen, dass ich niemals etwas derartig Ungehöriges getan hätte, wenn ich Herr meiner Sinne gewesen wäre. Dass ich zu meinen Eltern geschlichen war, als sei ich fremdbestimmt.

Ich hatte es vollkommen vergessen. Bis jetzt.

Mit zitternden Fingern klammerte ich mich an den Sitz der Bank, als könnte ich fallen. Ich dachte an das Gefühl der Benommenheit, als ich gestern Morgen mit zerschnittener Hand aus dem Traum erwacht war, und an das Entsetzen, das ich empfunden hatte, als man die Bahre mit dem Toten hinaus in den strömenden Regen trug. Wie hatte ich mir sicher sein können, dass nicht ich es war, die nachts durch die Gänge des Hotels gewandelt war.

Es war nicht das erste Mal …

Hastig schüttelte ich den Kopf, als könne das die dunklen Schatten, das Wispern in meinen Ohren vertreiben. Etwas an diesem Hotel beförderte eine Erinnerung zutage, die ich nur mit Mühe wieder unterdrücken konnte. Ich fürchtete, dass nun auch die Albträume wiederkehren würden, die ich längst überwunden glaubte, und rieb mir mit beiden Händen über die Stirn.

Rose schien meinen gedanklichen Ausflug nicht bemerkt zu haben; sie begann, von Somnambulismus zu erzählen und vom Stand der Forschung, die konkrete Auslöser benannte, durch die Betroffene schlafwandelten. Von einem Professor, dessen Studien gerade viel Aufmerksamkeit erhielten.

»Er vertritt – im Gegensatz zu der landläufigen Annahme – die These, dass es keine Geisterwesen sind, die einen lenken, sondern die eigene Psyche, die sich in der Not bemerkbar macht. So sind häufig Extremsituationen dafür verantwortlich, in denen man sich nicht mehr zu helfen weiß. Die eigene Seele ist es, die einen aufstehen lässt, um sich aus dem Konflikt zu befreien.«

Roses Worte perlten an mir ab, ich hörte nicht mehr, was sie sagte. Längst hatte mich das Grauen wieder im Griff. Ich sah hinüber zum Hotel, dessen weiße Fassade unschuldig in der Sonne strahlte. Rein sah es aus, einladend in seinem Luxus. Hätte ich nicht selbst erlebt, wie es dieses Gebäude vermochte, einen mit seiner düsteren Atmosphäre zu durchdringen, ich hätte jeden, der hier einen Spuk vermutete, für verrückt erklärt.

Nun aber nahm die schwelende Angst wieder Fahrt auf und ließ mich innerlich vibrieren. Ich konnte spüren, wie etwas mit langen, spitzen Fingern nach meinem Verstand griff und nur darauf wartete, dass ich mich dem beständigen Ziehen hingab.

»Nimm mich mit, Rose«, flüsterte ich, »bitte! Ich möchte keine Sekunde länger an diesem verfluchten Ort bleiben.«

»Und was ist mit Oliver?«

Ein verzweifeltes Seufzen entwich meiner Kehle. »Ich habe ihn angefleht, von hier fortzugehen, aber seine Geschäfte sind ihm wichtiger. Es scheint ihn nicht zu interessieren, was in mir vorgeht. Für ihn bin ich nur eine dieser hysterischen Frauen, die man besser unter Aufsicht stellt. Aber ich bin nicht hysterisch, Rose, ich weiß doch, was ich sehe und fühle, und es ist so real. Was, wenn Lucrezia wieder zuschlägt? Wenn ich am Morgen erwache und erfahre, dass es einen weiteren Toten gibt, nachdem man mich nachts in den Gängen gesehen hat? Bitte, nimm mich mit. Ich habe Angst, dass sonst ein weiteres Unglück geschieht!«

»Kind, so kenne ich dich ja gar nicht.« Sie nahm meine Hand, sah erschrocken auf. »Deine Finger sind ja eiskalt!«

»Da ist noch etwas, das mir Sorgen macht«, ergänzte ich leise. »In diesem Hotel wohnt ein weiterer Geschäftspartner von Oliver, sein Name ist John Madroy. Er hat mich davor gewarnt, meinem Mann zu vertrauen. Er behauptet, Oliver sei schuld an Kates Tod.«

»Kate ist von einem einfahrenden Zug erfasst worden«, widersprach Rose und rieb meine Hände, bis sie ein wenig Wärme bekamen. »Oliver war an dem Tag gar nicht in London. Das weiß ich von Patty. Sie hat mir auch gesagt, dass sie ihren Cousin noch nie so untröstlich gesehen hat wie auf der Beerdigung. Er hätte sich Vorwürfe gemacht, dass er sie alleine gelassen hat.«

»Von einem Zug?« Ich sah sie vor mir, wie Kates armer Körper von fauchendem Metall zermalmt wurde, bis zur Unkenntlichkeit. Zum ersten Mal hatte ihr Name ein Gesicht bekommen, und ich spürte eine Welle von Mitgefühl. »Wie furchtbar!«

»Hat er es dir nicht erzählt?«

»Nein. Er möchte nicht über Kate sprechen. Aber sein Geschäftspartner hat mir einen Brief gezeigt, den sie ihm geschrieben hat. Sie wollte sich mit ihm in einem Restaurant treffen, etwas hatte sie beunruhigt. Doch sie ist dort niemals angekommen. Als Oliver mich mit Madroy sprechen sah, ist er wütend geworden, richtig unbeherrscht. In seinen Augen war eine Kälte, wie ich sie nie für möglich gehalten hätte. Eine Härte und Brutalität! Und nun tut er so, als sei nichts geschehen.«

»Hat er dir etwas angetan?«

»Nein.« Ich schüttelte den Kopf. »Aber so kann es nicht weitergehen. Neben Oliver verkomme ich zu einer unselbstständigen, angsterfüllten und ständig zweifelnden Frau. Ich weiß nicht mehr, was ich denken soll, ich erkenne mich selbst nicht mehr! Nimm mich mit, Rose, bitte, ich flehe dich an.«

Sie nickte. »Was du erzählst, klingt in der Tat besorgniserregend. Ich fürchte allerdings, dass du in deiner Angst zwei Dinge verbindest, die nichts miteinander zu tun haben. Dass dich dieser Mord beunruhigt und diese Geistergeschichten, die sich um ihn ranken, kann ich gut nachvollziehen. Aber ich verstehe nicht, was das mit Oliver und Kate zu tun haben soll.«

»Ich weiß es nicht, aber es scheint einen Zusammenhang zu geben.«

»Mir scheint eher«, sagte sie fest, »dieser Madroy hat genau das erreicht, was er wollte: dass du deinem eigenen Mann misstraust. Ich frage mich, ob du ihm damit Unrecht tust.«

»Wie soll ich Oliver vertrauen, er erzählt weder von Kate noch von dem, was in ihm vorgeht.«

Rose lachte leise. »Die wenigsten Männer halten es für notwendig, sich mit ihren Frauen auszutauschen. Oliver ist ein guter Mann, aber er hat auch eine Menge durchgemacht. Ich weiß von Patty, dass er vor dem Tod seiner Frau wesentlich offener war, unbeschwerter. Ich bin mir sicher, dass Oliver nicht darüber sprechen will, weil er seine Trauer noch immer verdrängt. Seit Kates Tod ist noch nicht einmal ein Jahr vergangen, er hat sich keine Zeit genommen, den Schmerz zu verarbeiten, und sich stattdessen in eine neue Ehe gestürzt, von der er hoffte, sie bringe ihm ein Stück Leichtigkeit zurück. Stattdessen drängst du ihn, von seinem Leid zu erzählen, glaubst einem Wildfremden, der ihm zudem die Schuld an dem Tod seiner geliebten Frau gibt. Ausgerechnet ihm, der sich zermartert, weil er nicht da war, um sie zu beschützen. Er wird überreagiert haben, als er dich mit Madroy zusammen gesehen hat. Herrgott, Nell, sei nicht so streng, versuche, ihn zu verstehen.«

Die Erwähnung von Kates Tod trieb mir die Schamesröte auf die Wangen. Hatte ich Olivers Leid unterschätzt? Auch am Vortag, als er um den Tod seines russischen Geschäftspartners trauerte, hatte ich seinen Schmerz nicht nachvollziehen wollen und stattdessen daran gedacht, die Flucht in die Gesellschaftsräume anzutreten. Ich hatte seine Stimmung einfach nicht ertragen können, weil ich mit mir selbst beschäftigt war.

Nicht so Oliver.

Während ich mich nach Leichtigkeit und Ablenkung gesehnt hatte, hatte er sogar dafür gesorgt, dass der Generale die Anschuldigungen fallen ließ und dass Emilia, das Zimmermädchen, die Aussage zurückzog. Oliver hatte sich schützend vor mich gestellt, damit man mich nicht weiter mit Verdächtigungen bedrängte. Und ich hatte nichts Besseres zu tun, als mich wegen seiner Kälte zu beschweren, an deren Entstehen ich nicht ganz unschuldig war!

Plötzlich kam ich mir furchtbar egoistisch vor. »Glaubst du, ich übertreibe?«

»Ich glaube vor allem, dass du jetzt absolute Ruhe brauchst. Und dass wir das nicht ohne deinen Mann entscheiden sollten. Ich werde mit Oliver reden. Er liebt dich, das ist nicht zu übersehen. Er wird mir sicher zustimmen, dass du nicht einen Tag länger hierbleiben darfst, wenn sich dein Zustand verbessern soll.« Ihre Stimme klang sanft und warm. »Wir finden eine Lösung, ganz bestimmt. Alles wird gut, Nell, das verspreche ich dir.«

Alles wird gut …

Ich wischte mir die verbliebenen Tränen aus den Augen und umarmte sie voller Dankbarkeit.

»Lass uns ein wenig spazieren gehen und die herrliche Anlage genießen«, sagte Rose und erhob sich. »Das bringt dich auf andere Gedanken.«

Dann hakte sie sich bei mir ein und begann, sich für den prächtigen Rosengarten zu begeistern und den afrikanischen Winkel mit seiner tropischen Bepflanzung – Mimosen, Eukalypten, Orchideen und Malven –, bis Oliver uns fand und zum Aufbruch drängte.

15

Das Gespräch mit Rose hatte meine Sorgen in weite Ferne getragen. Nun, da ich hoffen konnte, dass dies mein letzter Tag in Bordighera sein würde, begann ich ihn sogar zu genießen. Ich hatte wieder einen Blick für die raue, unebene Küste mit den romantischen Buchten. Den azurblauen, unermesslich hohen italienischen Himmel, die Lichtfülle und Klarheit der Luft, das Meer, dessen bewegte Oberfläche die Sonnenstrahlen zum Tanzen brachte.

Im Augenwinkel sah ich, wie Rose und Oliver miteinander sprachen, eindringlich, während ich den Blick in die Ferne richtete und dem Geräusch der Brandung lauschte, die donnernd gegen die Felsen schlug.

Manchmal drangen Satzfetzen zu mir herüber. Ich hörte, wie sie vom Schlafwandeln sprachen und davon, dass allzu lebendig vermittelte Schauergeschichten nichts für sensible Menschen seien.

An der Art, wie sie dabei immer wieder zu flüstern begannen, ahnte ich ihre Besorgnis. Es war, als sprächen sie über ein Kind, als ginge es um jemanden, der außer meiner selbst lag. Aber ich ließ es geschehen, spürte, wie gut es mir tat, die Lösung an jemanden abzugeben. Rose würde alles tun, dass es mir wieder besser ging, und auch mein Mann wirkte weniger furchterregend, nachdem all die Strenge aus seinem Gesicht verschwunden war.

Endlich hörte ich, wie Oliver sich ausgiebig räusperte, und während Rose begann, die mitgebrachte Decke auszubreiten und darauf die vielen Köstlichkeiten aus dem Korb zu legen – Oliven, Gemüsekuchen, Pasteten, Feigen und Käse aus Schafsmilch –, kam er herüber und setzte sich zu mir, sah mich mit väterlichem Ausdruck an.

»Es tut mir leid, Nell, ich war wohl zu streng mit dir.« Er nahm meine Hand und drückte sie sanft. »Ich möchte, dass du weißt, warum ich so war.«

»Ja?«

Ich sah ihn an und hoffte, er würde endlich die Tür zu seiner Seele öffnen. Einen kleinen Spalt nur, damit ich beginnen konnte, ihn zu verstehen.

»Kate war eine …« Er brach ab, schluckte schwer, begann noch einmal von vorne. »Ich habe Kate wirklich geliebt. Sie war eine ganz besondere Frau, mit einer unglaublichen Strahlkraft, der man sich nicht entziehen konnte. Ich hatte gedacht, es sei für immer.«

Ich nickte und versuchte, mir nicht anmerken zu lassen, wie sehr mich seine Worte trafen.

»Wir hatten uns gestritten«, fuhr er leise fort. »Unbedeutende Dinge, wie ich dachte. Doch im Nachhinein ärgere ich mich, dass ich gefahren bin, bevor …« Auf Olivers Gesicht spiegelte sich Trauer. Er sah durch mich hindurch, hatte den Blick auf irgendein Bild in der Ferne seiner Gedanken gerichtet, das ihn ganz zu vereinnahmen schien. »Ich hatte London für ein paar Tage verlassen. Ohne ein Wort der Versöhnung bin ich in meinen Wagen gestiegen und zu einem Sammler gefahren, der mir einige wertvolle Kunstgegenstände abkaufte. Ein großes Geschäft, das ich am Abend meiner Rückkehr feiern wollte. Mit teurem Champagner und einem Blumenbouquet für Kate. Doch als ich zurückkam, war sie bereits tot. Einfach so, mitten aus dem Leben gerissen. Es geschah an der Piccadilly Circus Underground Station. Man erzählte mir, sie sei wohl unglücklich gestolpert, als der Zug einfuhr. Ich hatte keine Chance mehr, mich ihr zu erklären. Ihr zu sagen, wie sehr ich sie liebte.« Olivers Atem ging schwer. Als er wieder sprach, war seine Stimme brüchig. »Seit diesem Tag frage ich mich, ob ich das hätte verhindern können, wenn ich nicht fortgefahren wäre.«

Mit einer hektischen Bewegung hob er die Hand und rieb sich die Augen. Ich strich ihm über die Schulter, nahm dann die Hand wieder fort und verschränkte die Finger ineinander.

»Ich weiß, dass Kate sich an besagtem Abend mit Madroy treffen wollte«, presste ich hervor. »Er hat mir einen Brief von ihr gezeigt. Sie schrieb, dass sie über dich sprechen wolle und über eure Geschäfte. Sie fragte, wie weit ihr gegangen seid. Was hat sie damit gemeint?«

»Was sagst du da?« Er sah mich mit geröteten Augen an. »Ich habe keine Ahnung. Den Brief kenne ich nicht. Und ich kann mir auch nicht vorstellen, dass sie so weit gegangen wäre, John etwas anzuvertrauen, das mir hätte schaden können.«

Ich erstarrte. »Worum ist es in dem Streit gegangen?«

»Kate hatte aus irgendeinem Grund angenommen, dass ich am selben Tag in Brighton gewesen war, an dem Jacob und seine beiden Söhne bei dem Bootsunglück ums Leben kamen. Darin lag eine Unterstellung, die mich fassungslos machte. Wie hatte sie glauben können, ich wäre dazu in der Lage, Menschen zu töten, noch dazu Kinder?« Er fuhr sich durchs Haar. »Ich hätte nicht fahren dürfen, ich hätte bleiben und ihr klarmachen müssen, dass John alles tut, um mich und meine Existenz zu vernichten. Wie hätte ich ahnen sollen, dass sie sich mit ihm trifft!«

Ich fühlte mich ertappt, weil auch ich begonnen hatte, an ihm zu zweifeln. »Aber warum tut er das?«

»Weil der Letzte der Investoren den ganzen Anteil bekommt.« Oliver sah hinüber zu meiner Tante, die sich auf einen ausklappbaren Hocker gesetzt hatte und mit dem Kutscher plauderte. »Ich werde dir alles erklären, versprochen. Aber nicht jetzt. Du musst mir vertrauen und zu mir halten.«

Ich nickte und sah zu den bewaldeten Hügeln, wo der Seewind die Äste der Bäume bog. Olivers Worte klangen in meinem Inneren nach. Mir fiel auf, dass die Liebe zu Kate noch immer in ihnen mitschwang. Würde er ebenso sehnsüchtig von mir sprechen, wenn mir etwas zustieß? Plötzlich kam es mir eigenartig vor, dass er mich gebeten hatte, seine Frau zu werden, noch vor Ende des Trauerjahres.

»Warum hast du mich geheiratet?«, fragte ich mit dünner Stimme.

»Weil ich dich liebe!« Oliver legte seine Hand an mein Kinn und drehte mein Gesicht, bis ich den Ernst in seinen Augen sehen konnte. »Weil du das Licht zurück in mein Dasein gebracht hast. Weil deine Lust aufs Leben inspirierend war. Und weil ich niemanden kenne, der einen so reinen und unschuldigen Charakter besitzt wie du.« Er lächelte matt. »Ich will dich nicht mit Rose fahren lassen. Du bist alles, was ich habe, und ich liebe dich mehr als mein Leben. Bleib bei mir, ich flehe dich an.«

Sein Blick war ganz sanft, und er durchdrang mich bis auf den Grund meines Herzens, das nun warm und weich zu pulsieren begann. Endlich konnte ich ihn sehen. Die Tür zu seiner Seele stand weit offen. Ich erblickte die Schwärze, die Teil seines Wesens geworden war, dahinter aber auch etwas Helles, Verletzliches – ja, Kindliches. Und nun verstand ich auch, warum er in den vergangenen Tagen so gehandelt hatte. Handeln musste.

Ich erinnerte mich an mein beständiges Schwanken zwischen dem Gefühl der Sicherheit und dem der Haltlosigkeit. Und plötzlich glaubte ich zu erkennen, dass meine Tante recht hatte. Der Mann, der diesen Zwiespalt in mir auslöste, war nicht mein eigener, sondern Madroy. Jede unserer Begegnungen injizierte ein Misstrauen, das wie Gift durch meine Adern schlich. Mit nur wenigen Sätzen war es ihm, einem mir vollkommen Fremden, gelungen, mich gegen meinen Ehemann aufzubringen.

Das Schamgefühl, das ich bereits seit dem Gespräch mit Rose in mir trug, wurde stärker und ließ mich alle Vorsicht, all meine Not vergessen.

»Ich bleibe bei dir«, flüsterte ich, »aber versprich mir, dass wir von hier fortgehen und das Hotel Angst verlassen werden.«

Oliver beteuerte es. »Ich sage dem Concierge, dass er uns eine andere Unterkunft suchen soll«, sagte er. »Gleich Montag reisen wir ab.«

»Nicht Montag, Oliver, heute.«

»Das wird kaum möglich sein, in drei Tagen ist das Palmfest, die Prozessionen sind eine der Hauptattraktionen des Ortes. Bereits jetzt ist der Ort von Neuankömmlingen überschwemmt. Die Hotels und Pensionen sind seit Tagen ausgebucht.«

»Es muss doch nicht in diesem Ort sein. Die Riviera hat so viele schöne Städte und Dörfer. Menton, Vallecrosia oder San Remo. Es gibt so viele Hotels dort, ich habe mehr als zwanzig gezählt, und das waren nur die großen. Oder wir begleiten Rose nach Ventimiglia. In ihrer Unterkunft findet sich gewiss noch ein Platz.«

»Nein«, entgegnete Oliver mit sanftem Nachdruck. »Ich mache alles, was du möchtest. Aber du musst auch mich verstehen. Meine Arbeit ist hier. Wir können Bordighera nicht einfach verlassen. Selbst wenn wir uns ein anderes Hotel suchen, so werde ich dennoch einen Teil der Zeit im Hotel Angst verbringen. Die Menschen erwarten mich dort!«

Es war sinnlos, mit ihm darüber zu debattieren. Aber ich brachte auch nicht den Mut auf, meinen Entschluss zu revidieren. Ich würde hierbleiben, bei Oliver. Aber nur unter einer Bedingung: »Gut. Wir bleiben in Bordighera. Aber wir verlassen noch heute das Hotel. Irgendeine Kammer wird sich bestimmt finden lassen. Versprich mir, dass du es wenigstens versuchst.«

Als er aufseufzend nickte, freute ich mich, ihm gegenüber standhaft geblieben zu sein. Bald schon, so glaubte ich, würde alles wieder gut sein. So wie Rose es vorausgesagt hatte.

Ich hatte mich geirrt.

16

Samstag, 25. März 1899

Ein Lachen reißt mich aus meinen Erinnerungen. Es ist schrill und hysterisch, und ich brauche einen Augenblick, um zu erkennen, dass es von unten kommt. Ganz abrupt bricht es ab, um in einem lauten »No!« zu eskalieren.

Ich erkenne Michele Corradis Schwester Agnesa. Jetzt scheint er beschwichtigend auf sie einzureden, seine Stimme ist nur leicht erhoben, ein lautes Flüstern, dem eine keifende Antwort folgt.

Wie lange habe ich hier verharrt?

Noch immer sitze ich in aufrechter Haltung auf dem Bett und versuche, unter den Stimmen auch diejenigen der beiden Polizisten auszumachen, doch nun ist das Gespräch wieder leise.

Jeden Moment wird die Polizei den Raum betreten, um mich abzuholen. Ich bemerke, dass meine Kehle ausgetrocknet ist, und ich stehe auf, um mir Wasser nachzuschenken, trinke das Glas in einem Zug leer.

Plötzlich schlägt die Haustür mit einem lauten Knall ins Schloss, jemand hastet über das Pflaster. Das Klacken der Schritte mischt sich unter die Geräusche des Tages. Ich höre ein Kinderlachen, das Rollen von Rädern, eine Kirchturmglocke, die zehn Mal schlägt und das Echo weiterer Schläge mit sich trägt, die in der Ferne einstimmen.

Dann ist es wieder still. Auf einmal höre ich ein Geräusch. Es ist das Knarren der Stufen, jemand atmet vor der Tür. Dann ein Scharren, als würde etwas über den Boden gezogen.

Mir fällt auf, wie ruhig ich bin. Gefasst beinahe, trotz der Schuld, die auf meinen Schultern lastet. Alle Tränen sind geweint, aller Schrecken durchlebt. Nichts, was kommen mag, kann schlimmer sein als das, was hinter mir liegt. Vielleicht ist es sogar besser, ich würde mich endlich meinem Schicksal ergeben, statt die Bilder der vergangenen Tage an mir vorbeiziehen zu lassen, in der Hoffnung, es bliebe ein Ausweg.

Doch es gibt keinen Ausweg!

Wie sollte ich so auch weiterleben? Nach alldem, was geschehen ist, erscheint mir das Leben nicht länger lebenswert.

Nach einer Weile fällt mir auf, wie still es im Haus ist. Sind die Polizisten etwa wieder gegangen? Haben die Geschwister mich doch nicht verraten?

Als ich die Zimmertür öffne und auf den Flur spähe, bemerke ich vor der Schwelle ein Bündel mit Kleidung, das vorher noch nicht dort gelegen hat. Ordentlich zusammengefaltet in Hellgrau und Blau.

Wie erstaunt ich bin, als ich es auseinanderfalte. Ein langer Rock, eine saubere Bluse und ein Schultertuch! Dort aber, wo die Sachen lagen, hat jemand etwas mit Kreide auf den Boden geschrieben.

Vada!

Ich weiß sofort, was damit gemeint ist, auch wenn ich das Wort nicht kenne. Ich soll fortgehen, ich kann es ihnen nicht verdenken. Als sie mir gestern die Kammer gaben, hatten sie geglaubt, ich sei auf der Flucht vor meinem prügelnden Ehemann; seit dem Besuch der Polizisten kennen sie den wahren Grund. Wer will schon jemanden unter seinem Dach haben, der des Mordes beschuldigt wird, sogar des Wahnsinns?

Nur wo soll ich hin? Was für einen Sinn hätte es, das Ganze hinauszuzögern? Kurz denke ich, es wäre besser, direkt zur Polizei zu gehen, dann hätte dieses unselige Versteckspiel, all der Schrecken endlich ein Ende.

Doch als ich die schmale Stiege hinunterblicke und das Licht sehe, das durch eine Öffnung auf den Steinboden fällt, weiß ich wieder, warum es nicht geht, warum ich zuerst alles zu Ende bringen muss. Es ist das Gefühl von Irritation. Die Ahnung, dass irgendwo in der Vergangenheit ein Hinweis verborgen ist, der mir die Augen öffnen wird. Mir sagt, dass ich mich irre, wenn ich nur das Offensichtliche glaube. Irgendwo in meiner Erinnerung steckt ein Stachel, der sich nicht herausziehen lässt. Ich muss ihn erst finden. Und dann, erst dann kann ich entscheiden, wie es weitergeht.

Entschlossen schlüpfe ich in die Sachen. Sie passen mir, als seien sie für mich gemacht. Erstaunt drehe ich mich vor dem kleinen Spiegel an der Wand. Mein braunes Haar schimmert dunkel, die Haut ist sonnengetönt. In der Kleidung der Einheimischen sehe ich ganz anders aus, beinahe wie eine echte Italienerin. Es wird mir helfen, mich unerkannt durch den Ort zu bewegen und mir einen Platz zu suchen, an dem ich mich sicher fühle, wenn die Nacht hereinbricht.

Mein altes Kleid rolle ich zu einem Bündel und verberge darin die randvoll mit Notizen beschriebenen Seiten des Briefpapiers, das ich auf dem Schreibtisch gefunden habe. Das Silberetui mit den Zigaretten lasse ich liegen, um die Nacht in der Kammer zu bezahlen.

Ein letztes Mal blicke ich mich um, dann verlasse ich den

Raum und haste die schmalen Stufen hinunter ins Erdgeschoss. Ich werfe einen Blick in die enge Küche, um mich von Agnesa und ihrem Bruder Michele zu verabschieden, aber es ist niemand da. Auf dem Tisch steht eine Schale mit dem Brandacujun vom Vorabend, daneben ein tönerner Krug mit Wasser. So als habe man dies für mich bereitgelegt. Erst jetzt fällt mir auf, dass ich seit vorgestern Abend nichts mehr gegessen habe. Gierig tauche ich den Löffel in die Schichten, es schmeckt fremdartig und angenehm salzig, dann stürze ich einen Schluck Wasser hinterher und hoffe, es wird eine Weile reichen.

Als ich die Gasse betrete, schallt mir Lärm entgegen. Eine Gruppe Kinder mit zerschlissener Kleidung treibt einen Esel über das Pflaster und wird dabei von einem Greis verfolgt, der schimpfend auf sie einredet. Eine Frau sitzt vor dem Eingang eines baufälligen Hauses und schaut ihnen glutäugig nach. Rasch bedecke ich mein Haar mit dem Schultertuch, dann eile ich mit gesenktem Kopf durch die Arkaden der Hausschluchten hinab zur Porta del Capo, die aus der mittelalterlichen Altstadt heraus zum Giardino Pubblici führt.

Erst als ich durch das Stadttor trete, bemerke ich, dass ich einen Weg gewählt habe, den ich in den ersten Tagen mit Oliver gegangen bin. Damals war ich noch glücklich. Sehnsüchtig halte ich mein Gesicht in die milde Frühlingsluft und denke an die sorglose Zeit, während ich in die verschlungenen Pfade der üppig bepflanzten Anlage tauche, in deren Mitte Mandelbäume in sattem Rosa stehen.

Ein Gewirr von Stimmen wogt mir entgegen. Die Sonne scheint warm und hell auf die vielen Spaziergänger, die durch den öffentlichen Park promenieren und weiter am Capo vorbei in Richtung des neu erbauten Corso Vittorio Emanuele mit seinen vielen Geschäften: einem Schneider mit einem breiten

Sortiment an englischer und schottischer Wollkleidung, der Pâtisserie-Confiserie des Deutschen Emil Berger, dem Salon de Coiffure von Miele Edoardo, dem sich sogar Prinz Ferdinand anvertraut haben soll.

Ich bleibe im Schatten eines Zitronenbaums stehen, presse mein Kleiderbündel fest an mich und lasse die Szenerie auf mich wirken, während ich erleichtert registriere, dass niemand von mir Notiz zu nehmen scheint.

Die Wärme bringt erste Schmetterlinge hervor. Einige Herren haben ihre Mäntel abgelegt und tragen sie elegant über dem Arm, Frauen führen ihre Sommergarderobe aus. Überall reich verzierte Sonnenschirmchen und breitkrempige Hüte mit Federn, Blumen und Bändern. Herrschaften in Rollstühlen, die sich von ihren Betreuerinnen über die unebenen Wege schieben lassen.

Oliver hatte mir einmal erzählt, dass in den Monaten von Oktober bis April entlang der Riviera weit mehr Gäste als Einheimische wohnen, und nun sehe ich, dass er recht damit hatte.

Es sind so viele, dass ich beschließe, einen anderen Weg zu wählen. Ich wende mich wieder den kühlen Gässchen der Altstadt zu, doch als sich mir ein Mann in den Weg stellt, drehe ich mich um und stolpere voran in Richtung Meer. Mit pochendem Herzen und ohne mich noch einmal umzudrehen.

Das Gesicht des Mannes ist mir vertraut, obwohl das Haar dunkel war, die Statur schmaler.

Er sah aus wie Oliver!

Das ist unmöglich, denke ich, während ich voranhaste, das darf nicht sein. Ich beginne, an meinem Verstand zu zweifeln, sehe plötzlich in jedem der Spaziergänger eine Gefahr.

Ein warmer Luftstrom streift meinen Nacken; erschrocken

bemerke ich, dass mir das Tuch vom Kopf gerutscht ist und mein Gesicht freigibt. Ich umklammere den Stoff und beschleunige den Schritt, eile an drei italienischen Jungen mit schmutzigen Gesichtern vorbei, die Flanierende verfolgen und mit hocherhobenen Händen um eine Lira betteln, bis ein Herr mit goldbeknauftem Gehstock nach ihnen stößt.

»Dieses Gesindel in diesem Ort ist schamlos!«, höre ich ihn noch rufen, während ich die Wege verlasse, über die Grünflächen hinweg, dorthin, wo die Bepflanzung dichter wird, uneinsehbarer.

Das Gefühl, dass mir jemand folgt, setzt sich in meinem Rücken fest, umschlingt mich wie ein eisernes Band, treibt mich an. Ich wünschte, ich hätte das Haus nie verlassen, die Kammer, die mir nun wie eine Festung erscheint. Unvermittelt endet das Grün des Parks, und ich schlage einen schmalen Pfad ein, der östlich der Hauptwege bis zum felsigen Ufer führt.

Bevor ich das Meer erreiche, wage ich, mich umzudrehen. Die Altstadt liegt in weiter Ferne, der Weg dorthin ist menschenleer. Ich versuche, das Gefühl der Bedrohung abzuschütteln, und gehe voran, mit gemäßigtem Schritt, bis ich am steinigen Ufer stehe.

Die Unendlichkeit des Horizonts überwältigt mich. Das sanft bewegte Wasser, auf dem die Sonne funkelt, als berge es tausend kleine Brillanten.

Ich atme tief ein, lasse die salzige Seeluft in meine Lungen strömen, spüre, wie ich mit jedem Atemzug ruhiger werde. Dann folge ich dem Ufer bis zu einer felsigen Bucht, in deren Hinterland nur noch vereinzelte Steinhäuser stehen. Dort setze ich mich auf einen vorspringenden Stein und sehe einem Fischer in roter Mütze und Schärpe zu, der seine Netze flickt.

Neben ihm spielt ein kleines Mädchen, umtanzt auf nackten Füßen das Boot. Mit einer Selbstvergessenheit, um die ich sie beneide.

Der Wind hat aufgefrischt, nun treibt er das Wasser in weißen Schaumkronen ans Ufer. Über mir kreisen Möwen, kreischen, als würden sie klagen. Sie erinnern mich daran, dass nichts von Dauer ist. Weder die Schönheit des Augenblicks noch das Glück.

17

Donnerstag, 23. März 1899

Der Abschied von Rose kam viel zu schnell. Ein wunderbarer Nachmittag, der davonflog, ein letztes Lachen, eine lange Umarmung zum Abschied.

»Ich wünsche dir eine wunderbare Zeit«, flüsterte sie mir zu. »Wir sehen uns wieder in der Heimat.«

Ich glaubte, in ihrer Stimme einen Funken Unsicherheit gehört zu haben, und so riss ich mich zusammen, um meine eigene zu überdecken.

»Alles wird gut, Rose, ganz bestimmt.«

»Und schreib mir, ja? Damit ich weiß, wie es dir geht. Am zweiten April werden wir in Rom eintreffen, der letzten Station unserer Tournee, und ganze zwei Wochen bleiben. Die Briefpost braucht von hier nur wenige Tage. Es ist das Hotel des Iles Britannique an der Piazza del Popolo. Kannst du dir das merken?«

Ich nickte, während ich meine Tränen hinunterschluckte.

»Keine Sorge, ich werde gut auf sie aufpassen«, bekräftigte Oliver hinter mir. »Versprochen.«

Noch einmal umarmte ich meine Tante, dann trat ich einen Schritt zurück und sah zu, wie Oliver ihr in den Einspänner half. Er hatte darauf bestanden, dass Rose den Rückweg zu ihrem Hotel in Ventimiglia nicht mit der Straßenbahn antrat. Es sei zu gefährlich, hatte er beschieden, gerade jetzt, wo die Dämmerung nahte.

Mein fürsorglicher Ehemann …

Oliver stellte sich zu mir und legte den Arm um mich. Als der Wagen anfuhr, beschlich mich die Furcht, Rose vielleicht nie wiederzusehen. Doch ich lächelte ihr zu, hob winkend die Hand, schwenkte sie, bis der Einspänner die erste Kurve genommen hatte und hinter den Palmen und Sträuchern verschwunden war.

»Und nun«, sagte Oliver, als nichts mehr von dem Wagen zu sehen war als eine Staubwolke, die sich langsam wieder legte, »kümmere ich mich um unsere neue Unterkunft.«

Er strahlte mich an, nachdrücklich, wie mir schien. Als erwarte er Lob für seine Entschlossenheit, und ich tat ihm den Gefallen.

»Das ist ganz wunderbar, Oliver, ich danke dir.«

Arm in Arm gingen wir die Treppe zum Hotel hinauf, deren Stufen vom Licht der untergehenden Sonne überflutet waren. Aus den Blüten der Kletterpflanze, die seitlich des Eingangs emporrankte, strömte ein angenehmer Duft, es war, als wolle sich das Angst zum Abschied von seiner allerbesten Seite zeigen.

Während Oliver den Concierge beiseitenahm, eilte ich hinauf zu unserem Zimmer, um unsere Abreise vorzubereiten.

Mit fliegenden Händen begann ich, die Kleidung aus Schränken und Schubladen zu ziehen und auf dem Bett zu verteilen. Das Angebot, mir von einem der Zimmermädchen helfen zu lassen, hatte ich abgelehnt. Diesen letzten Schritt wollte ich alleine tun. Es war, als könne ich unseren Umzug beschleunigen, wenn ich ihn persönlich vorantrieb.

So war ich bester Laune, als ich die beiden Handgepäckstücke auf das Bett legte und die Schlösser meines Koffers aufschnappen ließ.

Bald schon würden Oliver und ich unsere Flitterwochen genießen können. Nun, da ich ihn ein Stück besser zu verstehen glaubte, war ich davon überzeugt, dass wir einander rasch wieder näherkämen. Näher als je zuvor.

Plötzlich hielt ich das Journal und das Büchlein, das mir der Bibliothekar gegeben hatte, in den Händen. Gestern hatte ich beides achtlos in den Koffer geworfen, damit Oliver nicht bemerkte, dass ich der Legende noch immer auf der Spur war. Ich zögerte kurz, legte dann aber beides entschlossen beiseite.

Ich würde sie einfach dem Concierge übergeben, damit sie zurück an ihren Platz in der Bibliothek kamen. Keinen einzigen Gedanken wollte ich mehr an Lucrezia verschwenden, dachte ich, während ich begann, erste Kleidungsstücke in den Koffer zu packen. Nicht einen einzigen.

Sorgfältig legte ich die Reisekleidung samt Tag- und Nachtwäsche und dem Necessaire hinein, suchte mir eine Handtasche heraus, die ich tragen wollte, bis die Schrankkoffer in die neue Unterkunft gebracht worden waren, und legte sie obenauf. Die beiden Fotografien, die uns in einem Zustand entrückter Fröhlichkeit zeigten, schob ich ganz zuunterst. Vorsichtig, als müsse ich diesen Zustand konservieren, als hätte ich Angst, er würde mir sonst abhandenkommen.

In Olivers Tasche kamen die Pässe, das Italienhandbuch vom Baedeker Verlag und der Beutel mit den Scheinen und Münzen, der stets griffbereit sein musste, wenn man all den eifrigen Pagen und Kutschern etwas zustecken wollte. Die Schachteln mit den Hüten, die Ballroben, Fräcke und Mäntel breitete ich auf dem Bett aus. Dies sollte in die Schrankkoffer, die der Page sicher bald bringen würde. Ebenso die Schatulle mit dem Spiegel, Kämme, Nähzeug, Sonnen- und Regenschirm, ein Glätteisen und Schuhe, die ich auf und unter dem Tisch stapelte.

Als ich den kleinen Reisekoffer gefüllt hatte und noch immer alleine war, setzte ich mich auf den Sessel neben der Frisierkommode und zog die Beine an, umfasste sie mit den Armen. Ich betrachtete die hochwertige Einrichtung – Tapeten mit Blumendrucken, geraffte Vorhänge aus Samt, edle Hölzer an Bett und Schrank. Eine luxuriöse und eigentlich behagliche Ausstattung. Zu einer anderen Zeit hätte ich mich sicher wohlgefühlt, wäre da nicht …

Nein, rief ich mich zur Ordnung, nicht weiterdenken. Ab jetzt würde ich nur noch das Heitere sehen.

Energisch richtete ich den Blick in die Zukunft, versuchte mir vorzustellen, in welches der zahlreichen Hotels wir wohl ziehen würden.

Große Namen wie das Belvedere, das Hotel d'Angleterre oder das Grand Hotel et Britanniques waren mit Sicherheit seit Monaten ausgebucht. Aber auf unseren Streifzügen durch den Ort hatte ich ganz zauberhafte Pensionen gesehen – die Villa Amica und die Villa Aurelia, das Casa d'Este und La Loggia – alle außer Sichtweite des Hotel Angst. Das einfachste Gästezimmer würde mich erfreuen, ich brauchte keinen Luxus. Nur einen Raum, in dem ich frei atmen und leben konnte.

Meine Augen wanderten wieder zu dem Buch und dem Journal, die ich beide auf dem Nachttisch abgelegt hatte. Wie sie so dalagen, ganz unschuldig und rein, übten sie eine magische Anziehungskraft auf mich aus. Geradezu, als würden sie mich mit sanftem Ruf herbeilocken wollen.

Ich schob mich tiefer in den Sessel, ohne den Blick von den

beiden Schriftstücken zu nehmen. Natürlich könnte ich sie einfach ignorieren. Mit Nichtbeachtung strafen. Aber wäre es nicht besser, ich wüsste, was sie beinhalteten?

Langsam erhob ich mich, machte einen Schritt auf sie zu, blieb unentschlossen stehen. Was spräche eigentlich dagegen hineinzusehen, nur ganz kurz. Selbst wenn es das Grauen wieder aus seinen Fesseln entließ, würde es mich nun, da wir bald fortzogen, nicht weiter berühren können. Diese Nacht war ich in Sicherheit. Und wer weiß, vielleicht stellte es sich ja heraus, dass die Legende nur eine Erfindung war, dann hätte ich mir ganz umsonst Gedanken gemacht.

Die Neugier siegte. Zuerst schlug ich das schmale Buch mit den Stammbäumen auf und blätterte durch die Generationen. Es gab Familiennamen, die sich bis ins vierzehnte Jahrhundert zurückverfolgen ließen. Aus Arberterius wurde Albertieri, aus Ballaucus Ballauco. Alteingesessene Familienverbunde fächerten sich auf. Carbone, Pallanca, Rainieri, Rollando … Der Name Lucrezia hingegen kam nirgends vor, weder als Vor- noch als Nachname, und plötzlich zweifelte ich, ob ich ihn auch richtig verstanden hatte. Wenn ich es recht überlegte, könnte es ja auch ein Missverständnis gewesen sein, denn Vornamen, die ähnlich klangen, gab es einige: Leticia, Lucia oder Luisella.

Enttäuscht klappte ich das Buch wieder zu. Es half nichts, es brachte mich nicht weiter. Und auch das *Journal de Bordighera* würde sicher nicht die Informationen enthalten, die ich mir erhoffte. Die Ausgabe war vom vergangenem März, und unter dem Titel stand als Gründungsjahr der Zeitung 1895. Acht Jahre nach Erbauung des Hotels.

Ohne jede Erwartung widmete ich mich den Inhalten des Journals, überflog die Artikel. Zwischen der Ankündigung eines Tennisturniers, einem Spendenaufruf für das Kinderheim und der Erinnerung an die wöchentlichen Lesungen im Casa Coraggio entdeckte ich eine Rückschau auf Bordighera vor einundzwanzig Jahren. Der Verfasser erinnerte sich, dass es zu jener Zeit neben einigen Pensionen nur drei Hotels gegeben hatte: das d'Angleterre, das kleine Hotel Windsor und das alte Hotel von Adolf Angst, das damals noch gegenüber dem Bahnhof lag und beim Erdbeben im Februar 1887 vollkommen zerstört worden war.

Ich sah auf. Auch der Hotelpage hatte von dem Erdbeben erzählt und davon, dass Adolf Angst noch im selben Jahr mit dem Bau dieses Grandhotels oberhalb des Ortes begonnen hatte. Ein Palast im Gegensatz zum alten, und ich fragte mich, woher ein Mann, dessen Existenz bis auf die Grundmauern zerstört war, all das Geld nahm, um noch einmal ganz von vorne anzufangen. Und dann noch auf diese luxuriöse Weise.

Während ich nachdenklich weiter durch die Seiten blätterte, weckte ein Leserbrief meine Aufmerksamkeit. Er war zwischen die zahlreichen Anzeigen gesetzt, dort, wo man ihn leicht übersehen konnte. Das schale Dämmerlicht ließ die Buchstaben verschwimmen, ich hielt die Zeitung näher ans Fenster und begann zu lesen.

An die Redaktion

Ich muss annehmen, dass Sie mich mit Absicht zu ignorieren scheinen. Anders kann ich mir nicht erklären, dass Sie die Leserschaft zur Meinungsbekundung aufrufen, aber nur die üblichen Polemiken veröffentlichen, in denen man sich über die Arbeit des Kirchenkomitees beschwert, das offenbar nichts gegen die Überfüllung der Gotteshäuser unternimmt. Eine Farce, wenn man bedenkt, was in diesen Wochen die Runde macht. Es gibt doch so viel Wichtigeres als das übliche Gezänk! Sollte sich die Redaktion also dazu entschließen, auch diesen Brief zu ignorieren, wird mir nichts

anderes übrig bleiben, als mich auf eine Kiste zu stellen, direkt vor das Teatro Ruffini, und laut hinauszurufen, was mich bedrückt. Nämlich die Vermutung, dass das Hotel Angst verflucht ist.
Nicht nur, dass man mitten in der Nacht Musik hört oder eigenartige Geräusche, es macht im Stillen auch eine eigenartige Legende die Runde, die manchen Gast zutiefst verstört. Es scheint, das Hotel sei in der Hand eines jenseitigen Wesens, das des Nachts durchs Haus geistert. Ich selbst habe es gesehen und die Hotelleitung um Aufklärung gebeten. Aber niemand hat mir Glauben schenken wollen, stattdessen wurde ich darauf hingewiesen, dass in all den Jahren seit der Erbauung des Hotels keine derartigen Vorkommnisse bekannt wären und dass es sich um eine Sinnestäuschung handeln müsse.
Ich habe mich damit nicht zufriedengeben wollen und nachgeforscht. Es hat sich herausgestellt, dass eine Gruppe gelangweilter Damen Anfang des Monats den Teesalon dazu benutzt hat, eine spiritistische Sitzung abzuhalten, um sich die Zeit zu vertreiben. In deren Verlauf sie ein jenseitiges Wesen, das bis dahin überhaupt nicht in Erscheinung getreten war, ins Leben riefen.
Ein geradezu beispiellos unverantwortlicher Vorgang, den man nur schwer wieder rückgängig machen kann.
Ich bitte Sie eindringlich, werte Leser, auf Ihre Frauen einzuwirken, derartige Spielereien zu unterlassen. Wenn unbefangene Gemüter an den Spiritismus herantreten, ohne an die Folgen zu denken, kann Fürchterliches entstehen. Ich spreche aus leidvoller Erfahrung!
Hochachtungsvoll,
Earl von M.

Ich zuckte zurück, das Blut schoss mir ins Gesicht. Dann schlug ich die Zeitung zu und schleuderte sie quer durch den Raum, bis sie in der Ecke neben dem Bett liegen blieb wie ein flügellahmer Vogel.

Hastig trat ich ein paar Schritte zurück, um die Zeilen nicht mehr sehen zu müssen. Das Gefühl, Lucrezias Geist würde aus ihnen emporsteigen und sich direkt auf mich zubewegen, nahm überhand. Ich stolperte weiter, bis ich die Wand an meinem Rücken spürte und mit zitternden Fingern nach dem Lichtschalter tastete.

Es war dunkel im Zimmer, viel zu dunkel.

Mit einem Mal war mir, als sei es spürbar kälter geworden. Der Wind rüttelte an den Fensterläden. Doch er konnte das Geräusch des Blutes nicht übertönen, das in meinen Ohren zu pulsieren begann.

Plötzlich hatte ich das Gefühl, nicht alleine im Raum zu sein. Panisch tastete ich die Wand ab. Das Gefühl, Lucrezia würde mir direkt gegenüberstehen, durchdrang meine Brust, fuhr mir in den Magen. Drohte, mir die Luft zu nehmen.

Mit aufgerissenen Augen starrte ich ins Dunkel, bis ich endlich den Lichtschalter fand und den Raum erhellte.

Nichts hatte sich verändert. Nur die üppigen Tapeten hatten ihren Glanz verloren, wirkten düster und morbide. Und sahen die Muster nicht aus wie kleine blumenförmige Blutflecken?

Auf einmal wurde die Klinke heruntergedrückt, sodass ich nun wieder nach vorne sprang und mit schreckensweiten Augen auf die Tür starrte, die langsam aufschwang.

Oliver trat ein, summend, begleitet von dem Geruch nach Tabakrauch. »Der Concierge hat einen Burschen losgeschickt, der in den umliegenden Hotels und Pensionen nach einem freien Zimmer suchen soll. Er hat mir zugesichert, alles zu tun, damit wir noch heute umziehen können.« Er stutzte. »Ist alles in Ordnung, Nell? Du bist so bleich.«

Erleichtert eilte ich ihm entgegen und schmiegte mich an seinen warmen Körper. »Ich bin so froh, wenn wir fort sind. Wann kommt der Page mit den Schrankkoffern?«

»Er wird sicher jeden Augenblick hier sein.« Oliver sah auf die ausgebreiteten Sachen, die Bett und Tisch besetzten, und zog die Brauen zusammen. »Wir sollten es dem Personal überlassen, den Rest zu packen, während wir unser Abendessen einnehmen.«

»Ich kann jetzt nichts essen!« Ich suchte nach Worten, um mich ihm zu erklären, brach ab, weil es mir sinnlos erschien. Matt hob ich die Schultern. »Zumindest nicht in diesem Hotel.«

»Keine Sorge, ich habe nicht vor, John Madroy die Gelegenheit zu geben, dich wieder einzuwickeln.« Oliver lächelte und strich mir über die Wange. »Ich habe uns einen Tisch in einem einheimischen Lokal reservieren lassen. Du wirst sehen, noch bevor wir zu Ende gegessen haben, ist alles gepackt und in unsere neue Unterkunft gebracht. Der Concierge wird uns eine Nachricht zukommen lassen, damit wir wissen, wo wir wohnen werden.« Er sah mich mit einem Ausdruck tiefen Mitgefühls an. »Es ist überstanden, Nell. Morgen sieht die Welt schon wieder anders aus.«

18

Endlich hatte dieser Albtraum ein Ende! Ich hakte mich bei Oliver ein und ließ mich von ihm durchs Vestibül ziehen, am Portier vorbei und hinaus auf die Freitreppe. Er war dabei so schnell, dass ich mich nicht mehr von Signore Bartelli verabschieden konnte, der uns die Eingangstür aufhielt und seinen Hut lupfte. Also drehte ich mich im Gehen um und winkte ihm zu, bevor sich die Tür wieder schloss.

Ich wunderte mich über diese Hast, es war ungewöhnlich für meinen Mann, der Wert auf gutes Benehmen legte und es liebte, mit dem Personal zu plaudern. Aber ich dachte, dass es für Oliver ja kein richtiger Abschied war und dass er das Hotel noch öfter besuchen würde, um seine Termine abzuhalten. Also ließ ich mich von ihm durch die Straßen führen, bis wir zu dem bis auf den letzten Platz gefüllten Lokal kamen, dessen Name ich wieder vergessen habe.

Warme Luft empfing uns, dazu der Geruch von Speck und Wein. Ein Kellner im Frack kam uns entgegen und führte uns an eng gestellten Marmortischen vorbei zu unserem Tisch, der von einem mehrarmigen Leuchter erhellt wurde. Dann reichte er uns eine Speisekarte und gab Oliver eine Weinempfehlung, während ich mich von der Atmosphäre des Lokals gefangen nehmen ließ.

»Einen Gin Sour vorweg bitte«, rief Oliver gegen den hohen Lärmpegel an. »Möchtest du auch einen?«

Ich nickte abwesend, während ich den Blick über das Interieur schweifen ließ. Samtüberzogene Stühle, holzvertäfelte Wände mit üppigen Ornamenten, goldverziert. An der Stirnseite hing die Flagge des Königreichs Italien und ein überdimensionales Bild von Umberto I., doch die Gäste schienen international zu sein. Auf Französisch wurde nach dem Oberkellner gerufen, auf Russisch eine Flasche Wodka verlangt. Und dem deutschen Ehepaar neben uns wurde ein Bohneneintopf mit fetter Schweinswurst serviert, was selbst mir, die es mit der vorösterlichen Fastenzeit nicht allzu genau nahm, als äußerst dekadent erschien.

»Soll ich dir etwas auswählen, Nell?«

Zwei Augenpaare waren auf mich geheftet. Noch immer stand der Kellner neben uns.

»Ja, bitte.«

Oliver warf mir einen unergründlichen Blick zu, um schließlich in formvollendetem Italienisch unsere Bestellung aufzugeben.

»Er hat mir versichert, dass es bald ruhiger sein wird«, erklärte er mir, nachdem der Ober wieder hinter den Kulissen verschwunden war. »Die meisten Gäste gehen nach dem Essen in die Victoria Hall, dort soll ein Konzert stattfinden, Schuberts Ouvertüre Rosamunde neben Dvořáks Quintett op. 81. Auch das Hotel Angst hat heute Vorstellung, ein Zauberkünstler, sicher hast du die Ankündigung gesehen, die im Vestibül auslag.«

Ich schüttelte den Kopf und schwieg, bis die Gin Sour kamen und wir uns zuprosteten. Das Getränk war stark, und als der Kellner einen gut gefüllten Weinkrug auf den Tisch stellte, dessen Inhalt beinahe über den Rand schwappte, waren meine Wangen vom Alkohol bereits gerötet.

Dann kamen die Gemüsesuppe und der Fisch mit frittierten Tomaten, und wir redeten über Allgemeines, mühten uns, die Geschehnisse der letzten Tage zu umschiffen. Dabei zeigte Oliver sich aufmerksam, er war wieder ganz der Mann, den ich im vergangenen September kennengelernt hatte.

»Wenn wir wieder in London sind, ist der Frühling nicht mehr weit«, sagte er, und dabei schien er vollkommen entspannt. »Wir könnten ein paar Blumenzwiebeln kaufen und sie dort in die Beete setzen. Dann wachsen unsere Kinder mit einem Stück Italien auf.«

»Unsere Kinder?« Ich schmunzelte weinselig und begann, meinen Blick in die Zukunft zu richten, als sei dies nur eine unschöne Station auf dem Weg zum großen Glück.

»Selbstverständlich. Ich wünsche mir sechs oder sieben. Mindestens.« Oliver schob eine Hand über den Tisch und griff nach meiner rechten. »Du wirst eine wundervolle Mutter sein. Und ich werde alles dafür tun, dass es unserer Familie gut geht.«

Meine Finger lagen warm in seiner Hand. In meinem Kopf entstand das Bild eines Hauses voller Leben. Ich sah kleine Schuhe, die aneinandergereiht an der Eingangstür standen. Stiefel, an denen noch der Matsch klebte, den sie vom Garten mit hineingetragen hatten.

Tatsächlich schien es das Normalste der Welt zu sein, sich hier, an diesem Abend, darüber zu unterhalten. Obwohl der Grund, warum wir hier saßen und warteten, noch immer präsent war, malten wir die Zukunft, als sei sie in greifbarer Nähe, und aßen dabei mit großem Appetit.

Mit der Zeit wurde das Gespräch einsilbiger. Oliver zog sich merklich zurück, während ich Wein trank und immer öfter nach draußen sah. Je später es wurde, desto größer wurde meine Unruhe.

Bald hatten die meisten Gäste das Lokal verlassen, am Nebentisch bestellte man Traubenbrand und verlangte nach der Rechnung. Ich fragte mich, warum die längst ersehnte Nachricht noch nicht gekommen war, doch ich wollte mir die Sorge nicht anmerken lassen. Und so begann ich, das Gespräch wieder zu entfachen, und versteckte meine wachsende Anspannung hinter einem heiteren Plauderton.

Als der Wind begann, erste Tropfen an die Fenster zu schlagen, und einen Regenguss ankündigte, der mindestens ebenso heftig werden würde wie derjenige vor zwei Tagen, nahm ich den Faden wieder auf und sprach davon, dass wir unseren Kindern meine Heimat zeigen würden. Die Kornfelder, die das Land mit einem gelbgrünen Teppich überzogen, die Schafweiden, Heide- und Flusslandschaften.

»Nur vor den modrigen Teichen müssen wir sie fernhalten«, sagte ich mit schwerer Zunge und verdrängte eine aufkeimende Erinnerung, »die sind gefährlich.«

Oliver antwortete nicht, zog nur stumm eine Zigarre aus der Innentasche seiner Jacke und trommelte mit den Fingern auf die Tischplatte, während sein Blick zur Eingangstür glitt, die gerade aufschwang.

Eine Windböe wehte welke Blätter hinein und trug eine Luft mit sich, die nach Regen roch. Ein eleganter Herr in dunklem Anzug betrat das Restaurant und sah sich um, bevor er jemandem zuwinkte und am anderen Ende des Raums Platz nahm.

Meine Stimmung kippte. Ich konnte nicht länger so tun, als sei dies ein ganz normaler Abend, während ich mühsam darum rang, die Fassung zu bewahren.

»Oliver, wo bleibt denn nur der Page?«, platzte es aus mir heraus. »Hatte der Concierge nicht gesagt, er würde eine neue Unterkunft finden?«

»Ich weiß es doch auch nicht«, kam es schroff. »Er kommt schon noch.« Dann hob er die Zigarre an den Mund und entzündete sie am Licht der Kerze.

Der Rauch mischte sich mit den Schwaden, die von den anderen Tischen herüberzogen. Oliver hatte sich nach hinten gelehnt und schien wieder in einer Welt versunken zu sein, zu der ich keinen Zutritt hatte.

An diesem Punkt zumindest hatte sich nichts geändert. Da war er wieder, mein Mr. Hyde, in den er sich von einem Moment zum anderen verwandeln konnte, ohne jede Vorwarnung. Unergründlich, verschlossen, unnahbar. Ausgerechnet jetzt, wo ich ihn am meisten brauchte.

Aber ich hatte mir vorgenommen, mich nicht länger von seinen Stimmungswechseln gefangen nehmen zu lassen, es auszuhalten, bis er sich wieder zurückverwandelt hatte. Also stimmte ich in das Schweigen ein und verlegte mich darauf, den Eingang im Blick zu behalten, durch den hoffentlich bald der Hotelpage treten und uns über die neue Unterkunft in Kenntnis setzen würde.

Als dieser endlich die Tür aufstieß, durchnässt und mit geröteten Wangen, waren sämtliche Tische bereits abgeräumt. Ohne mich anzusehen, eilte er direkt auf Oliver zu, dann beugte er sich vor und flüsterte ihm etwas ins Ohr. Schon an seinem Gesichtsausdruck konnte ich sehen, dass etwas nicht stimmte.

Mein Mann runzelte die Stirn, warf mir einen kurzen Blick zu, bevor er sich bedankte und dem Jungen eine Münze zusteckte. Dann sah er mich mit einem Aufseufzen an.

»Wir werden noch eine Nacht im Hotel Angst verbringen müssen«, sagte er. Seine Stimme war plötzlich wieder warm und weich, als bekämen die Worte eine andere Bedeutung, wenn man sie nur gut genug umhüllte. »Es tut mir leid, Nell, aber es ist nichts anderes mehr frei.«

»Das kann ich nicht glauben!«

»Sie haben alles versucht. Offenbar ist es bei einem Hotel zu Doppelbuchungen gekommen, was dazu geführt hat, dass man eine ganze Reisegruppe auf die letzten verbliebenen Zimmer im Ort verteilen musste.«

»Oh mein Gott …«

Hatte ich gedacht, das Grauen sei endgültig überwunden, so war es plötzlich wieder da. Tauchte aus dem Nichts auf und raste mit geballter Wucht auf mich zu, bis es mich verschlang, einnahm wie eine dunkle Welle, in der ich jeden Halt verlor. Mit weißen Fingerknöcheln umklammerte ich die Tischkante, versuchte, die Furcht abzuschütteln, doch sie war bereits überall. Hinter meiner Stirn, in meiner Brust, in meinen Beinen, die zu zittern begannen.

»Nell, komm schon«, wisperte Oliver, »reiß dich zusammen.«

»Ich gehe nicht zurück«, beschied ich. »Niemals!«

»Wo sollen wir denn sonst hin? Willst du etwa auf der Straße schlafen?«

»Ja, was spricht dagegen?«

»Du hast ein eigenartiges Talent dafür, die wirklich bedrohlichen Dinge zu verharmlosen, während du hinter den unbedenklichen die größte Gefahr witterst!« Oliver runzelte die Stirn. Ich sah ihm an, dass er Mühe hatte, ruhig zu bleiben. »Oder willst du dir den Schlafplatz mit Bettlern und Ganoven teilen, nur weil irgendeine Küchenhilfe dir mit ihren Schauergeschichten den Kopf verdreht hat?«

»Wir könnten die Nacht in einer Kirche verbringen«, flehte ich in einem letzten Versuch. »Sicher hat der Pfarrer ein Nachsehen und lässt uns ein.«

»Hör auf, Nell. Die Kellner gucken schon.«

»Du hast es mir versprochen! Mir und auch Rose.«

»Es geht nicht, und damit Schluss. Keine weitere Diskussion!« Oliver beugte sich vor und ergriff meine Hand. »Es ist doch nur eine Nacht«, beschwor er mich. »Nur eine einzige Nacht.«

Olivers Stimme klang wie durch eine Nebelwand. Seine Worte gerieten in einen Strudel, der sich immer weiter von mir entfernte.

Nur eine Nacht … eine einzige Nacht …

Ich atmete tief durch, versuchte, die Furcht zu verdrängen. Kämpfte mich mit aller Kraft wieder an die Oberfläche meines Verstandes. Er hatte ja recht, wo sollten wir sonst hin?

Reiß dich zusammen …

Ich schloss die Augen und nickte unmerklich, während sich erste Tränen lösten und über meine Wangen rannen. Wie in Trance hörte ich, dass Oliver den Kellner rief und ihm das Geld Münze für Münze auf den Tisch zählte.

Als er wieder mit mir sprach, war seine Stimme direkt an meinem Ohr. »Komm schon, Nell«, flüsterte er, »du wirst das überstehen. Ich bin doch bei dir!«

Langsam hob ich die Lider. Oliver hockte neben meinem Stuhl und sah mich besorgt an. Dann griff er in sein Jackett und entnahm ein Taschentuch, um mir damit die Tränen zu trocknen.

Ich sah, dass er auf eine Reaktion wartete, also nickte ich erneut. »In Ordnung …«

»Gut gemacht, Liebes. Ich wusste, dass du zur Vernunft kommst.«

Seltsam unbeteiligt ließ ich es geschehen, dass er mir den Mantel überwarf und mich am Arm hinaus ins Freie zog. Regen peitschte uns entgegen, überzog die nächtlichen Straßen mit einem dichten Schleier. Wind rüttelte am Schirm, den Oliver aufspannte und mit ausgestreckter Hand vor sich hielt, als bahne er uns einen Weg durch feindliches Gebiet.

Die Augen auf den Boden geheftet, schritt ich voran und zählte dabei die Straßenlaternen, deren Licht sich im nass glänzenden Pflaster spiegelte. Ich versuchte, mich mit Zählen von meiner Angst abzulenken, die mir mit jedem Schritt stärker in den Magen fuhr.

Eins, zwei, drei, vier …

Die Tränen rannen unaufhaltsam über das Gesicht, mischten sich mit den Wassertropfen, die von meinem Haar hinabperlten. Je näher wir dem imposanten Gebäude kamen, das wie eine Anklage dunkel aus den Palmen emporragte, desto lauter wurde mein Schluchzen. Ich zählte weiter, setzte Fuß vor Fuß. Redete mir ein, dass meine Furcht hysterisch sei. Dass es nur eine Frage der inneren Stärke war und des Gottvertrauens. Aber es war mir unmöglich, die bösen Ahnungen abzuschütteln.

Erst als Oliver mich die Stufen der Freitreppe hinaufführen wollte, nahm meine Panik überhand.

»Nein, ich will das nicht!«, wisperte ich und blieb stehen.

Aus einem halb geöffneten Fenster hörte man vielstimmiges Lachen, dann einen Tusch – die Vorstellung des angekündigten Zauberers schien bereits in vollem Gange.

Oliver griff in seine Jackentasche und drückte mir das silberne Etui in die Hand. »Komm schon, Liebes, zünde dir eine Zigarette an, das klärt den Verstand.«

»Das wird nichts daran ändern«, sagte ich und schob es, als er abwehrend beide Hände hob, in die Tasche meines Kleides. »Irgendetwas stimmt nicht mit dem Grandhotel. Lucrezias

Flammentod hat sich tief in das Gedächtnis dieses Ortes eingebrannt. Ich kann ihre Anwesenheit spüren, Oliver.«

»Du bist ja verrückt.«

Die Furche auf seiner Stirn vertiefte sich. Der Regen trommelte auf das Schirmdach, und ich wurde lauter, um das Geräusch zu übertönen.

»Nein, das bin ich nicht! Ich weiß, dass es Menschen gibt, die nicht an diese Phänomene glauben. Die denken, es gebe nur das, was sie sehen und greifen können. Aber so ist es nicht. Es gibt diese andere Welt, diese Dimension, in der Dinge passieren, die man sich nicht erklären kann. Träume, die immer wiederkehren, Warnungen, die einen zusammenschrecken lassen.«

Dass es eine Zeit gab, in der ich dem Tod sehr nahe gewesen war, erwähnte ich nicht. Doch als ich unter dem tropfenden Schirmdach stand, schoss blitzartig ein Bild nach vorne, drängte in mein Bewusstsein.

Ich bin wieder zehn Jahre alt. Es ist eine regenfeuchte Nacht wie diese. Doch ich kann nicht einschlafen, der Mond hat die dichte Wolkendecke durchbrochen und scheint hell in mein Zimmer. Ich stehe auf und stelle mich ans Fenster, um ihn zu betrachten. Es ist ein voller Mond, ganz rund und leuchtend, bevor sich eine dichte Wolke vor seine Konturen schiebt und ihn wieder verschluckt.

Vor unserem Haus steht eine Kutsche. Aus ihr steigt eine gesichtslose Gestalt, in einen schwarzen Umhang gehüllt. Der Kopf wendet sich hoch, ruckartig, als sei mein Blick nicht unbemerkt geblieben. Aus der Dunkelheit der Kapuze starren mich zwei Augen an, die mich nicht loslassen, selbst als ich mich hastig wieder in mein Bett lege und lautlos weine, aus Angst, dass die Gestalt nach oben kommt, um mich zu holen.

Du bist schuld!

Ich weiß noch, wie feuchter Nebel aufgestiegen war und wie die Kälte durch die Ritzen der Mauern gekrochen kam, um sie fortan nie wieder zu verlassen. Damals hatte ich mir geschworen, das Geschehene zu vergessen, und es ist mir gelungen. Bis Lucrezia kam und mich daran erinnerte, dass der Tod nichts Endgültiges ist.

»Nell, ich rede mit dir.«

Ich schlug die Augen auf.

Oliver sah mich ernst an, nun schüttelte er langsam den Kopf. »Du hast eindeutig zu viele Schauerromane gelesen.«

»Das ist es nicht«, flüsterte ich. »Es hat eine spiritistische Sitzung gegeben, in der man Lucrezias Geist ins Diesseits holte.«

»Das ist doch vollkommener Unsinn!«

»Ist es nicht. Wann begannen all diese Unfälle, wann ist der erste Geschäftspartner verstorben?«

»Im April, kurz nachdem wir aus Italien zurück waren. Aber was hat das damit …«

»Die Sitzung war im März.«

»Im vergangenen März? Woher willst du das wissen?«

»Es stand im *Journal de Bordighera*. Im Leserbrief eines Earls, der zu Gast im Grandhotel war. Die Zeitung liegt oben im Zimmer, ich kann es dir beweisen! Hattest du denn damals nichts davon bemerkt?«

Oliver zog die Brauen zusammen und schwieg.

Feuchte Luft hing schwer über dem Boden, kam in Bewegung, als eine Kutsche mit schnellem Tempo nahte und so scharf bremste, dass der Sand unter den Rädern zur Seite spritzte. Zwei Frauen und ein Mann stiegen aus dem Wagen. Sie beklagten sich über das furchtbare Wetter, man sei schließlich wegen des viel gepriesenen blauen Himmels gekommen, und eilten die Treppe hinauf, dem Applaus entgegen, der in diesem Moment aufbrandete.

»Also gut«, stieß Oliver endlich aus, als die Kutsche wieder abgedreht hatte. »Ich werde mir den Leserbrief ansehen.«

»Du musst ein wenig danach suchen«, sagte ich hoffnungsvoll. »Man hat ihn zwischen den Anzeigen platziert.«

»Kommst du nicht mit?«

»Ich warte hier draußen.«

»Ich kann dich doch nicht hier im Dunkeln alleine lassen.«

»Alles ist besser, als wieder hineinzugehen.«

Ein Ausdruck der Verzweiflung schlich sich in seinen Blick. Oliver hob die Arme und ließ sie dann in einer erschöpften Geste wieder sinken.

»Ich weiß nicht, was ich mit dir machen soll«, sagte er so leise, dass ich ihn im Prasseln des Regens kaum verstehen konnte. »Aber ich werde jetzt dort hineingehen. Und ich will, dass du mitkommst!«

»Und wenn ich das nicht tue?«

»Meine Geduld ist am Ende. Lass es nicht darauf ankommen.«

Seine Stimme war hart geworden, er hob seine freie Hand und krallte sie um mein Handgelenk. Fassungslos starrte ich ihn an. Ich wusste nicht, was ich tun würde, wenn er mich dazu zwang.

»Nell, es reicht«, rief er, dann warf er den Schirm zu Boden und griff nun auch nach meiner zweiten Hand, presste seine Finger immer stärker um das Gelenk, dass ich vor Schmerzen aufheulte.

»Hör auf, Oliver, du tust mir weh.«

Er blieb unbeirrt. Zog mich nun zur Treppe. Ich wollte ihn abschütteln, doch er verstärkte seinen Griff und zwang mich die ersten Stufen hinauf. Rüttelte an meinen Handgelenken, ruckartig, dass ich voranstolperte und auf die nassen Stufen fiel.

»Herrgott, jetzt reiß dich endlich zusammen!« Oliver beugte sich zu mir hinab und packte mich am Arm, zog mich zu sich hinauf. »Ich werde dich in dieses Hotel bringen«, murmelte er, »wenn nötig, mit roher Gewalt.«

Die Entschlossenheit, die aus seinen Augen sprach, weckte in mir ein wildes Gefühl, das sich einem Tier gleich sprungfertig machte.

»Lass mich in Ruhe!« Ich brüllte die Worte hinaus. Mit ihnen eine Wut, die sich in meinem Magen gestaut hatte und nun explosionsartig entwich. »Geh weg!« Meine Stimme erschreckte mich. Sie klang eigenartig. Ganz dunkel und heiser.

Schlagartig ließ er mich los. In seinem Blick stand Ärger, aber auch etwas, das nach Verwunderung aussah.

»Mein Gott, Nell!«

Der Regen prasselte auf mich herab, benetzte mein Haar. Von meiner eigenen Wut überrascht, änderte ich den Tonfall, ich flehte ihn an, er möge mich bitte verstehen. Doch er schüttelte nur den Kopf, warf mir dann mit einem wütenden Aufschrei den Schirm zu und ging voran, stieg die Treppe empor, ohne sich noch einmal umzudrehen.

Ich sah ihm nach. Fühlte mich, kaum dass seine Gestalt im Eingang verschwunden war, furchtbar hilflos.

In diesem Moment wünschte ich nichts sehnlicher, als mein Schicksal selbst in die Hand zu nehmen. Den Concierge anzuweisen, mir einen Kutscher zu rufen, der mich mitsamt Gepäck nach Ventimiglia bringen sollte, wo Tante Rose mich mit offenen Armen empfangen und mit nach Rom nehmen würde, um nur wenig später gemeinsam mit mir nach England zurückzukehren.

Und dann? Wie sollte es weitergehen? Oliver würde es mir nie verzeihen, es wäre das Ende unserer jungen Ehe. Und zurück nach Wormingford wollte ich um keinen Preis.

Also stand ich am Fuße der Treppe und rieb meine schmerzenden Handgelenke – während ich mich abmühte, die Dunkelheit in meinem Rücken, die nächtlichen Geräusche, die aus den exotischen Büschen und Sträuchern drangen, zu ignorieren. Dabei klammerte ich mich an den Gedanken, dass Oliver mich bald aus meiner unglücklichen Lage befreien und mich Dank des Leserbriefes endlich, endlich verstehen würde.

19

Ich weiß nicht, wie lange ich vor dem Hotel gestanden hatte, erinnere mich nur, dass mir entsetzlich kalt geworden war. Der Schirm hatte mich vor den Güssen bewahrt, aber die Feuchtigkeit war vom Boden in meine Schuhe gedrungen und von dort bis auf die Haut.

Inzwischen hatte mein schlechtes Gewissen Oberhand gewonnen. Ich fragte mich, ob ich in meiner Reaktion wohl übertrieben hatte. Oliver war sehr verzweifelt gewesen, hatte sich nicht anders zu helfen gewusst, als mich hinaufzuzwingen. Auf einmal schämte ich mich, einen solchen Aufstand gemacht zu haben.

Ich weiß, dass manche den Kopf schütteln würden, es nicht begreifen, wie man in seinen Gefühlen derartig wankelmütig sein kann. Vielleicht ist es eine gewisse Beeindruckbarkeit, eine tief liegende Unsicherheit, wegen der ich mich immer wieder an kleinen Begebenheiten entlanghangele, sie abtaste, um in ihnen einen Widerhall zu finden, der es mir ermöglicht, eine Situation richtig einzuschätzen oder eine Person zu beurteilen.

Bis ich Oliver geheiratet habe, war mir diese Unsicherheit nie aufgefallen. Immer hatten mich Menschen umgeben, die verlässliche Fixpunkte waren. Menschen, bei denen ich bereits im Voraus wusste, was sie dachten und sagten, noch bevor die Worte ihren Mund verließen. Meine Eltern waren darin die sicherste Konstante. An der Miene meiner Mutter konnte ich immer erkennen, wie sie sich fühlte. Ich sah ihren Argwohn, wenn sie die Stirn runzelte, ihre Furcht, wenn das Gesicht erstarrte. Und wenn ihre Augen leuchteten, so wusste ich, dass sie glücklich war, was allerdings immer seltener vorkam. Alle Emotionen waren vorhersehbar, selbst die meines Vaters. Seine harsche Strenge war ebenso planbar wie sein Wohlwollen. Auch wenn ich mich danach sehnte, aus dem engen Ablauf auszubrechen, so hatte es meinem Leben einen Rahmen gegeben, der mich trug.

Bei Oliver war das ganz anders. Es gab kein Gleichmaß, keine unausgesprochenen Gesetzmäßigkeiten, an denen man sich orientieren konnte. Seitdem ich mit ihm zusammen war, waren sämtliche Konstanten verschwunden.

Ich vermochte kaum noch, meiner eigenen Stimme zu lauschen, war viel zu sehr damit beschäftigt, mich auf ihn einzustellen, ihm zu gefallen. An seinen Worten und Gesten meinen Wert zu bemessen, am Blick zu erkennen, ob das, was ich tat, seine Zustimmung fand. Aber sosehr ich auch versuchte, seine Emotionen einzuordnen, es wollte mir nicht gelingen.

Hatte ich immer geglaubt, ich sei eine starke, kämpferische Natur, die sich dem Leben mit all seinen Widrigkeiten entgegenstellt, so weiß ich nun, dass es ein Trugschluss war. Ohne verlässlichen Rahmen verwandele ich mich in ein wankelmütiges, beeinflussbares Chamäleon, das auf die Emotionen anderer reagiert, sich innerhalb seiner Umwelt erfindet, sich in ihr auflöst.

Nur so kann ich es mir erklären, dass ich plötzlich dachte, wie gut es mir doch mit Oliver ging, und dass ich diesen furchtbaren Ängsten nicht erlauben durfte, einen Keil zwischen uns zu treiben. Obwohl ich doch hätte wütend sein müssen, dass er mich mit Gewalt nach oben hatte zwingen wollen, dass er mich so heftig gepackt hatte, dass meine Handgelenke auch Minuten später noch brannten, war alles, was ich nun fühlte, die Sehnsucht, von ihm in den Arm genommen zu werden. Ich wollte nicht, dass er einen falschen Eindruck von mir bekam und mich womöglich aufgrund meiner Ängste nicht mehr lieben konnte. Kate hätte niemals so ein Theater gemacht, dessen war ich mir sicher.

Der Gedanke, mit wie viel Liebe er von ihr gesprochen hatte, schmerzte. Was dazu führte, dass ich mich entschloss, all meinen Mut zusammenzunehmen und ihm zu beweisen, dass ich neben dieser entsetzlich hysterischen Seite auch eine tapfere hatte.

Mühsam rang ich das Gefühl drohender Gefahr nieder und setzte meinen Fuß auf die unterste Stufe. Als in diesem Moment seine Gestalt oben am Eingang erschien, eilte ich ihm entgegen und schwor, ihn nie wieder derart zornig zu machen.

»Es tut mir leid«, murmelte ich. »Ich wollte mich nicht so aufführen. Ich verspreche dir, dass so etwas nie wieder vorkommen wird.«

Er zog mich an sich und strich über mein Haar. »Alles gut, mein Engel. Ich hätte dir nicht wehtun dürfen.«

»Hast du das Journal gefunden?«

»Es ist nicht da.«

»Hast du auf dem Fußboden nachgesehen? Ich habe vergessen, dir zu sagen, dass ich es hingeworfen habe.«

»Ich habe überall geguckt, auch auf dem Boden.«

»Vielleicht hat das Zimmermädchen es mitsamt den anderen Sachen in den Schrankkoffer gepackt.«

»Man hat die großen Gepäckstücke noch nicht aufs Zimmer gebracht. Es ist alles unberührt.«

»Jemand muss das Journal in die Bibliothek zurückgebracht

haben. Es war so ein Stempel drauf, der es als Hoteleigentum markiert.« Es klang absurd, aber ich klammerte mich daran, dass es einen Grund für das Verschwinden geben musste, und tat dabei ganz so, als sei es eine Frage der Vernunft.

»Du glaubst doch wohl nicht, dass das Hotelpersonal in unser Zimmer kommt, um eine Zeitung zurück in die Bibliothek zu bringen …«

»Ja, warum denn nicht?« An diesem kleinen, in die Ecke geschleuderten Heft schien plötzlich mein Schicksal zu hängen, meine gesamte Zukunft. »Lass uns dort nachsehen.«

»Die Bibliothek wird nicht geöffnet sein.«

»Dann fragen wir nach einem Schlüssel.«

Er sah mich mit ausdrucksloser Miene an. »Hattest du nicht gesagt, du wolltest dich nicht mehr so aufführen?«

»Es dient doch nur der Klärung«, entgegnete ich mühsam beherrscht und rang mir ein Lächeln ab.

Oliver atmete tief ein und blies die Backen auf. Dann stieß er die Luft aus. »Also gut. Wenn es dich beruhigt, dann sehen wir dort nach.«

Er nahm mir den Regenschirm ab und hielt mich am Arm, als sei ich eine gebrechliche alte Frau. Ich ließ es zu, raffte den Rock und schritt so würdevoll, wie es mir nur möglich war, neben ihm die Freitreppe hinauf.

Als wir durch das offene Portal traten, verspürte ich wieder das Unbehagen. Doch ich riss mich zusammen, dachte daran, dass ich es Oliver nicht noch einmal zumuten konnte, einen derartigen Aufstand zu machen.

Das Vestibül war leer. Aus Richtung des Ballsaals, wo in diesem Moment die Zaubershow stattfand, drang lautes Gejohle.

Mit einer energischen Bewegung schloss Oliver den Schirm. Regenwasser spritzte zu allen Seiten und tropfte auf den blank gewischten Fliesenboden, auf dem nicht eine einzige Schlammspur zu sehen war. Dann stellte er ihn in einem Ständer ab und schlug auf den goldenen Klingelknopf.

Endlich kam ein älterer Herr in Hoteluniform herbeigeeilt, den ich hier noch nie gesehen hatte. Er streifte mich mit einem mitleidsvollen Blick, und mir fiel ein, dass mein Gesicht furchtbar verquollen aussehen musste.

Oliver erklärte ihm unser Anliegen und fragte, ob die Bibliothek noch geöffnet sei.

»Wir sind auf der Suche nach einem Journal, das meine Frau entliehen hat, und vermuten, jemand hat es zurückgelegt.«

»Es tut mir leid, die Bibliothek schließt um sechs«, antwortete der Nachtportier. »Aber ich kann mir auch kaum vorstellen, dass unser Personal derart eigenmächtig handelt.«

»Das denke ich auch.« Oliver wandte sich an mich. »Vielleicht ist es besser, du siehst selbst noch einmal nach.«

Unbewegt starrte ich ihn an. »Würde es denn etwas ändern, wenn ich es fände?«

Er seufzte. »Ich will, dass du weißt, dass ich deine Sorgen verstehe. Auch mir ist nach alldem, was geschehen ist, nicht ganz wohl zumute. Doch ich weiß, dass es einen sehr realen Grund für all das gibt. Und dass man ein weiteres Unglück verhindern kann, indem man das Zimmer gut abschließt.«

Über die Gänge hallte ein Tusch, Applaus brandete auf, erste Stimmen wurden laut. Bald würden die Zuschauer ins Vestibül strömen und von dort weiter in die Gesellschaftsräume des Grandhotels.

Lauf weg von hier, solange du noch kannst.

»Also gut«, sagte ich, »gehen wir hinauf.«

Was blieb mir denn übrig, was hätte ich tun sollen? Meine Augen füllten sich mit Tränen, und in dem Moment, als ich dachte, mein Schicksal wäre endgültig besiegelt, tat Oliver etwas, das mich mit Dankbarkeit flutete.

»Könnten Sie«, wandte er sich an den Nachtportier, »diesen Spiegel dort verhüllen? Es würde meiner Frau helfen, ruhiger zu schlafen.«

Es gab mir die Zuversicht, dass er mich tatsächlich liebte. Und dass ich ihm vertrauen sollte. Gleichgültig, was Madroy über ihn erzählte.

Wir ließen uns einen Krug Wasser und eine Flasche Absinth aufs Zimmer bringen. Oliver war der Ansicht, es würde mir helfen, zur Ruhe zu kommen. Und tatsächlich wärmte mir auch schon der erste Schluck des anishaltigen Getränks den Magen, linderte das Gefühl, keine Luft mehr zu bekommen.

Das Zimmer sah noch genauso aus, wie wir es verlassen hatten. Gemeinsam räumten wir die Schachteln mit den Hüten, die Ballroben, Fräcke und Mäntel, die noch immer auf dem Bett lagen, zurück in den Schrank, und diese vereinte Handlung hatte etwas Beruhigendes. Es gab mir die Gewissheit, das Ganze nicht alleine durchstehen zu müssen. Oliver war bei mir. Das war alles, was zählte.

Nachdem die Sachen wieder verstaut waren, setzte ich mich aufs Bett und ließ dabei mein Tageskleid an, um jederzeit zur Flucht bereit zu sein. Der Deckenleuchter verbreitete grelles Licht und gab mir – im Vertrauen, dass Geisterwesen niemals im Hellen auftauchten – ein Gefühl von Sicherheit. So saß ich aufrecht, zwei Kissen in meinem Rücken, und trank von der grünlichen Flüssigkeit, in der Hoffnung, es würde nicht nur dieses Wispern in meinem Kopf beruhigen, sondern auch mein stolperndes Herz, das das Blut noch immer viel zu schnell durch meine Adern trieb.

Das *Journal de Bordighera* war tatsächlich verschwunden, aber ich beschloss, nicht mehr darüber nachzudenken. Das Wissen um den verhüllten Spiegel gab mir Kraft, ebenso der Stuhl, den ich wieder unter die Klinke der verschlossenen Tür geschoben hatte.

Derart vorbereitet sah ich zu Oliver, der gerade mit einem Pyjama bekleidet aus dem Bad gekommen war und nun die Fensterläden von innen verriegelte und die Vorhänge zuzog.

»Du bist mir noch eine Erklärung schuldig«, erinnerte ich ihn an das Versprechen, das er mir am Vormittag gegeben hatte. »Was meintest du damit, dass der letzte Investor alle Anteile bekommt?«

Oliver griff nach seinem Glas mit dem Absinthgemisch, stellte es auf dem Nachttisch an seiner Bettseite ab und setzte sich zu mir.

»Willst du es wirklich wissen?«

»Ich will alles über dich erfahren. Die Wahrheit, Oliver. Endlich die Wahrheit.«

Er trank einen Schluck, strich sich mit der Hand über den fein gestutzten Bart. »Also gut«, sagte er endlich.

Oliver begann, erst stockend, dann immer flüssiger. Er erzählte von einer vergangenen Zeit, als er zum ersten Mal in Bordighera gewesen war – im Februar 1887, kurz vor dem großen Erdbeben. Damals war die Riviera mehr Sehnsuchtsort von Poeten und Botanikern denn ein Reiseziel. Noch gab es nur wenige Pensionen und Herbergen. Aber es existierte bereits eine kleine englische Kolonie, die damit begann, der Gegend ihren Stempel aufzudrücken und einen Tennisplatz, eine eigene Kirche und ein Konzerthaus zu bauen. Abends traf man sich in kleiner Runde bei musikalischen Darbietungen in den Häusern des erlesenen Kreises derjenigen, die sich dauerhaft niedergelassen hatten. Oder in der Bar eines kleinen Hotels mit dem hochtrabenden Namen *Grand Hôtel de Bordighera*, das gegenüber dem Bahnhof lag und vom Schweizer Adolf Angst geführt wurde. Hier, beim Kartenspiel, lernte er die anderen kennen: John Madroy, Sprössling einer Londoner Familie, die durch den Handel mit Indien zu Geld gekommen war, Dimitri Komarow, russischer Diplomat in Wien, und Jacob Winslow aus Brighton, der nach einer Studienreise durch Europa in der väterlichen Papierfabrik einsteigen sollte.

»Noch war Bordighera klein und ursprünglich«, erzählte Oliver. »Aber wir alle spürten, dass etwas ganz Großes, Besonderes im Entstehen war und dass dieser Ort in wenigen Jahren Glanzpunkt der Riviera sein würde. Was nicht zuletzt an den Visionen einer Handvoll Investoren lag, die den Ausbau des Hafens und die Errichtung eines neuen Stadtbezirkes vorantrieben. Auch Adolf Angst, der sich eines Abends zu uns an den Tisch gesellte, malte die Zukunft von Bordighera in den schillerndsten Farben. Er hatte einen Traum: den Bau eines richtigen Grandhotels – nach Vorbild des Hôtel du Palais in Biarritz oder des Hôtel de Paris in Monte Carlo. Er hoffte, dass mit den Jahren immer mehr Gäste an die Riviera ziehen würden und dass er mithilfe der Einnahmen aus seiner bescheidenen Herberge diesen Traum Stück für Stück würde errichten können. Dann kam das Erdbeben und erschütterte das Gebiet zwischen dem Basso Piemonte und der Riviera di Ponente. Mehr als zweihundert Orte waren betroffen, rund siebenhundert Menschen verloren ihr Leben. Auch in Bordighera stürzten die Mauern, beim Hotel von Adolf Angst stand kein Stein mehr auf dem anderen. Innerhalb weniger Stunden war seine gesamte Existenz vernichtet und der Hotelier ein gebrochener Mann. Uns vieren aber erschien es wie ein Wink des Schicksals.

Längst waren wir von seinen Träumen infiziert. Also taten wir uns zusammen und beschlossen, ihn zu unterstützen, damit er noch einmal ganz von vorne beginnen und sein neues Hotel errichten konnte. Größer und luxuriöser als je zuvor.«

»Ihr habt den Bau finanziert?«

»Nur das Land, auf dem es steht. Und den Architekten, einen Ingenieur aus San Remo, der das Gebäude ganz nach Adolfs Wünschen plante. Erst mit dem Kaufvertrag über den Baugrund und mit den fertigen Entwürfen eines Luxushotels, das zu den spektakulärsten der gesamten ligurischen Küste gehören würde, fand sich schließlich ein Bankier, der ihm den entscheidenden Kredit gewährte. Im Gegenzug bekam jeder von uns einen Anteil am jährlichen Gewinn – und das Recht, diese Suite für vier Wochen im Jahr zu bewohnen.«

»Dann habt ihr Lucrezia vertrieben?«, fragte ich flüsternd.

»Nein!« Olivers Stimme verriet eine wachsende Ungeduld. »Nell, ich habe es dir doch schon gesagt. Ich kenne keine Frau namens Lucrezia!«

Ich glaubte ihm nicht. Und in diesem Moment fiel mir ein, was Oliver gesagt hatte, als ich das Bild über dem Kamin betrachtete, erschrocken über meine Ähnlichkeit zu Lucrezia.

Sie ist nicht besonders gut getroffen.

Ja, genau das hatte er gesagt. Er hat sie gekannt!

Doch in jener Nacht, als Oliver mich beschwor, nichts über sie zu wissen, war es nur ein vages Gefühl, dass etwas an seinen Schilderungen nicht stimmte. Ich beließ es dabei, lauschte stattdessen seinen Erklärungen, während sich eine unsägliche Müdigkeit ausbreitete, die ich auf die Anstrengungen des Tages zurückführte.

»Damals, als wir die Verträge unterzeichneten, waren wir jung und unerfahren«, fuhr er fort, nachdem er einen weiteren Schluck aus seinem Glas getrunken hatte. »Wir entschlossen uns, als Investorengruppe gleichberechtigt zu handeln, bis einer von uns starb. Um zu verhindern, dass sich künftige Ehefrauen in die Geschäfte einmischten, gab es einen Passus, dass nur ein direkter männlicher Nachkomme den Anteil erben könne. Ansonsten ginge er, nach Zahlung einer festgeschriebenen Ablösesumme an die Hinterbliebenen, in den Besitz der restlichen Investoren.«

Endlich begriff ich, warum Oliver Madroy mit derartigem Misstrauen begegnete.

Es kann nur einen geben …

Entsetzt hob ich die Hand an den Mund. »Die beiden Söhne, die ebenfalls bei dem Bootsunfall umgekommen sind …«

Oliver nickte, er sah erschöpft aus. »Sie sind nicht die Einzigen, die Madroys Pläne hätten durchkreuzen können. Kate war im siebten Monat schwanger.«

20

Samstag, 25. März 1899

Seine Worte hallen in mir nach. Sie sind das Letzte, an das ich mich erinnern kann. Danach war nur noch Dunkelheit. Eine grünklebrige Dunkelheit mit dem Geschmack von Anis.

An jenem Abend wehrte ich mich nicht gegen das Gefühl zunehmender Müdigkeit. In dem Moment, als Oliver mir erklärte, dass nur Madroy der Verursacher allen Schreckens gewesen sein konnte, war meine Angst vorüber. All meine Fragen hatten sich aufgelöst. Der schicksalshafte Vertrag, der Tod des vierten Partners mitsamt seiner Söhne, Kates Unfall.

Madroy. Nicht Lucrezia.

Und so fühlte ich mich sicher. Eingeschlossen im Hotelzimmer, die Fenster verbarrikadiert, der Stuhl unter der Klinke. Eine Festung.

Es hatte nichts genützt. Ich hatte mich geirrt. *Wir* hatten uns geirrt.

Ich sehe in den sich blauviolett verfärbenden Himmel. Die letzten Sonnenstrahlen tasten sich über die Hügel, streifen den Kirchturm von Sant'Ampelio, dessen Kreuz in der Ferne zu glühen scheint.

Wie lange habe ich hier gesessen, auf dem Felsen? Ich weiß es nicht. Der Fischer und das Mädchen sind längst verschwunden, nur noch ich bin hier, und mir wird kalt. Die Erkenntnis, dass das Nachzeichnen der vergangenen Tage nicht meine Unschuld offenbart hat, sondern meine Schuld, presst sich wie ein Schraubstock um mein Herz.

In einem letzten Aufbäumen versuche ich mit einer Mischung aus Bildern, Gedanken und Träumen nachzuvollziehen, was sich in jener Nacht wirklich ereignet hat. Doch alles, was ich sehe, ist tiefe Schwärze.

Ich kann mich nicht daran erinnern, es getan zu haben.

Und doch gibt es keinen Zweifel. Niemand vermag es, in einem rundum verschlossenen Raum einen Mord zu begehen. Nur ein Geist. Oder ein Anwesender, der von einem solchen besessen ist.

Dies ist die einzige Erklärung dafür, dass ich ein blutverschmiertes Messer in den Händen hielt, als ich erwachte, und dass sich unter Oliver, der mit dem Gesicht nach unten neben mir lag, eine entsetzliche Blutlache ausbreitete, die das Weiß des Lakens durchtränkte.

Ich blicke auf und sehe in Richtung des Horizonts, der das Meer zu verschlucken scheint.

Oliver ist tot.

Dieser Satz zerreißt mich. Mir fällt auf, dass ich die ganze Zeit in der Gegenwartsform an ihn gedacht habe, als hielte ihn das am Leben. Eine Illusion, die mich über die letzten beiden Tage gerettet hat. Bis jetzt. Ich muss akzeptieren, dass er nun Vergangenheit ist.

Ein lauer Wind trägt den Klang von Trompeten herüber, dann stimmen Oboen, Bratschen und Pikkoloflöten mit ein und rangeln um die Oberhand; das abendliche Kurkonzert hat begonnen. Die Bordighera Town Band spielt einen englischen Marsch und weckt in mir die Sehnsucht nach der Heimat.

Ich weiß, dass ich sie niemals wiedersehen werde. Denn während ich auf das unendliche Meer starre, fasse ich einen Entschluss.

Ich werde mich nicht länger zum Instrument von Geisterwesen machen, die sich in meine Seele schleichen wollen. Dieser Spuk muss ein Ende haben. Ich will mich der Schuld stellen. Endgültig.

Ich stehe auf, nehme das zusammengerollte Kleiderbündel mit den Notizen vom Boden. Mit tränennassen Wangen gehe ich weiter in Richtung Osten, fort von Bordighera, ein exotisch bewachsenes Ufer entlang. Der Duft der Blumen vermengt sich mit dem salzigen Atem der Gischt, wird mit jedem Schritt schwächer, bis er sich schließlich gänzlich verliert.

Bald erkenne ich die in Fels gebauten Häuser, die terrassierten Olivenplantagen, die ich von Bord des Segelbootes aus gesehen habe, als Oliver mich mit nach San Remo nahm. Borghetto, Vallebona, unsere Ankunft in Bordighera. Die Bilder der vergangenen Tage strömen ungeordnet auf mich ein, ich sehe sie an und lasse sie wieder ziehen, während ich den Blick starr nach vorne richte.

Eine Weile folge ich dem Lauf der Strömung, bis ich an eine Landzunge komme, die das Wasser wie ein kräftiger Arm zerteilt.

Die Luft ist voller Geräusche. Vom nahen Wald kommt ein Wispern und Zetern, ein Summen und Zirren. Es ist, als wollen all die Tiere, die sich zwischen Pinien, Zypressen und windschiefen Kiefern verbergen, mich anfeuern, vorantreiben, dass ich mich endlich meiner Angst stelle, dem Schicksal die Stirn biete, indem ich mich einmal in meinem Leben mutig zeige.

Bald wird es dir besser gehen, flüstert es, *nur zu, geh!*

Ich klettere den steinigen Steg entlang hinaus aufs Meer und ziehe an dessen Spitze die Schuhe aus. Streife die Sachen ab, die Agnesa mir hingelegt hat, und schlüpfe in das alte Kleid, das ich an jenem unheilvollen Abend trug.

Dann setze ich mich auf einen Felsen und strecke die Beine aus, bis das eiskalte Wasser meine Zehen umfängt. Ich halte kurz inne, weil die Kälte unerwartet scharf ist, rücke dann weiter nach vorn, bis der Saum meines Kleides das Wasser berührt. Gischt schäumt mir entgegen, benetzt mein Gesicht mit unzähligen feinen Tropfen.

Trauer, Furcht und Sehnsucht verstricken sich zu einem Knoten, der meine Brust umklammert. Weinend breche ich zusammen. Tauche mein Gesicht in das Nass, schmecke das Salz des Meeres. Lasse es zu, dass die Wogen mich umschlingen und der Sog des Kleides mich weiter hinabzieht.

Mein letzter Gedanke, bevor ich mich dem Meer überlasse, gilt Oliver. Das Wissen, bald mit ihm vereint zu sein, erscheint mir tröstlich. Nun werde ich die Schuld, die an meinen Händen klebt, von mir waschen und endlich frei sein.

Gleich hast du es geschafft.

2. Teil

»Nachdem man den Altar weggeräumt und die Dielen des Saals aufgebrochen, entdeckte man ein geräumiges Gewölbe, worin ein Mensch gemächlich aufrecht sitzen konnte (…). Vom Dachboden und aus dem Keller brachte man verschiedene Trommeln, woran große bleierne Kugeln an Schnüren befestigt hingen, wahrscheinlich um das Geräusche des Donners hervorzubringen, das wir gehört hatten.«

Aus: Friedrich Schiller, *Der Geisterseher*

I

Samstag, 25. März 1899

Um mich herum ist Dunkelheit. Ich habe die Augen geschlossen und warte auf den Tod. Ich bilde mir ein, dass es in meinem Inneren funkelt. Kleine Brillanten tanzen vor meinen geschlossenen Lidern im Rhythmus des mich umgebenden Wassers. Die Kälte betäubt meine Sinne, ich wehre mich nicht dagegen, lasse mich einfach treiben. Gleich ist es soweit. Doch noch kann ich Oliver nicht sehen.

Tu es nicht …

Eine leise Stimme flüstert mir ins Ohr. Sie reckt sich, wird immer lauter, bis sie schließlich in meinem Kopf zu schreien beginnt.

Du hast etwas übersehen, Nell. Es ist nicht deine Schuld!

Ich tauche auf, ringe mit zitternden Lippen nach Luft. Da ist er wieder, dieser Stachel, das Gefühl, die falschen Schlüsse gezogen zu haben. Es packt mich am Schopf und schleudert mich zurück ins Jetzt. Unbarmherzig und gnadenlos katapultiert es mich aus der anderen Welt hinein in die eisige Nacht. Und jetzt erkenne ich auch, dass die Stimme, die sich in mir regt, die zu schreien begonnen hat, mir vertraut ist. Es ist die meines Bruders.

Der Mond wirft ein silbriges Band über das Wasser, das sich

in der sanften Bewegung der Wellen bricht. Ich sehe in Richtung des Ortes, aus dessen Fenstern Lichter glimmen, und versuche, die Bilder festzuhalten, die für wenige Sekunden aufflackern.

Der Spiegel, das Kaminzimmer, die Küche … Und dann die letzte Nacht. Oliver, der mir die ganze Wahrheit erzählt, während ich immer müder werde.

Auf einmal spüre ich, wie sich etwas in mir zusammenkrampft und den Herzschlag beschleunigt. Dumpf und schwer pocht es gegen meine Brust und droht, sie zu zersprengen.

Es kann nur einen geben …

Mein Herz schlägt bis zum Hals. Wasser tropft von meinem Haar auf das Kinn.

Und was, wenn ich schwanger bin? Wenn alles nur eine Inszenierung war, um nicht nur Oliver, sondern auch mich als mögliche Trägerin eines Erben für immer auszuschalten?

Auf Mord steht der Strang.

John Madroy hat Lucrezias Tod in den Raum gestellt; ohne seinen Hinweis hätte ich niemals in ihren Spiegel gesehen. War die Begegnung mit Maria am Tag der Ankunft vielleicht gar kein Zufall? Und war die Behauptung des Zimmermädchens Emilia, ich sei nachts über die Gänge geschlichen, nur fingiert?

Auch wenn ich mir nicht erklären kann, wie Madroy in den gut verschlossenen Raum gelangen und mir anschließend das Messer in die Hand drücken konnte, so klammere ich mich an den Gedanken, dass es das Einzige ist, was noch im Dunkeln liegt. Ich will ihn nicht kampflos gewinnen lassen, das bin ich Oliver schuldig.

Ich bewege meine Beine, sie fühlen sich taub an, doch als ich mit den Füßen nach dem unebenen Meeresboden taste, finde ich Halt. Entschlossen zwinge ich sie voran, dem Ufer entgegen. Mit jedem Schritt, der kleine Nadelstiche in meine Sohlen treibt, gewinnt mein Lebenswillen Oberhand.

Ich war es nicht, das weiß ich jetzt. Ganz tief in meiner Seele. Es ist nicht so, dass ich es nur nicht glauben möchte, um dem selbst erwählten Schicksal zu entgehen. Es ist eine Gewissheit, wie ich sie noch nie in meinem Leben deutlicher gespürt habe.

Nach einer Ewigkeit erreiche ich die steinerne Landzunge. Mein Körper zittert, ich brauche lange, bis ich den nassen Stoff ausgezogen und die trockene Kleidung, die noch immer auf dem Felsen liegt, übergestreift habe. Unschlüssig betrachte ich die Notizen, bevor ich sie falte und in die Rocktasche schiebe. Dann wickele ich mir das Tuch um die Schultern und gehe voran in Richtung der Kapelle von Sant'Ampelio. Dort, wo man dem Einsiedler huldigt, der im fünften Jahrhundert mit dem Samen einer Dattelpalme aus Afrika kam, will ich die Nacht verbringen.

Ich will nicht mehr davonrennen. Ich will mich den alten Qualen stellen und mich endlich von ihnen befreien, bevor sie mich innerlich zerfressen.

Die Tür zur Kapelle ist unverschlossen, und ich trete ein. Das Innere ist klein, ein schmaler, gewölbeartiger Raum mit steinernen Wänden, an denen rechts und links einige Bankreihen stehen. Neben dem Altar brennt die ewige Kerze und beleuchtet die Apsis und die Statue der Maria, deren Gesicht zu Boden gerichtet ist, die Lider geschlossen.

Die eisige Kälte, die seit meinem Gang ins Meer in meinen Knochen steckt, macht mir zu schaffen. Mit schwachen Beinen gehe ich zu einer Nische, in der einige Gebetskerzen aufgereiht stehen, die längst abgebrannt sind. Unter dem Gestell liegt ein Korb mit frischen Kerzen. Ich verspreche, wiederzukommen und Geld in den Opferstock zu legen, und nehme eine hervor, entzünde sie für Oliver. Nachdem ich für seine Seele gebetet habe, entnehme ich eine zweite. Sie ist für Elliot, meinen Bruder.

Meine Hand zittert, als ich sie an die ewige Kerze halte, um den Docht zu entfachen. Lange blicke ich in die tanzende Flamme, bis ich sie neben die andere in die Halterung setze.

Über Jahre habe ich seinen Namen unter einer dicken Verschorfung in meinem Herzen verborgen. Aber nun ist die Kruste aufgebrochen. Wenn ich die Augen schließe, strömen Bilder aus der Vergangenheit an die Oberfläche. Sie lassen sich nicht länger zurückdrängen. Also falte ich die Hände und tauche ein, gehe zurück zu dem Tag vor elf Jahren, der mein Leben für immer veränderte.

2

Samstag, 2. Juni 1888

Elf Jahre zuvor

Unser Haus in Wormingford erschien mir schon immer als ein großer Kasten. Keiner, der einen erdrückt, er ist nur unsagbar hässlich. Dunkles Gestein und vier spitze Giebel, auf denen kleine Eisenhörner sitzen, die mahnend in den Himmel zu stechen scheinen, als wollten sie einen daran erinnern, gottgefällig zu leben.

Ich glaube ja, dass Häuser eine Seele haben. Eine Präsenz, die sich mit den Bewohnern formt. In jenem Sommer hatte unseres noch die Ausstrahlung einer strengen und gleichzeitig behütenden Mutter. Aus deren Umarmung man sich entfernte, nur um immer wieder zurückzukehren und sich an ihrer Brust zu wärmen.

An diesem Morgen war ich ruhelos, beinahe aufgekratzt. Ich konnte es nicht erwarten, endlich hinauszugehen. Die schwarze Wolkenbank, die sich noch am abendlichen Himmel gezeigt hatte, war verschwunden, nun stahl sich ein verheißungsvoller Schimmer durch die Fenster, durchdrang das dichte Blättergeflecht der umgebenden Bäume und sandte goldene Funken, die über das Porzellan des Frühstückstisches tanzten.

Auch Elliot konnte es kaum auf seinem Platz halten, unser

Vater musste ihn mehrmals ermahnen, still zu sitzen, bis er das Essen für beendet erklären würde. Endlich legte er seine Serviette beiseite und erhob sich, und unsere Mutter zwinkerte uns zu und öffnete das Fenster, um die Wärme hereinzulassen.

Begierig lehnte ich mich hinaus und sog die feuchtwarme Luft ein.

Nach Wochen heftigen Regens hatte die Sonne eine solche Kraft, dass der Boden zu dampfen begann und eine Schwüle hervorbrachte, die Elliot und mich gleich nach dem Frühstück nach draußen trieb.

Unser Haus liegt inmitten von Lerchen, Eichen und Ulmen, doch sobald man durch das Tor tritt, das durch eine dichte Weißdornhecke führt, tut sich die Weite dieses Landstrichs auf. Schafweiden und Felder mit fruchtbaren Böden, verstreute Steinhäuser mit hübschen Gärten.

Der Weg in Richtung des Dorfes schlängelt sich an einem Kornfeld vorbei hinunter zum Fluss, dem River Stour, dessen Brücke Essex mit Suffolk verbindet. Ein Stück weiter liegt der Wormingford Mere, ein kleiner See mit einem Steg. Eine Legende besagt, dass eine weiße Frau über ihn wacht, der Geist einer Nonne, die einst von den Dänen getötet wurde. Aus Rache warfen die Dorfbewohner die Besatzer in den Mere, bis sie qualvoll darin starben. Seither soll hier eine weiße Frau spuken, doch ich kenne niemanden, der sie je gesehen hat. Außer dem alten Müller, aber dessen Augen waren schlecht geworden und bei ihm wusste man nie, ob er halluzinierte, weil er dem Alkohol so sehr zusprach.

Eine andere Legende besagt, dass weiter nördlich bei Bures ein Drache lebte, den ein Kreuzfahrer aus dem Heiligen Land mitbrachte. Doch er war böse und attackierte die Bewohner, bis es ihnen gelang, ihn zu vertreiben. Er soll flussabwärts geschwommen sein, um im Mere von Wormingford zu verschwinden. Angeblich soll unser Ort daher seinen Namen erhalten haben. Die Furt des Wurmlings.

Manchem mag das bedrohlich erscheinen, aber wir Kinder inhalierten diese Geschichten. Sie waren Teil unserer zauberhaften Welt voller Kobolde und Elfen, die wir wie durch einen unsichtbaren Vorhang betraten, wenn wir uns dem See näherten. Diese Welt gehörte nur uns, kein Erwachsener hatte Zutritt, hier fühlten wir uns frei und schwerelos. Ganze Tage konnten wir damit verbringen, im Schatten der herabhängenden Zweige zu sitzen und uns Geschichten zu erzählen oder nach Hechten zu angeln, die wir der Mutter für das Abendessen mitbrachten.

Niemals hätten wir für möglich gehalten, dass manche Legenden einen Kern Wahrheit enthielten und dass hinter der berückenden Atmosphäre dieses Teichs etwas Böses schlummerte.

An jenem Tag im Juni hatte ich keine Lust, Fische zu fangen. Elliot hatte ein heimliches Treffen, für das ich sein Alibi sein sollte. Er war bereits vierzehn und interessierte sich immer weniger für unsere Streifzüge durch die Natur, vielmehr wandte er sich der Tochter des Pfarrers zu, die ihn mit ihren hellblonden Locken und den großen blauen Augen verzaubert hatte.

Ich gebe zu, dass ich wütend auf ihn war. Dieser Tag war wie geschaffen, um gemeinsam zum Mill House zu laufen, von dort Stöcke zwischen die Schaufelräder zu werfen und zuzusehen, wie sie zerbarsten. Dem Fluss stromaufwärts zu folgen bis zur Brücke und die Beine hinabbaumeln zu lassen, während der sanfte Wind mit den Blättern spielte. Oder nachzusehen, ob aus den vielen Kaulquappen, die wir im Mere gesehen hatten, Frösche entstanden waren.

Doch Elliot dachte nur noch an Harriet. Und daran, dass es in den regenreichen Tagen kaum eine Möglichkeit gegeben hatte, sie zu sehen.

»Na schön«, sagte ich schmollend und fügte, als er mich dankbar an sich drückte, hinzu: »Dann gehe ich eben alleine zum Mere.«

»Aber fall nicht hinein, hörst du?«

»Natürlich nicht.«

Ich sah ihm nach, bis er hinter den Bäumen verschwand, stieß einen tiefen Seufzer aus und machte mich auf den Weg.

Erst als ich den Teich erreichte, besserte sich meine Laune. Wie ich dieses Tiefgrün liebte. Ein Storch schwang sich empor, als ich näher trat, hob sich mit geräuschvollem Flügelschlag in die Lüfte. Gefangen von der Schönheit der Szenerie, zog ich meine Schuhe aus und setzte meine Füße auf die feuchte Erde. Warmes Sonnenlicht blinzelte durch die Blätter und warf kleine Tupfen über die grasbewachsene Böschung bis zum Steg.

Ich liebte diesen Platz, die weit hinausragenden Holzplanken, durch deren breite Ritzen man in die dunkelgrüne Tiefe spähen konnte, in der Hoffnung, einen Blick auf schimmernde Drachenschuppen zu erhaschen. Manchmal kamen wir nur hierher, um nichts anderes zu tun, als still zu sitzen und dem Plätschern des Wassers zuzuhören, der Ausbreitung kleiner konzentrischer Wellenkreise, wenn sich ein Entenpaar darauf niederließ. Wenn man sich ganz ruhig verhielt, konnte man die Karpfen sehen, wie sie auftauchten und nach Luft schnappten. Elliot hatte einmal gesagt, es läge daran, dass das Wasser zu trübe sei, aber ich stellte mir vor, sie kämen, um sich mit mir zu unterhalten.

Ich setzte mich an das Ende des Stegs, ließ die Beine baumeln und sah den Insekten zu, die auf dem Wasser tanzten. Das kalte Wasser umspielte meine Füße, und die Linden bewegten sich im sanften Wind. Das leise Blätterrauschen, das tiefe Grün des Sees hatten etwas Beruhigendes, und ich schloss die Augen und reckte mein Gesicht der Sonne entgegen, die sich langsam über die Baumwipfel schob.

Ich musste eingenickt sein. Jedenfalls kippte mein Kopf zur Seite, und ich verlor die Balance. In einer hastigen Bewegung stützte ich mich auf, doch der Steg war morsch, die Pfeiler vermoost. Unter mir splitterte das Holz, eine Bohle brach entzwei, sodass ich den Halt verlor und in den Teich fiel.

Es geschah so schnell, dass ich Wasser schluckte und husten musste, dabei versuchte ich vergeblich, mich am geborstenen Steg hochzuziehen. Das Holz war von einer grünen Algenschicht bedeckt, ich rutschte ab, strampelte mit den Beinen, um nicht im schlammigen Grund zu versinken.

»Elliot?«, schrie ich. »Elliot, hilf mir!«

Auf einmal bäumte sich Angst in mir auf. An meinen Füßen schien etwas zu lecken, zu greifen. Es war kühl und feucht, glitschig. Und auf einmal erinnerte ich mich an die Geschichten, die um diesen See kreisten. An all die Toten, die hier ihr Ende gefunden hatten, die Drachen und die Selbstmörder, die sich ins Wasser stürzten, um im schlammig schwarzen Grund zu versinken.

Ich schrie lauter, panisch, ruderte mit den Armen, um mich aus der Tiefe emporzustemmen, die wie ein gieriges Ungeheuer schien, das mich in seinen Schlund zog. Immer weiter schien es mich zu reißen, und je mehr ich mit den Armen ruderte, desto weiter entfernte ich mich vom Steg.

Ich erinnere mich noch, wie meine Sinne zu schwinden begannen, als ich ein lautes Platschen hörte und meinen Bruder sah, der das Wasser mit kräftigen Armen zerteilte und mich mit seinen Händen am Kragen packte. Keuchend und Wasser spuckend zog er mich voran; auch er schrie, tauchte unter und wieder auf, während er mit den Füßen strampelte, als wolle er die Ungeheuer von sich treten.

Mit letzter Kraft erreichte ich das Ufer und ließ mich ins Gras sinken. Doch als ich zurückblickte, atemlos, schwarz von Schlamm, war Elliot nicht mehr da.

Er wurde nie gefunden. Tagelang schoben sich Männer in Booten über den See und suchten mit langen Stangen nach ihm. Am vierten Tag gaben sie auf.

»Der Schlamm ist tief, man findet keinen festen Grund«, sagte uns der Dorfvorstand, der sich bis zur Erschöpfung an der Suche beteiligt hatte. »Der Torf hat schon so manchen Körper verschluckt.«

Damit war die Suche abgeschlossen. Man hielt eine Trauerfeier ab, schaufelte ihm ein Grab und legte seine Schuhe hinein, die er ausgezogen hatte, bevor er ins Wasser gestiegen war.

Erst später erfuhr ich, dass er Harriet an jenem Tag nicht angetroffen hatte. Sie war mit ihren Eltern nach Colchester gefahren. Elliot musste bereits auf dem Rückweg gewesen sein, als er meine Schreie hörte.

Meine Eltern gaben mir nie die Schuld, obwohl es meinem Vater lieber gewesen wäre, ich wäre gegangen statt Elliot. Er sagte es mir ins Gesicht, als er den Schmerz nicht mehr aushielt. Und jetzt erinnere ich mich auch wieder, wie mich die Ungerechtigkeit seiner Worte bis in meine Träume verfolgte, bis es mich eines Nachts schlafwandelnd in das Zimmer meiner Eltern trieb, um ihm zu sagen, wie sehr es mich verletzte.

Ich weiß noch, wie wütend er war. Doch seine Wut verblasste, und zurück blieb eine tiefe Sorge, mir könne etwas zustoßen, wenn man mich alleine ließ. Seit jenen Tagen ließ er mich nie wieder ohne Aufsicht hinaus. Stellte mich unter elterlichen Schutz, bis es mir die Luft abschnürte. Als käme jeder Schritt außerhalb der Mauern einem Todesurteil gleich.

Das Haus wurde zu einem Gefängnis, es war nie wieder dasselbe wie damals.

Als Oliver in unser Leben trat und um meine Hand anhielt, schien von meinem Vater eine Last abzufallen. Es war, als könne er endlich die Verantwortung für mein Wohlergehen an meinen Zukünftigen abgeben. Er begann aufzublühen, widmete sich wieder ganz seinen Büchern und den wenigen Patienten, die ihm seit Jahren die Treue hielten. Wenn ich das Haus verließ, blieb er in seinem Sessel sitzen, die Pfeife in der Hand. Und dort saß er noch immer, wenn ich von draußen zurückkehrte.

Es war ein ungewohntes Gefühl. Anfangs hatte ich mich immer nach ihm umgedreht, in Erwartung, dass er mir hinausfolgen würde. Doch bald begann ich, die letzten Tage vor meinem Auszug zu genießen, und dachte, dass dies der Beginn meiner neuen Freiheit war.

Erst als Oliver und ich den Bund der Ehe geschlossen hatten und aus der Kirche hinaus ins Freie traten, bemerkte ich, wie viel Kraft es ihn gekostet haben musste, mich vor jeglichem Unheil beschützen zu wollen. Als das Licht der Märzsonne auf sein Gesicht schien und seine rosigen Wangen beleuchtete, die wachen Augen, sah ich, dass er geradezu aufblühte.

Und dass meine Mutter, die mit fahler Haut neben ihm stand, um Jahre gealtert war.

3

Sonntag, 26. März 1899

Ich erwache vom leisen Gezwitscher der Vögel. Die beiden Kerzen sind niedergebrannt, durch die Fensterrosette über dem Portal fällt morgendliches Dämmerlicht. Von meinem Platz auf der Bank kann ich das Meeresrauschen deutlich hören.

Meine Augen sind noch immer vom Weinen verquollen, doch zum ersten Mal seit Jahren fühle ich mich wie befreit. In dieser Nacht habe ich zum ersten Mal die Trauer um meinen Bruder zugelassen. Erkannt, dass es nicht meine Schuld war, als die morschen Streben unter mir brachen. Dass das Gefühl, von Ungeheuern in die Tiefe gezogen zu werden, von den Schlingpflanzen kam. Und dass es mit Sicherheit nicht der Tod gewesen war, der im Mondlicht aus der Kutsche stieg, um mich zu holen, sondern jemand anderes, vielleicht der Pfarrer, der sich um meine Eltern kümmerte, weil für sie eine Welt zusammengebrochen war.

Aber vor allem habe ich eines verstanden: dass ich noch ein Kind war, viel zu jung, um zu begreifen, welche Bürde das Schicksal mir auferlegt hatte. Dass mich alles in diesem großen Haus, in dem man mich einzusperren versuchte, an Elliot erinnerte und dass die Flucht in die Welt der Schauerromane nur dazu diente, dem Geschehen den Anstrich einer Geschichte zu geben, einer Fantasie, die man nur zurück ins Regal zu stellen braucht, bis man sie unter all den anderen dort stehenden vergisst.

Diese Nacht in der Kapelle hat mich stärker gemacht. Ich weiß, dass Elliot bei mir ist und dass er über mich wacht, was immer auch geschieht. Er ist mir näher, als Oliver es je gewesen ist, und diese Erkenntnis hilft mir über die seelische Taubheit, die ich plötzlich empfinde, wenn ich daran denke, dass ich meinen Mann niemals wiedersehen werde.

Plötzlich höre ich Geräusche, die von draußen kommen, Stimmen, die sich stetig nähern. Schnell erhebe ich mich von meinem Platz und haste zum Portal, lege mein Ohr lauschend ans Holz.

Es sind Frauen, die sich auf Italienisch etwas zurufen. Sie sind laut, kommen immer näher. Nun sind auch Männerstimmen zu hören.

Vorsichtig öffne ich die Tür und spähe durch den Spalt. Eine Gruppe Italiener steht vor der Kapelle, darunter einige Männer in kirchlichem Gewand. Sie tragen geflochtene Palmwedel in den Händen, und ich erinnere mich, dass heute das Palmsonntagsfest gefeiert werden soll. In diesem Moment gesellen sich der Pfarrer und mehrere Küster zu ihnen. Sie begrüßen sich freudig, und ich nutze den Moment der Ablenkung und schlüpfe durch die Tür, doch es bleibt nicht unbemerkt. Einer der Männer ruft etwas und zeigt mit dem Finger auf mich.

Er sieht aus, als wolle er mich aufhalten, doch gerade als ich überlege, wie ich ihm ausweichen kann, erkenne ich, dass er mir nur weiterhelfen möchte.

Lächelnd hebe ich die Schultern und dränge mich an ihm vorbei, eile voran in Richtung Steilküste. Biege, als mir weitere Menschen entgegenkommen, auf den Weg, der durch den Park in Richtung der Citta Vecchia führt.

Erst als ich am Brunnen ankomme, drehe ich mich um. Niemand ist mir gefolgt. Ich ringe nach Luft, meine Kehle ist wie ausgetrocknet, also beuge ich mich herab, schöpfe frisches Wasser, benetze mein Gesicht und trinke in gierigen Zügen. Dabei überlege ich, was nun werden soll. Würde die Polizei mir glauben, wenn ich ihnen erzählte, was ich weiß?

Als ich mich wieder aufrichte, sehe ich, dass sich der Platz mit immer mehr Menschen füllt. Gäste aus allen erdenklichen Ländern mischen sich unter die Einheimischen. Zwei Frauen mit weißen Hüten wie Schaufelräder erklimmen die Altstadt, sie sehen sich nach einem guten Platz um, von dem aus sie dem Spektakel zusehen können, und stellen sich flüsternd an eine schmutzig graue Hauswand, darauf bedacht, sich nicht anzulehnen.

Nicht mehr lange und die Gassen und Plätze werden eng gefüllt sein. Der Gedanke an die vielen Besucher, von denen mich jemand erkennen könnte, lässt mich innehalten. Ich muss fort von hier, durch einen der schmalen Tunnel, die unter der Stadtmauer hindurchführen und einen am anderen Ende wieder entlassen.

Als ich mich abrupt umdrehe, rempele ich beinahe einen Mann an. Gedankenverloren entschuldige ich mich und sehe erst auf, als er den Weg nicht freimacht.

Erschrocken ziehe ich die Luft ein. Vor mir steht John Madroy und ist ebenso überrascht wie ich.

»Mrs. Dickinson!«, ruft er aus und wird kreidebleich. Noch im selben Moment, als ich davonrennen will, schnellt seine Hand vor, packt mich am Arm. »Warten Sie. Ich muss mit Ihnen reden.«

»Nein, ich will nicht, lassen Sie mich los!«

»Wovor haben Sie Angst?«

»Das fragen Sie noch?« Ich versuche, mich loszureißen, doch sein Griff wird nur noch fester. »Sie haben meinen Mann umgebracht!«

Er runzelt die Stirn. »Ich habe Oliver nicht getötet. Ebenso wenig wie Sie«, sagt er mit leiser Stimme.

»Und wer ist es dann gewesen? Etwa ein Geist?«

»Nein, niemand. Es scheint nur ein billiger Trick Ihres Mannes zu sein.«

»Oliver ist tot!«

»Sind Sie sich dessen sicher? Man hat seine Leiche nie gefunden.«

Ein alter Mann mit Ziege drängt sich vor und streckt uns ein Glas entgegen, deutet damit auf das prall gefüllte Euter. »Vuoi il latte? Non è costoso.« Auffordernd sieht er von einem zum anderen, dann zuckt er die Schultern und wendet sich einer Gruppe Kirchgänger zu, die sich gerade an uns vorbeidrängt.

Madroy sieht mich unverwandt an, dann nimmt er seine Hand von meinem Arm, lässt sie langsam sinken.

Ich bin wie erstarrt. »Das ist unmöglich ...«

Eine irrwitzige Hoffnung steigt in mir auf. Ich weiß, dass ich Madroy nicht glauben darf, aber seine Worte haben ihre Wirkung nicht verfehlt.

Ich habe Olivers Gesicht nicht gesehen, als er in seinem Blut lag. Konnte es sein, dass er noch geatmet hat?

Ich schüttele den Kopf. »Woher soll ich wissen, dass Sie nicht wieder lügen? Sie haben sich noch nie für mein Wohlbefinden interessiert. Alles, was Sie wollten, war, mich gegen meinen eigenen Mann aufzubringen.«

»Ich habe Sie niemals angelogen!« Er verzieht den Mund.

»Es tut mir leid, wenn ich Sie respektlos behandelt habe, aber ich dachte, Sie stecken mit ihm unter einer Decke. Inzwischen weiß ich, dass ich mich geirrt habe. Ich bin so froh, Sie zu sehen. Jetzt wird sich alles aufklären.«

Ich spüre, dass mein Widerstand schwindet. Madroy sieht mich mit einem Nachdruck an, als halte er die Lösung all meiner Fragen in der Hand. Aber ich habe Angst, dass er mich damit in die Falle locken will, denn möglicherweise trage ich das Einzige in mir, was ihm seinen Platz streitig machen könnte. Auch Kate war schwanger, als sie starb.

Als ich mich abwenden will, schießt seine Hand wieder vor und krallt sich um meinen Arm.

»Lassen Sie mich gehen«, schreie ich ihn an.

»Kommen Sie mit mir, um Himmels willen. Es könnte Ihr Leben retten und auch meines. Oliver ...«

»Nein«, flüstere ich, ich will nichts mehr hören.

Ich sehe, wie uns die Umstehenden anstarren, will um Hilfe schreien, doch alles, was ich herausbringe, ist ein heiseres Krächzen.

»So seien Sie doch vernünftig, ich will Ihnen nur helfen. Oliver hat ...« Das Läuten der Chiesa Maria Maddalena übertönt seine Worte; nun setzen auch die anderen Kirchen ein und rufen mit vielstimmigem Schall zur Messe. Madroy blickt unwillig auf, sieht in Richtung der Gasse, von der im Abschwellen der Glocken entfernter Gesang zu hören ist. Immer mehr Menschen strömen in die Altstadt und bilden ein Spalier, nun ist auch die Prozession zu sehen, die sich der Piazza del Popolo nähert. Vorneweg der Pfarrer, der einen hellgrünen, kunstvoll geflochtenen Palmenstab vor sich herträgt.

Ich nutze den Moment der Ablenkung und reiße mich los. Haste davon, mitten in die Menschenmenge hinein. Ich lasse mich von den vielen Händen treiben, die mich schimpfend weiterschieben, bis sie mich vor dem Portal der großen Kirche wieder ausspucken. Links und rechts drängen sich die Reihen voran, vor Erwartung bebend, an ein Durchkommen ist nicht zu denken.

Angsterfüllt blicke ich zurück. Madroy steht nicht weit entfernt und hält nach mir Ausschau, noch hat er mich nicht entdeckt. Ich ducke mich und eile, als er seinen Kopf in eine andere Richtung dreht, die Treppe hinauf, dem weit geöffneten Portal entgegen.

Im Kircheninneren empfängt mich eine Pracht, die ich hier, inmitten der heruntergekommenen Gassen der Altstadt, nicht erwartet habe. Marmorne Wände, Stuck, goldene Verzierungen, kunstvolle Malereien. Von der Decke hängt ein riesiger Kronleuchter, dessen Kerzen entzündet sind. Die ganze Kirche ist über und über mit Blättern der Dattelpalme geschmückt, und der Altar, hinter dem sich eine mannshohe Statue der Jungfrau Maria erhebt, ist blumenumrankt.

Rasch tauche ich meine Finger in das Weihwasserbecken neben dem Portal und schlage das Kreuz über meiner Brust, durchquere dann mit mühsam gebremsten Schritten das halb volle Kirchenschiff, während der Gesang hinter mir lauter wird und die nahende Prozession ankündigt.

Ich suche mir einen Platz ganz vorne, am äußeren Rand, lege das Schultertuch über den Kopf und erhebe mich, während der Pfarrer, umringt von einem Pulk Messdiener, dem Altar entgegenschreitet. Einer der Ministranten schwenkt ein Weihrauchfass, dessen harziger Rauch sich mit jeder Bewegung verbreitet. Hinter ihnen ziehen die Menschen ein, die vor der Kirche Spalier gestanden haben. Rasch füllen sich die Reihen. Eine beleibte Dame schiebt sich neben mich, drängt mich ganz an den Rand.

Immer mehr Gläubige strömen in das Innere. Sie rücken zusammen, umarmen sich mit aufbrandender Heiterkeit und dünsten dabei die unterschiedlichsten Gerüche aus. Schweiß, Parfum und Knoblauch verbindet sich mit dem intensiven Duft der Blumen, sodass mir ganz flau im Magen wird. Die Kirche scheint ein Ort der fröhlichen Begegnung zu sein. Der Raum ist gefüllt mit Lachen, Zischen und Wispern, jeder scheint sich mit dem Banknachbarn austauschen zu wollen, bis sich der Pfarrer, ein ernst blickender Mann mit schlohweißem Haar, vor dem Altar aufbaut und die Arme hebt. Langsam breitet sich eine einvernehmliche Stille aus, die mit dem Aufbrausen der Orgel ihren Abschluss findet.

Alle Blicke sind nach vorne gerichtet, und als der Pfarrer zu sprechen beginnt, lauscht die Gemeinde voller Ehrfurcht. Seine Stimme ist wohltönend; das Gesagte klingt epochal, untermalt von kraftvollen Gesten. Ich verstehe kaum ein Wort. Erhebe mich, wenn die Gemeinde sich erhebt, bewege die Lippen, wenn sie im Dialog mit dem Pfarrer ist.

Immer wieder drehe ich mich um, ob Madroy sich eingeschlichen hat. Ich kann seine Anwesenheit fühlen, spüren, wie er meinen Nacken mit Blicken durchbohrt. Und tatsächlich. Als ich mich dieses Mal umdrehe, steht er am Ausgang, direkt neben dem Portal. Sein dunkles, zurückgegeltes Haar glänzt im Schimmer der Kerzen, er erwidert meinen Blick, nickt mir mit aufeinandergepressten Lippen zu, als wolle er mir sagen, dass ich ihm nicht entkomme.

Erschrocken drehe ich mich nach vorne. Mein Kopf glüht, ich spüre, wie mir der Schweiß ausbricht. In fiebriger Eile suche ich nach einem Fluchtweg. Ist das Dunkle dort, seitlich des Altars, eine Tür hinaus? Ich muss mich seinem Einfluss entziehen, obwohl ich wohl hundert Fragen an ihn habe.

Man hat seine Leiche nie gefunden, hat er gesagt. Seine Worte sind Hoffnung und Bedrohung zugleich. Will er mich erlösen oder locken? *Kommen Sie mit mir … Es könnte Ihr Leben retten, und auch meines.*

Habe ich das Ganze nur geträumt? War ich noch zu benommen, um zu erkennen, dass es gar kein Blut war, sondern nur der dunkle Schatten eines Baumes? Oder hat Oliver mich nur im Glauben gelassen, ermordet worden zu sein? Ist er derjenige, der ein falsches Spiel treibt?

Erschöpft lege ich den Kopf in die Hände und reibe meine Stirn.

Es waren nur wenige Worte, doch sie sind mächtig genug, mich aus der sicher geglaubten Festung zu reißen, kleine Bemerkungen, die mich ins Bodenlose fallen lassen. Und plötzlich dreht das ganze Leben in eine andere Richtung, als sei es nur ein schwaches Fähnlein, das dem Wind nicht standhalten kann.

Ich weiß nicht mehr, was wahr ist und was falsch …

Das Denken fällt mir schwer, es gelingt mir nicht, meine Sinne beieinanderzuhalten. Jeder Atemzug ist eine Last, die Luft ist durchtränkt von Gerüchen, die sich auf meine Lunge legen. Mich erfasst ein heftiger Schwindel, ich will mich an der Vorderbank festhalten, um nicht zu Boden zu sinken. Doch meine Hände greifen ins Leere, während ich unaufhaltsam von der Bank gleite.

Als ich aufschlage, spüre ich einen dumpfen Schmerz. Höre aufgeregtes Tuscheln, nehme wie durch einen Schleier Menschen wahr, die mich umringen und meinen Kopf auf eine weiche Unterlage betten. Ein Gesicht beugt sich über mich, und noch während mir die Sinne schwinden, erkenne ich es.

4

Als ich die Augen öffne, bin ich alleine. Sonnenstrahlen tanzen zwischen Blätterschatten durch den Raum und streifen mein Gesicht. Ich richte mich auf und sehe mich um. Anscheinend befinde ich mich in einer Art Lager, überall liegen Gärtnerwerkzeuge herum. Dazu die Pritsche, auf der ich sitze, ein Tisch und eine Bank. Neben dem weit geöffneten Fenster steht ein Regal mit Büchern und gerahmten Zeichnungen von Blütenköpfen, die jemand nachlässig gegen die Wand gelehnt hat.

Wie bin ich hierhergekommen? Und wie lange liege ich hier schon?

Das Letzte, an das ich mich erinnern kann, ist das Gesicht von Michele Corradi, das inmitten von Kirchgängern auftauchte, die erschrockene Worte ausstießen und meine Wange tätschelten.

Und dann sehe ich wieder John Madroy vor mir. Doch ich weiß nicht, ob es nur eine Erinnerung an den Moment ist, als ich ihn seitlich des Portals entdeckt habe, oder ob auch er sich zwischen den mich umringenden Menschen befand. Der Gedanke, dass er ebenfalls hier sein könnte, lässt mich hochschrecken.

Ich muss fort von hier, so schnell es nur geht. Weiter nach Rom, wo Rose in wenigen Tagen Station macht.

Von draußen höre ich eine weibliche Stimme, sie wird laut, darauf folgt ein Zischen. Jemand versucht, beruhigend auf sie einzureden, aber es gelingt ihm nicht. Die weibliche Stimme klingt immer schriller, durch den Türspalt dringt eine Kaskade an italienischen Worten und füllt den Raum.

Ich stehe auf und sehe hinaus. Vor mir liegt ein prächtiges Feld mit Nelken, weiter hinten gelbe Teerosen mit ihren großen, eleganten Blüten. Der Seewind trägt einen süßlichen Blumenduft zu mir herüber, intensiv und betörend, als entströme er millionenfachen Blüten.

Im Schatten eines gewaltigen Mammutbaumes steht Agnesa, mit dem Rücken zu mir. Sie redet auf jemanden ein. Es ist Michele, ich erkenne ihn an der tiefen Stimme. Ich wünschte, ich könnte verstehen, worüber sie reden, aber ich ahne es auch so. Als ich mich weiter vorbeuge, kann ich es an seiner Miene ablesen. Er ist angespannt. Jetzt schüttelt er den Kopf und beginnt zu gestikulieren. Ich weiß, dass sie wegen mir streiten. So wie auch gestern, nachdem Generale Tremante und der Engländer ihnen erzählten, dass sie nach einer Wahnsinnigen suchen, die ihren eigenen Mann umgebracht hat.

Ich kann Agnesa verstehen. Nicht jeder ist bereit, einer vollkommen Fremden Unterschlupf zu gewähren. Ich weiß nicht, ob ich nicht ähnlich gedacht hätte, wäre ich an ihrer Stelle. Die Leute werden sich jetzt fragen, wer denn die junge Frau sei, die in der Kirche zusammengebrochen ist. Bald wird es sich herumgesprochen haben, dass die Geschwister einer Engländerin geholfen haben, nach der man in höchster Alarmbereitschaft sucht. Und dann wird es nicht lange dauern, bis auch Madroy weiß, wo er mich finden kann.

Als ich ins Freie trete, ist nur noch Michele Corradi da. Er steht unbewegt am Rand der Klippen und starrt auf das Meer, das zu seinen Füßen ausgebreitet liegt wie ein dunkler smaragdblauer Teppich.

»Es ist bereits das zweite Mal, dass Sie mir aus der Not helfen«, sage ich und stelle mich neben ihn. »Ich stehe tief in Ihrer Schuld.«

Er lächelt, ohne den Blick zu wenden.

Unter uns, vielleicht zwei Meter entfernt, liegt der felsige Strand. Ein schmales Uferband, das weiter westlich in einer stillen Bucht mündet. Ich stelle mir vor, wie schön es wäre, diesen Weg entlangzuspazieren, mit nackten Füßen am Meeressaum. Fast bedauere ich, dass ich nicht länger bleiben kann.

Nun dreht Michele seinen Kopf und sieht mich an. »Geht es Ihnen wieder besser?«

»Ja.« Ich zögere. »Ich habe Ihren Streit mitbekommen. Keine Sorge, ich werde Ihnen nicht lange zur Last fallen. Morgen früh bin ich wieder fort.«

»Sie können so lange bleiben, wie Sie wollen. Ich werde meine Arbeiter anweisen, sich nur um die Blumenfelder zu kümmern, die weiter abseits liegen. Niemand wird Sie hier stören.«

»Aber Ihre Schwester …«

»Es ist meine Plantage, nicht ihre.« Er stößt einen tiefen Seufzer aus. »Agnesa ist furchtbar abergläubisch, so wie die meisten hier im Ort. Die Leute erzählen sich, dass Sie besessen sind.«

Auf einmal sehe ich die Nelken vor mir, die am Morgen des Unglücks vor den Beeten lagen und darauf warteten, in regennasse Erde gesetzt zu werden. Ich kann mich noch an die Farbe der Blumen erinnern, sie hat sich in mein Gedächtnis gegraben. Sie waren rot. Rot wie das Blut, das sich unter Olivers Körper ausbreitete und das Laken tränkte. Es war echt, das wird mir in diesem Moment klar. Madroy hat gelogen, als er sagte, dass Oliver noch am Leben sei. Doch noch immer kann ich nicht sagen, wie er in einen vollkommen verschlossenen Raum gelangen konnte.

Erschrocken ziehe ich die Luft ein.

»Glauben Sie das auch?«

»Nein.« Er lächelt mich an. »Vor allem sehe ich, ob jemand ein guter Mensch ist oder ein schlechter. Sie sind eine der Guten, nicht wahr?«

Ich nicke, obwohl ich mir plötzlich nicht mehr sicher bin. Aber warum soll ich ihm sagen, dass ich es vermute, weil eine innere Stimme es mir geflüstert hat, als ich versuchte, meinem Leben ein Ende zu setzen? Dass ich zu wissen glaube, dass ich die Schranke der Moral nie überschritten habe, auch nicht unbewusst. Dass ich mich daran klammere, dass alles Teil einer großen Intrige ist, die von dem Mann initiiert wurde, vor dem ich heute in die Kirche geflohen bin.

All das will ich hinter mir lassen. Zurück in England, dessen bin ich mir sicher, werde ich wieder zu dem Menschen, der ich einmal war. Unbeschwert, zuversichtlich.

»Es ist sehr freundlich von Ihnen«, sage ich leise, »aber ich nehme den ersten Zug nach Rom. Dort treffe ich meine Tante.«

»Und wie wollen Sie dorthin kommen, ohne Geld und ohne Pass?«

Ich versuche ein Lächeln. »Ich werde mich einfach unter die anderen Fahrgäste mischen, da fällt eine weitere Person sicher nicht auf.«

»Die italienischen Bahnbeamten sind streng. Ohne Fahrkarte kommen Sie nicht weit, im Handumdrehen landen Sie bei der Polizei. Und ohne Pass werden Sie vielleicht bis nach Rom kommen, aber nicht nach England.« Micheles Mundwinkel heben sich spöttisch, doch seine Augen sehen mich freundlich an.

»Ich muss es wenigstens versuchen, hier bin ich nicht sicher. In der Kirche war auch ein Mann aus dem Hotel, sein Name ist John Madroy. Ich glaube, dass er hinter den Verbrechen steckt, auch wenn ich noch nicht weiß, wie.«

Und dann beginne ich zu erzählen. Ich weiß nicht, warum ich das mache, er ist doch ein vollkommen Fremder für mich. Doch es tut gut, mit jemandem darüber zu reden, dem ich vertrauen kann. Und das tue ich, obwohl ich nicht sagen kann, warum.

Ich erzähle ihm die ganze Geschichte. Von den vier Partnern, dem Bootsunfall, dem Mord an Dimitri. Und davon, dass auch Kate umgekommen ist.

»Sie war schwanger«, schließe ich schwer atmend. »Ebenso wie vielleicht auch ich.«

Die ganze Zeit hörte Michele Corradi zu, ohne ein Wort zu sagen, sichtlich betroffen. Nun streicht er sich mit beiden Händen über den Kopf, als müsse er nachdenken.

»Gut«, sagt er endlich. »Ich werde Ihnen helfen, von hier fortzukommen. Wo ist Ihr Pass jetzt?«

»Im Hotel. Als ich fortgelaufen bin, befand sich die Reisetasche mit den Dokumenten und dem Geld in unserer Suite. Aber ich denke, man wird sie fortgeschafft haben, nachdem dort…« Ich kann nicht weitersprechen, meine Stimme versagt.

»Ich werde die Tasche holen.«

»Danke«, stoße ich erleichtert aus und füge hoffnungsvoll hinzu: »Meinen Sie, Sie könnten auch den Handkoffer mitbringen? Darin befindet sich meine gesamte Reisekleidung.«

»Natürlich.« Er lächelt mir aufmunternd zu. »Dann werde ich Sie jetzt alleine lassen. Ich versuche, so bald wie möglich zurück zu sein.« Unvermittelt hebt er seine Hand und legt sie auf meine Wange. »Ihr Gesicht ist ganz heiß. Sie sollten sich besser hinlegen und etwas ausruhen.«

Auf einmal bin ich befangen. Und ich kann nicht einmal sagen, ob es an der Aussicht liegt, alleine zurückzubleiben, oder an der unerwarteten Berührung.

Ich schaue ihm nach, wie er mit federndem Schritt durch den Garten in Richtung des Tores geht, bis ihn das Dunkel der Bäume verschluckt. Noch warte ich, dass das Knacken und Rascheln im Unterholz verebbt, dann entschließe ich mich, einen Spaziergang zu machen. Ich kann mich nicht hinlegen und darauf warten, dass er zurückkommt. Ich habe Angst, alleine zurückzubleiben; die Sorge, dass John Madroy ihm gefolgt ist, als er mich aus der Kirche trug, ist übermächtig. Ich werde mir einen Platz suchen, an dem ich den Eingang der Plantage im Blick habe.

Auf schmalen Sandwegen wandere ich durch den prächtigen Garten. Vorbei an kunstvoll angelegten Rabatten, auf denen Kräuter und Blumen nach Gerüchen geordnet sind. Nelken, Lorbeer und Thymian bei den aromatischen, Ambra, Moschus und Bisamstrauch bei den ambrosischen. Am intensivsten ist der Duft der süßlichen: Lilie, Jasmin und Rose.

Bald stehe ich an der Klippe, wo sich dunkelgrüne Kiefern über den Rand hinunter zum Strand neigen. Von hier aus kann ich über die Bruchsteinmauer, die die Plantage umgrenzt, bis zum Tor sehen. Hier, im Schutze der dichten Bepflanzung, werde ich warten, bis Michele zurückkommt.

5

Als sich die Flügel öffnen und Michele sein Fuhrwerk durch das Tor lenkt, hat sich purpurnes Abendlicht über die Plantage gelegt.

Er winkt mir freudestrahlend zu, als ich ihm entgegeneile. »Ich habe Ihr Gepäck!«

Ich laufe das kurze Stück neben ihm her, bis er den Gaul zum Halten bringt und vom Kutschbock steigt.

»Sie waren in der Suite?« Der Lauf hat mich erschöpft, mein Brustkorb hebt und senkt sich, während ich nach Atem ringe.

»Nein. Die Sachen lagen im Gepäckzimmer. Es gibt einen Zugang vom rückwärtigen Gebäude. Und da das gesamte Personal zur Zeit des Abendessens mit anderen Dingen beschäftigt ist, konnte ich es ungesehen herausholen.«

Mit einem zufriedenen Lächeln hebt er das Gepäck von der Ladefläche und trägt es in die Hütte.

Ich schließe für einen kurzen Moment die Augen und schicke ein Stoßgebet in den Himmel, hoffe, dass er die richtigen Sachen gegriffen hat. Dann folge ich ihm.

In der Hütte ist es schummerig geworden. Olivers Tasche liegt auf der Pritsche. Ich öffne sie nach kurzem Zögern, es fühlt sich eigenartig an. So als täte ich etwas Verbotenes.

Als Erstes fällt mir eine Zeitung ins Auge, die zusammengerollt unter Olivers Reisekleidung liegt. Stirnrunzelnd entfalte ich das Blatt. Es ist die Ausgabe des *Journal de Bordighera*, in der ich den Leserbrief mit den spiritistischen Sitzungen gefunden habe.

»Wie kommt das hierher?«, flüstere ich. Irritiert lege ich die Zeitung wieder zurück. Versuche, mir zu erklären, wie sie dort hineingeraten ist. Aber es gibt keine Erklärung. Das Personal hatte die Schrankkoffer noch nicht gebracht, warum hätte jemand ins Zimmer kommen sollen, um das Journal in die Tasche zu legen, während der Rest unserer Sachen noch überall verstreut lag? An die Möglichkeit, dass Oliver es selbst hineingetan hat, um mir den letzten Grund zur Flucht zu nehmen, mag ich nicht denken. Es kommt mir absurd vor. Warum hätte er das tun sollen?

Gedankenversunken will ich den Beutel hervorholen, in dem sich das Italienhandbuch vom Baedeker Verlag zusammen mit den Pässen und dem Geld befinden. Doch er ist nicht mehr dort. Hastig durchwühle ich Olivers Tasche, befühle das Futter, ob etwas ins Innere gerutscht ist.

»Alles in Ordnung?«

»Nein. Die Pässe, das Geld, sie sind weg!«

»Sind Sie sicher, dass es dort war?«

»Natürlich, ich habe es mit eigenen Augen gesehen!«

Dennoch öffne ich nun den Handkoffer und sehe ihn durch. Doch ich finde nur zwei Kleider, das Necessaire mit der Zahnbürste, den Seifen und Cremes und die beiden Fotografien, deren Anblick mir die Tränen in die Augen treiben.

Mit einer energischen Bewegung klappe ich den Deckel wieder zu. Ohne Pass und Geld kann ich nicht fort. Aufseufzend starre ich zu Boden. Mir ist sterbenselend zumute. Das Paradies ist zum Gefängnis geworden.

Michele legt seine Hand auf meine Schulter. »Keine Sorge, Mrs. Dickinson, das Geld für die Fahrkarte gebe ich Ihnen. In

Rom können Sie neue Papiere beantragen. Wenn Sie behaupten, man habe sie Ihnen gestohlen, wird man Ihnen welche ausstellen.«

»Und wenn sie dort von der Suche nach mir erfahren haben?«

»Sie müssen es wohl darauf ankommen lassen …«

Während ich noch zweifele, ob ich die Kraft dazu aufbringe, in eine ungewisse Zukunft zu fahren, streckt Michele mir etwas entgegen. Es ist das silberne Zigarettenetui, das ich in der Kammer als Bezahlung zurückgelassen habe.

»Hier«, sagt er, »das können Sie sicher besser gebrauchen.«

Ich zögere kurz, nehme es aber an, als er meine Finger mit Nachdruck um das kühle Metall schließt. »Warum tun Sie das für mich?«

»Meine Mutter hat mir eingeprägt, dass es die Pflicht eines Mannes sei, jede ihm anvertraute Frau zu beschützen.« Er lächelt. »Als Erstes werde ich dafür sorgen, dass Sie wieder zu Kräften kommen. Sie sehen aus, als würden Sie jeden Augenblick zusammenbrechen.«

Er hat eine Flasche Wein, einen Laib Brot, Wurst und Käse mitgebracht und eine wollene Decke, die er mir fürsorglich umlegt, als wir uns auf eine Bank setzen, die an einer Seitenwand gelehnt vor der Hütte steht.

Es ist kühl geworden. Die Sonne ist hinter die Hügel des Hinterlandes getaucht und beleuchtet mit ihren letzten Strahlen die Palmwipfel, die sich über das dunkle Grün der Bäume erheben, als verleihe sie ihnen einen Heiligenschein.

Als ich ein Stück vom Brot esse, merke ich, wie hungrig ich gewesen bin. Ich schlinge ein weiteres hinunter, dazu einen Bissen Wurst, deren salziger Geschmack mich durstig macht.

»Morgen um elf geht ein Zug nach Rom«, sagt Michele, während er den Wein in zwei Tontassen gießt und mir eine davon reicht. »Ich werde Sie zum Bahnhof bringen.«

Erleichtert nehme ich die Tasse entgegen und trinke einen Schluck. Der Wein schmeckt süß und fruchtig. Ich merke, wie sich meine Unruhe etwas legt. Ich kann es gar nicht erwarten, endlich bei Rose zu sein.

Wir sehen auf den Horizont, dessen Saum langsam mit dem Meer verschmilzt. In der Luft hängt ein Pfeifen und Singen, Palmenblätter bewegen sich mit sanftem Rauschen. Mir fällt auf, wie friedlich es hier ist. Dieser Ort strahlt eine Ruhe aus, die sich wohltuend auf meine aufgewühlte Seele legt. Und ich frage mich, ob es vielleicht der richtige Moment ist, mit allem hier abzuschließen, auch mit der alten Legende.

»Haben Sie Lucrezia gekannt?«, frage ich ihn und stelle fest, dass ich darüber sprechen kann, ohne dass sich die altbekannte Furcht einstellt. »Im Hotel erzählt man sich, sie habe auf dem Grundstück gelebt, bevor das Angst erbaut wurde.«

»Das ist richtig.« Er nickt und streckt die Beine lang aus. »Ich kann mich noch gut an sie erinnern. Mein Vater besaß eine Dattelpalmenplantage im Valle del Borghetto oberhalb der Strada Romana. Als Kinder haben wir oft dort gespielt. Die Hütte, in der die alte Frau wohnte, stand nicht weit davon entfernt.« Er sieht mich an; in seinen Augen meine ich, Wehmut zu erkennen. »Es ist lange her. Damals war die Strada Romana nichts weiter als ein schlecht befestigter Weg. Ein Überbleibsel der antiken Via Julia Augusta, mit der Kaiser Augustus im Jahr dreizehn vor Christus Ligurien und Gallien verbinden ließ. Bis vor wenigen Jahren wurde die Straße hauptsächlich von Bauern und Plantagenbesitzern benutzt, um die Ware auf Fuhrwerken und Ochsenkarren an die Küste zu bringen, wo man sie auf Schiffe lud und weiter in die Welt schickte. Bis die Engländer den Ort für sich entdeckten. Das Grundstück, auf dem Lucrezia lebte, gehörte zu den schönsten dieser Gegend, von dort hatte man den allerbesten Blick. Es war nur eine Frage der Zeit, bis sich jemand dafür interessierte. Wir Kinder sind oft darum herumgeschlichen, aber wir haben uns nicht getraut, es zu betreten.«

Ich halte den Atem an. Michele Corradi hat Lucrezia gekannt! Es ist mehr, als ich erwartet habe.

»Erzählen Sie mir von ihr.«

Ein Lächeln huscht über sein Gesicht. »Es war nicht ihr richtiger Name, der Pfarrer hat ihn ihr gegeben, weil sie ihn an Lucrezia Borga erinnerte, die in Victor Hugos Drama eine Giftmischerin und Hexe gewesen war. Keiner weiß, wie sie wirklich hieß oder woher sie kam. Man erzählt sich, sie sei mit einem Zigeunertreck gereist. Sie habe einem Ölhändler mit einem magischen Spruch zu unermesslichem Reichtum verholfen. Zum Dank habe er ihr dafür dieses Grundstück geschenkt.«

»Sie war eine Zigeunerin?« Ich ziehe die Decke enger um meine Schultern. Vom Meer steigen Dunstschwaden empor, und mir wird kalt.

Michele nickt. »Ich weiß nicht, ob die Sache mit dem magischen Spruch wirklich stimmt, aber dieser Händler war innerhalb weniger Jahre einer der reichsten Männer dieses Ortes. Er hieß Francesco Moreno und war französischer Konsul, bevor er mit Olivenöl ein Vermögen machte. Von dem Geld kaufte er einige Parzellen Land und ließ sich eine prachtvolle Villa erbauen, inmitten eines achtzig Hektar großen Grundstücks. Moreno hat darin Pflanzen gezogen, die er von seinen botanischen Exkursionen aus aller Welt mitbrachte. Der Garten wurde eine Berühmtheit, es hieß, er sei einer der schönsten Europas.«

Man kann Michele ansehen, dass er nun ganz in seinem Element ist. Er erzählt von langen Palmenalleen, Myrthen, Bananenbäumen und Jujuben. Vor allem der Bambus, der sonst eher in Indien wächst, hat es ihm angetan.

Seine Schilderungen sind lebendig – ich meine, den Garten direkt vor mir zu sehen. Oliver hat mir die Stelle, an dem er einst lag, auf einem unserer Spaziergänge gezeigt. Wir haben vor den meterhohen Mauern gestanden und bedauert, dass man ihn nicht mehr besichtigen konnte, wie es früher einmal möglich gewesen war.

»Das ist der exotische Garten, den auch Claude Monet gemalt hat, nicht wahr?«, frage ich.

»So ist es. Er war 1884 in Bordighera zu Gast, kurz bevor Moreno verstarb. Der Garten mitsamt der Villa ging an die Gemeinde, die alles zerteilte, um den Ausbau des Ortes voranzutreiben. Auch die Parzelle, auf der Lucrezia lebte, wurde verkauft.«

»Ich dachte, Moreno habe ihr das Grundstück überlassen?«

Michele schüttelt den Kopf. »Es gab keine Schenkungsurkunde. Seine Ehefrau scherte sich nicht um die Zugeständnisse ihres verstorbenen Gatten, sie zog zu ihren Töchtern nach Marseille und überließ das Grundstück einem Bankier, Raphaël Bischoffsheim, der den Landwirten die Parzellen seitlich des alten Römerweges abkaufte, bevor er viel Geld in den Ausbau der Straße steckte.« Er wird plötzlich ernst. »Auch mein Vater hat verkauft. Wir alle haben uns vom plötzlichen Geld berauschen lassen, das die Fremden mit sich brachten. Es war nur ein Bruchteil des eigentlichen Wertes. Aber es ermöglichte mir eine gute Ausbildung und das Studium der Botanik in Bologna.«

Ich schöpfe Hoffnung. Es war jemand anderes gewesen, der das Grundstück kaufte, bevor die Investoren kamen! »Es war also Bischoffsheim, der Lucrezia vertrieben hat?«

»Nein.« Michele schüttelt den Kopf, und meine Hoffnung zerplatzt. »Er wollte das Land teuer weiterverkaufen, wie alle anderen Parzellen auch. Aber nachdem die Zigeunerin drohte, jeden mit einem Fluch zu überziehen, der versuchen würde, sie zu vertreiben, hatte er Schwierigkeiten, es loszuwerden. Adolf Angst hat eine Option ausgesprochen, die aber erst in Kraft trat, nachdem Lucrezia verstorben war.«

Ich halte den Atem an. Die Geschichte ist an dem Punkt angelangt, an dem alles ins Rollen kam. »Haben Sie gesehen, wie sie gestorben ist?«

»Nein. Aber es muss ein furchtbarer Anblick gewesen sein. Man erzählt sich, die Flammen hätten den ganzen Körper ergriffen.« Er sieht in den Himmel, an dessen Firmament Abertausend Sterne funkeln. »Wie aus dem Nichts war sie auf die Straße gestürzt. Und als jemand endlich einen Eimer Brunnenwasser brachte, um das Feuer zu löschen, war es bereits zu spät.«

Ich spüre, dass mein Innerstes zu zittern beginnt, und schlage die Arme um meinen Körper. Das Bild der verkohlten Leiche, das Maria mit Worten gezeichnet hat, steht mir vor Augen. »Eine der Küchenhilfen behauptet, dass es Mord gewesen ist.«

Er sieht mich zweifelnd an. »Die Polizei sagte, sie gehe von einem Akt der Selbstverbrennung aus. Aber vielleicht wollten sie auch nur Adolf Angst in Schutz nehmen. Der Vorfall hat ihn schwer erschüttert, er hat für die alte Zigeunerin eine Messe lesen und ein Porträt anfertigen lassen, um ihr für immer einen Platz auf ihrem Grund zu gewähren. Es war seine Art, sich mit ihr zu versöhnen.«

»Und er hat den Spiegel aufgehängt.«

»Welchen Spiegel meinen Sie?«

»Der im Vestibül.«

Michele schüttelt den Kopf. »Ich kenne ihn, er ist alt. Aber er stammt mit Sicherheit nicht von Lucrezia.«

Irritiert sehe ich ihn an. »Selbst Maria hat behauptet, er gehöre der Toten.«

»Mag sein, dass manche dies erzählen, der Aberglaube treibt ja oft seltsame Blüten. Aber ich meine mich zu erinnern, dass der Spiegel von Adolf Angsts erstem Hotel stammt, das vom Erdbeben zerstört wurde. Er hing dort im Foyer.«

»Das Hotel am Bahnhof?«

Auf einmal bin ich hellwach. Es ist nur ein weiterer Beweis, dass ich mit meiner Vermutung richtiggelegen habe. Irgendjemand treibt ein Spiel mit mir.

Beide, Oliver als auch John Madroy, müssen den Spiegel erkannt haben. Aber Madroy war es, der mich auf ihn hingewiesen hat. Vielleicht hat er Oliver und mich zusammen gesehen, als ich nach London gezogen bin. Möglicherweise ist ihm bereits dort die Ähnlichkeit zu Lucrezias Porträt aufgefallen, und aus einer vagen Idee ist ein perfider Plan erwachsen. Dann wäre es auch kein Zufall gewesen, dass Maria mich gleich am Tag der Ankunft mit seltsamen Andeutungen empfing.

Ich bin das Opfer einer Intrige geworden, einer perfekten Inszenierung, durchkonjugiert wie eine grandiose Operette.

»Kennen Sie ein Zimmermädchen namens Emilia?«, frage ich unvermittelt.

»Hat sie etwas mit den Morden zu tun?«

»Vielleicht.«

Mit einem Bedauern schüttelt er den Kopf. »Dieses Hotel hat so viel Personal, es sind beinahe hundert Menschen, die sich um das Wohlbefinden der Gäste kümmern. Die meisten kommen aus den umliegenden Orten. Manche reisen sogar aus Deutschland und Frankreich an, sobald die Wintersaison beginnt. Es wird schwer sein, jemanden zu finden, der Ihnen mehr über ein einzelnes Zimmermädchen sagen kann.«

Ich belasse es dabei und denke, dass ich wohl nie die ganze Wahrheit erfahren werde.

Eine Weile sitzen wir schweigend nebeneinander. Michele zurückgelehnt, die Augen geschlossen, den Becher Wein in der Hand.

Ich sehe hinaus auf den Horizont, wo sich der runde Mond über dem Meer erhebt und das Wasser mit einem silbernen Schimmer überzieht. Auf einmal bemerke ich, wie geborgen ich mich in Micheles Gegenwart fühle, und zwinge meine Gedanken zurück zu Oliver. Versuche, mich an die flirrende Liebe zu erinnern, die sich aus der Bewunderung nährte, die ich für ihn empfand. Die große, starke Schulter, die mich in eine fürchterliche Leere stoßen konnte, wenn sie sich von mir abwandte.

Es gelingt nicht, ihn mir als den freundlichen und warmherzigen Mann vorzustellen, den ich anfangs in ihm gesehen hatte. Noch immer ist diese furchtbare Taubheit in meinem Herzen. Sosehr ich auch versuche, um Oliver zu trauern, mit aller Kraft, es will mir nicht gelingen. Ich fühle mich schrecklich, doch ich kann es nicht ändern. Vielleicht, so denke ich, kann ich die Trauer erst zulassen, wenn ich die vergangenen Tage mit einigem Abstand sehe. Wenn ich wieder bereit bin, Oliver als den anzusehen, der er einmal für mich war. Wenn die Erinnerung an die letzten Stunden, in denen er nicht nur Zärtlichkeit, sondern auch eisige Kälte gezeigt hatte, verblasst ist.

Mit einem Mal überkommt mich eine ungeheure Müdigkeit.

»Es wäre besser, wenn ich mich jetzt schlafen lege«, sage ich in die Stille hinein. »Morgen ist ein langer Tag.«

Als ich mich erhebe, spüre ich, dass meine Beine mich kaum noch tragen. Doch bevor ich einknicke, ist Micheles Hand an meinem Arm. Er sieht mich wortlos an, nickt mir dann aufmunternd zu und führt mich zurück in die Hütte, wo ich mich augenblicklich auf die Pritsche lege und die Augen schließe.

Während mich die Müdigkeit immer tiefer zieht, höre ich, wie Michele noch einmal nach draußen geht. Als er wiederkommt, legt er die Decke über mich und setzt sich an die Kante. Ich kann seinen Blick auf meinem Gesicht spüren, und während ich mich dem Schlaf hingebe, fühle ich mich so beschützt wie seit Langem nicht mehr.

6

Die Fahrt zum Bahnhof verläuft schweigsam. Die Morgensonne wirft ihre goldenen Strahlen auf Dächer und Wege, während ich mit einem Gefühl wachsender Nervosität das Tuch über mein Haar lege und hoffe, in der italienischen Kleidung nicht aufzufallen.

Michele stellt das Fuhrwerk abseits der vielen Karossen, die sich vor dem Wartesaal aufreihen. Der Vorplatz ist voll von Reisenden, die nach Kofferträgern rufen und sich voneinander verabschieden. Fahrern, die mit Schildern, auf denen der Hotelname zu lesen ist, im Gebäude eintauchen, um sich am Bahnsteig zu positionieren.

Ich entdecke den Kutscher des Hotel Angst und ziehe das Kopftuch tiefer ins Gesicht, hefte mich mit gesenktem Blick an Michele, der sich einen Weg durch Reisende und Schaulustige bahnt.

Mit energischen Schritten drängt Michele sich vor bis zum Fahrkartenschalter, an dem sich bereits eine Schlange gebildet hat.

Er bezahlt die Fahrt und gibt mir ein paar Münzen, die für ein einfaches Zimmer in Rom reichen, und etwas Reiseproviant. Ich verspreche ihm, es zurückzuzahlen, sobald ich in Sicherheit bin, doch er winkt ab.

»Schreiben Sie mir lieber, wenn Sie angekommen sind.« Auch er scheint nervös, tritt von einem Fuß auf den anderen.

»Das werde ich tun«, antworte ich mit belegter Stimme. »Und wenn ich Sie noch um einen Gefallen bitten darf: Ich habe zwei Gebetskerzen aus der Chiesa Sant'Ampelio verwendet, ohne sie zu bezahlen. Könnten Sie eventuell …«

Er lächelt. »Natürlich mache ich das. Auch wenn ich sicher bin, dass der Herr in Ihrem Fall eine Ausnahme machen würde.«

Wir stellen uns etwas abseits des Bahngleises, wo sich eine Gruppe Schaulustiger versammelt hat, die das Einfahren des Zuges mit gereckten Hälsen verfolgt. Während sich die Metallschlange tiefer in den Bahnhof schiebt und mit lautem Quietschen und Zischen zum Stehen kommt, gerät die Menschenmenge in Bewegung. Ein Schieben und Rufen, dem wir langsam entgegengehen. Reisende hasten durcheinander, Männer in Hoteluniform stellen sich auf, strecken den Ankömmlingen Empfehlungskarten entgegen.

»Kommen Sie mit«, ruft Michele und taucht in den Dampf ein, der den Geruch verbrannter Kohle mit sich trägt.

Ich folge ihm zu einer der weit aufgerissenen Türen, nehme Michele den Handkoffer ab und besteige den Zug. Rasch habe ich ein Abteil gefunden, in dem sich außer mir nur noch eine ältere Dame in gerüschter Bluse befindet, die eng an die Polster gelehnt sitzt und mich missbilligend betrachtet. Mir wird bewusst, dass ich in der staubigen, zerknitterten Kleidung aussehen muss wie eine Streunerin, also lächele ich ihr entschuldigend zu. Sie quittiert es mit einem Naserümpfen und zieht ihre Reisetasche enger an sich, während sie beobachtet, wie ich das Fenster öffne, mich hinauslehne und Michele die Hand reiche.

»Vielen Dank für alles«, flüstere ich ihm zu. Ich ahne, dass nichts, was ich jetzt sage, ausdrücken kann, wie tief ich in seiner Schuld stehe. »Ohne Sie wäre ich verloren.«

»Das glaube ich nicht. Sie sind mutiger, als Sie denken.« Er nimmt meine Hand und hält sie fest. »Sie sind eine ganz besondere Frau. Unter anderen Umständen würde ich Sie nicht gehen lassen.«

Ich frage ihn nicht, wie er das meint. Seine dunklen Augen ruhen auf meinem Gesicht, und ich schäme mich für die Gefühle, die unter seinem Blick erwachen. Ich will ihm sagen, dass mein Herz besetzt ist von einer Trauer, die sich irgendwann zeigen und mich überfluten wird. Doch er scheint auch so zu verstehen und lässt meine Hand los, ohne auf eine Antwort zu warten.

Plötzlich bricht hinter Michele ein Tumult aus.

Erschrocken blicke ich an ihm vorbei und sehe Generale Tremante, der mit zwei weiteren Männern auf den Bahnsteig geeilt kommt und sich durch die Menschen schiebt. Hinter ihnen ist der Kutscher des Hotel Angst, er muss mich erkannt haben und zeigt bebend in Richtung des Zuges. Die anderen Reisenden erstarren. Sie weichen vor den Polizisten zurück, die sich suchend umsehen. Mit angsterfülltem Blick will ich mich ins Dunkel des Abteils zurückziehen, als sich die alte Dame erhebt und sich ans Fenster stellt.

Es hat nur wenige Augenblicke gedauert, bis sie den Zusammenhang erkannt hat, nun packt sie mich mit ungeahnter Kraft an der Schulter und zerrt mich in Richtung des Fensters.

»Hier ist sie«, schreit sie. »Kommen Sie, schnell!«

Mit rasendem Herz sehe ich mich nach Michele um, der ein paar Schritte abseits steht und die Szenerie mit erstarrtem Gesicht beobachtet. Ein Pfiff ertönt. Der Bahnwärter, der von alldem nichts mitbekommen hat, geht den Steig entlang und beginnt, eine Tür nach der anderen zu schließen.

Plötzlich wird meine Abteiltür aufgerissen, und einer der Polizisten stürmt hinein. Ohne zu zögern, greift er nach meinem Gepäck und hievt Koffer und Tasche durch das Fenster, schiebt mich durch den Gang hinaus.

»Nein …«, stammele ich, obwohl ich weiß, dass ich gegen den Mann keine Chance habe. Doch das wilde Gefühl, das sich in meiner Magengrube ballt, wehrt sich dagegen, den Zug zu verlassen.

»Vada«, brüllt er, als sich der Wagen mit einem Rucken in Bewegung setzt. Dann schlägt er auf mich ein, bis ich mich widerstandslos mitreißen lasse. Zerrt mich durch den Gang, reißt die Tür des Waggons auf und hebt mich auf den Bahnsteig, springt hinterher.

Ich werde von Generale Tremante empfangen, der nach meinem Arm greift, kaum dass ich zu Boden gekommen bin.

»Mrs. Dickinson«, sagt er mit kühler Stimme. »Ich möchte Sie bitten mitzukommen.«

Wie betäubt sehe ich dem Zug hinterher, der langsam Fahrt aufnimmt und hinter einer Kurve aus meinem Blick verschwindet. Dann drehe ich mich um zu dem Platz, an dem Michele gestanden hat.

Er ist fort.

7

Der Wagen fährt rumpelnd an. Generale Tremante sitzt neben mir und beginnt, ein kleines Lied zu pfeifen. Es wäre mir lieber, er wäre ruhig, ernst, der Situation angemessen. Das fröhliche Pfeifen beunruhigt mich stärker, als es jedes Schweigen vermocht hätte. Es klingt wie ein Todesmarsch, und mir ist klar, dass man mich bereits verurteilt hat, bevor ich ein Wort gesagt habe.

Sie werden denken, dass ich es getan habe, egal, was ich ihnen erzähle. Wer glaubt schon einer Frau, die den Verstand verloren hat. Ich lehne meinen Kopf an die Scheibe und frage mich unvermittelt, was es wohl für Menschen waren, die vor mir auf diesem Platz saßen und ihr Gesicht an das dicke Glas gepresst hielten. Waren darunter auch Mörder?

Ich setze mich wieder aufrecht und sehe hinaus, lasse den Blick über die Stadthäuser der Via Imperatrice Federico schweifen, als ich bemerke, dass wir nicht in Richtung des alten Stadtzentrums abbiegen, wo die Polizeistation liegt, sondern in die entgegengesetzte Richtung.

»Wohin fahren wir?«

»Ins Hotel Angst.«

»Was wollen wir dort?«

Erstaunt sehe ich ihn an, doch er schweigt.

Der Gedanke, wieder zurückzukehren, lässt mich erstarren. Hinter meiner Brust setzt ein Trommelfeuer ein, das so stark wird, dass ich es zu hören meine. Ich will nicht zurück! Nicht an den Ort, an dem so viel Unglück haftet.

Mit bangem Gefühl blicke ich zum Hotel, während die Kutsche das zweiflüglige Tor passiert. Groß und imposant richtet es sich vor uns auf. Die vielen Fenster starren ins Nichts, als habe man dem Gebäude seine Seele genommen.

Als wir ausgestiegen sind, greift Generale Tremante mich wieder am Arm und zieht mich die Stufen der Freitreppe hinauf, als sei ich eine Trophäe. Am oberen Ende steht Signore Bartelli in ein Gespräch mit Gästen vertieft und reißt erstaunt die Augen auf, als er uns entdeckt.

»Mrs. Dickinson! Wo sind Sie gewesen? Wir alle haben uns große Sorgen gemacht.«

Er bleibt in respektvollem Abstand stehen. Ich sehe ihm an, dass er schwankt – zwischen herzlichem Willkommen und dem Respekt vor dem Generale. Er nimmt dem Polizisten, der hinter uns die Treppe erklimmt, mein Gepäck ab und stellt es seitlich des Empfangstresens. »Ich werde Inspektor Jones sofort Bescheid geben, dass Sie hier sind.«

Wir bleiben im Vestibül stehen. Generale Tremante pfeift wieder sein Lied, während ich einen trotzigen Blick in den alten Spiegel werfe. Er wirkt leblos. Trüb und unscheinbar. So als habe man nur vergessen, ihn abzuhängen und gegen eines der vielen prachtvollen Kunstwerke, die das Hotel für gewöhnlich schmücken, auszutauschen. Irgendjemand hat ein Bündel Kräuter an einer der geschwungenen Kanten befestigt, die Blätter hängen schlaff hinab.

Endlich taucht der Portier wieder aus den Tiefen der Gänge auf. »Wenn Sie bitte mitkommen, Inspektor Jones erwartet Sie.«

Wir folgen Bartelli die Gänge entlang zur rückwärtigen Gebäudeseite. Gleich hinter den Räumen des hoteleigenen Friseursalons steigen wir eine Treppe hinauf, danach biegt er nach links und bleibt vor einer Zimmertür stehen. Wenn mich mein Orientierungssinn nicht verlassen hat, befinden wir uns nun oberhalb der Hotelbibliothek.

Auf Tremantes Klopfen erklingt eine gedämpfte Stimme. »Treten Sie ein.«

Die Tür schwingt auf. Vor uns liegt ein schmaler Raum, der erstaunlich nüchtern aussieht, offenbar das Zimmer eines Dienstboten. Kein Prunk und keine opulente Dekoration, nur ein Tisch mit zwei Stühlen und ein schmales Bett. Auf einem der Stühle sitzt der griesgrämige Mann, dem ich bereits am ersten Tag auf der Freitreppe begegnet bin; er erhebt sich, als wir eintreten. Helles Tageslicht flutet den Raum, und ich erkenne, dass das Lederartige von vielen kleinen Pockennarben stammt, die sein Gesicht überziehen.

»Endlich haben wir Sie gefunden«, sagt er und weist auf den gegenüberliegenden Stuhl. »Wie geht es Ihnen? Wollen Sie sich nicht setzen?«

Ich folge seiner Aufforderung, ohne auf seine Frage zu antworten.

»Wo sind Sie die ganze Zeit gewesen?«

»Ich habe mich versteckt«, erwidere ich zögernd.

Ich habe Angst, dass ich etwas Falsches sage. Irgendetwas, das ihn veranlassen könnte, mich ohne zu zögern wegzusperren, damit ich keine Gefahr mehr darstelle.

»Vor den Gespenstern?« Um seine Mundwinkel zuckt es. »Das ganze Hotel ist in Aufruhr deswegen, viele glauben, es sei die Rache einer Frau aus dem Jenseits.«

»Nein«, sage ich fest, ich will ihm keinen Anlass geben, mich für verrückt zu erklären. »Ich bin geflohen, weil ich Angst hatte, dass man mich für die Mörderin meines Mannes hält. Aber das bin ich nicht. Und ich glaube auch nicht an Geister.«

Überrascht blickt er mich an. »Das macht die Sache natürlich einfacher. Ich möchte Sie bitten, mir bei der Aufklärung zu helfen. Und das gelingt nur, wenn Sie meine Fragen mit wachem Verstand beantworten, ohne dabei der bequemen Geisterhypothese zu verfallen.«

»In Ordnung.«

»Ich will, dass Sie mir erzählen, was vor drei Tagen geschehen ist. Was genau haben Sie gesehen, als Sie aufgewacht sind?«

Die Erinnerung löst ein Schaudern in mir aus. Ich presse die Knie fest aneinander, während ich an jenen Morgen zurückdenke. Ich sehe das Blut, es ist überall. Meine Kehle ist wie ausgetrocknet, es fällt mir schwer zu sprechen. Kurz überlege ich, etwas anderes zu erzählen. Etwas, das mich entlasten würde. Aber letztlich weiß ich, dass mich das nur noch tiefer hineinreißen würde, also entschließe ich mich, die Wahrheit zu sagen.

»Ich hatte Mühe, wach zu werden«, berichte ich mit leiser Stimme. »Doch noch bevor ich die Augen aufschlug, spürte ich, dass ich ein Messer in der Hand hielt.«

»*Sie* hielten das Messer?«

Er klingt überrascht. Ich nicke zögernd, vielleicht hätte ich es doch nicht erzählen sollen. »Ich kann es mir auch nicht erklären.«

»In welcher Hand lag es?«

»In meiner rechten.«

»Sie schlafen auf der rechten Bettseite?«

»Ja.«

»Wie sah Ihr Mann aus? Haben Sie sein Gesicht gesehen?«

»Er lag auf dem Bauch.«

»Aber Sie haben sofort gewusst, dass er tot war?«

»Ich sah das Blut, es durchtränkte das Laken. So viel Blut!«

Mein Atem geht schwer, ich bekomme kaum noch Luft. Es ist, als sei ich wieder in unserem Zimmer, als sei jetzt der Moment, an dem ich Oliver regungslos liegen sah. In meinem Kopf beginne ich wieder zu schreien, ich sehe, wie ich das Messer von mir werfe, und schluchze laut auf.

Rose hat einmal erzählt, dass es einem helfe, Furchtbares auszusprechen. Sie sagte, man könne es dann besser gehen lassen. Doch das stimmt nicht. Mir geht es schlechter als zuvor.

»Auf dem Bauch also …« Der Inspektor sieht mich unverwandt an. »Dann hatten Sie also auch Blut auf Ihrem Nachtgewand?«

Ich schließe die Augen, atme tief durch und öffne sie wieder. »Ich hatte mich im Kleid hingelegt. Aber da war kein Blut. Nur an meinen Händen.«

»Sie trugen noch Ihr Kleid?«

Mir ist bewusst, wie abwegig es klingt. »Ich war unruhig, hatte Sorge, dass …«

»Dass Sie wieder schlafwandeln?« Er sieht mich gleichmütig an. »Ich bin über alles informiert, Mrs. Dickinson, auch über Ihre nächtlichen Ausflüge.«

»Ich kann mich nicht daran erinnern, auf den Gängen gewesen zu sein«, entgegne ich.

»Menschen, die schlafwandeln, haben nur selten eine Erinnerung an ihre Ausflüge. Sie erwachen in ihrem Bett und denken, es sei nur ein Traum gewesen.«

»Aber mein Mann, er hätte sicher etwas bemerkt …«

»Vom Personal weiß ich, dass am Morgen, als Dimitri Komarow ermordet wurde, auch auf Ihrem Laken Blut klebte.« Seine Stimme wird schärfer.

»Mein Blut, ja. Ich habe mich an den scharfen Kanten einer

Koralle geschnitten.« Rasch schiebe ich den Ärmel der Bluse zurück und strecke meinen Handrücken vor, zeige den schorfigen Streifen.

»Ohne es zu bemerken?«

»Ich habe geträumt. Und als ich wach wurde, war die Wunde da.«

»Das ist doch seltsam, oder nicht? Spüren Sie es normalerweise, wenn Sie sich schneiden?«

Ich nicke heftig.

Inspektor Jones nimmt meine Hand, dreht sie und sieht mich, als er die braungrünen Male entdeckt, mit gerunzelter Stirn an.

»Diese Flecken hier stammen von einem festen Griff. Man kann es an den Eindrücken sehen, sie haben die Form von Fingern.«

»Ich kann mich an nichts erinnern«, lüge ich und versuche, die Erinnerung an die Panik zu verdrängen, die mich überkam, als Oliver mich packte und die Treppe hinaufzog. Ich will keinen Toten belasten.

Der Inspektor lehnt sich zurück und beginnt, mit den Fingern auf den Tisch zu trommeln. »Sie können sich also weder an die Verletzung an ihrem Handrücken erinnern noch daran, an den Gelenken gepackt worden zu sein? Passiert Ihnen so etwas häufiger?«

Ich fühle mich unbehaglich unter seinem Blick. Es ist offensichtlich, dass er meinen Aussagen nicht traut. »Nun«, beginne ich leise, »die am Handgelenk stammen von einer Auseinandersetzung. Mein Mann wollte, dass ich ihm ins Hotel folge …« Ich breche ab.

»Also haben Sie sich gestritten?«

»Nur kurz.«

»Worum ging es?«

»Ich hatte Angst, ins Hotel zurückzukehren«, bricht es aus mir heraus. »Ja, ich habe mich von diesen Geistergeschichten beeindrucken lassen. Aber ich schwöre, dass ich nichts damit zu tun habe. Ich habe meinen Mann nicht umgebracht!«

»Einige aus diesem Hotel erzählen, es habe im vergangenen Jahr eine Art Anrufung gegeben, bei der eine Frau namens Lucrezia ins Diesseits gelangt sei. Sie glauben, dass sie sich Ihrer Seele bemächtigt hat, um sich an ihrem Mörder zu rächen.« Er hebt die Hände, als ich protestieren will. »Ich glaube ja nicht an Dämonen und jenseitige Wesen. Es ist in gewissen Kreisen in Mode gekommen, sich mit diesen Dingen zu befassen und Hellseher zu befragen oder Geister. Ich halte den Trieb, spiritistische Sitzungen abzuhalten, sogar für äußerst gefährlich. Einfache Gemüter können sich derart hineinsteigern, dass sie wahnsinnig werden oder andere ernsthafte psychopathologische Krankheitsbilder zeigen. Der kleinste Luftzug wird zum Beweis übernatürlicher Kräfte. Ein Wind, der durch den Wäscheschacht pfeift, zum Weinen. Dabei gibt es längst wissenschaftliche Beweise, dass sämtliche Erscheinungen, selbst die angebliche Besessenheit, Folge von Autosuggestionen sind. Auch das Phänomen der Schreckhalluzination ist noch viel zu wenig bekannt, es handelt sich um eine Sinnestäuschung, wie man sie von Alkoholikern kennt.«

»Warum erzählen Sie mir das?«

»Weil ich nicht glaube, dass Sie es getan haben. Und weil ich möchte, dass Sie sich nur auf das konzentrieren, was Sie selbst gesehen oder erlebt haben.« Er beugt sich vor. »Wussten Sie, wo Dimitri Komarows Zimmer liegt?«

»Nein.«

»Haben Sie ihn gekannt?«

»Ich wusste nur, dass er ein Geschäftspartner meines Mannes war. Aber ich habe ihn nicht kennengelernt, ich weiß nicht einmal, wie er aussieht.«

»Und dennoch«, sagt er nachdenklich, während er an mir vorbei aus dem Fenster hinausblickt, »hatten Sie am Morgen einen Schnitt, der uns vielleicht glauben lassen soll, Sie hätten etwas mit der Sache zu tun. Einen tiefen Schnitt, den Sie offenbar erst bemerkten, als Sie wach wurden.« Jetzt sieht er mich direkt an. »Haben Sie am Abend vor dem Mord an dem Russen Alkohol getrunken?«

»Ja, etwas Wein.«

»So wie am Abend vor dem … Tod Ihres Mannes?«

»Im Restaurant haben wir Wein getrunken. Und danach, auf dem Zimmer, Absinth. Mag sein, dass ich Alkohol nicht gut vertrage.«

»Oder dass jemand nachgeholfen hat.« Der Inspektor reibt sich das Kinn. »Ich kann mir nicht helfen, Mrs. Dickinson, aber ich glaube mehr denn je, dass jemand versucht, uns zum Narren zu halten. Wenn man die Situation nüchtern betrachtet, ist das Szenario an Absurditäten nicht zu überbieten. Sie hätten ja zuerst das Messer, das im Übrigen aus der Hotelküche stammt, holen müssen, bevor Sie dem Russen, von dem Sie nicht einmal wissen, wie er aussieht, geschweige denn, wo sein Zimmer lag, die Kehle durchschneiden konnten. Und welcher Gast weiß schon, wo diese liegt?«

Ich schlucke hart, nicke aber.

»Und dann«, fährt er fort, »hätten Sie es gut versteckt für den nächsten Mord aufbewahren und sich wie durch Zufall an einer Koralle schneiden müssen, um … Ja, warum eigentlich? Um den Verdacht auf sich zu lenken, nachdem doch alles so schön geplant war?« Er stößt ein kurzes Lachen aus. »Und die Sache mit Ihrem Mann. Sie hätten ihn im Schlaf ermorden müssen, um sich dann mit dem Tatwerkzeug in der Hand wieder neben ihn zu legen. Bei allem, was ich weiß, Mrs. Dickinson, ist das Schlafwandeln nicht dazu geeignet, einen derartigen Unsinn zu veranstalten. Irgendjemand hat viel Energie darauf verwendet, uns eine Geschichte zu erzählen. Ich frage mich, warum das alles.«

Ich ziehe den Ärmel herunter, bis er meine Handgelenke wieder verdeckt.

»Mein Mann hatte vor seinem Tod einen Verdacht geäußert«, sage ich. »Er gehörte zu einer Gruppe von vier Investoren. Sie sind durch einen Vertrag aneinander gebunden, der demjenigen alles zugesteht, der zuletzt am Leben bleibt, sofern die anderen keine direkten männlichen Nachkommen haben. Der letzte dieser Investoren ist John Madroy.«

Dann beginne ich zu erzählen. Von der ersten Begegnung im Bergrestaurant über Madroys alarmierende Worte auf der Hotelterrasse bis zu dem Moment, an dem Oliver mich offen vor seinem Geschäftspartner gewarnt hatte. Dabei erwähne ich, dass Madroy vorgab, an Lucrezias Rache zu glauben, und verschweige, dass das Zimmer rundum verschlossen war, als Oliver starb.

»Der vierte Investor hieß Jacob Winslow«, schließe ich. »Er kam im vergangenen Jahr mit seinen beiden Söhnen bei einem Bootsunglück ums Leben. Und auch Olivers erste Frau Kate, die ein Kind von ihm erwartete, ist bei einem Unfall gestorben. Ich vermute, dass Madroy die Taten begangen hat, doch er behauptet, Olivers Leiche sei nie gefunden worden!«

Während ich spreche, bleibt seine Miene unbeeindruckt, und ich frage mich schon, ob er meinen Ausführungen glaubt. Bei meinen letzten Worten aber merkt der Inspektor auf. »Sind Sie ebenfalls schwanger?«

»Ich weiß es nicht. Aber es ist möglich, dass Madroy das annimmt. Er hat mich am Tag des Palmfestes bis in die Kirche verfolgt. Ich hatte Angst um mein Leben!«

»Gut«, sagt der Inspektor nach einer Pause. Er fährt sich mit einer Hand durch das Haar und runzelt die Stirn. »Ich denke, das genügt. Ich versichere Ihnen, dass ich mich darum kümmere. Sie können sich frei bewegen, Mr. Madroy wird Sie nicht länger behelligen.«

Während mir der Inspektor noch ein paar belanglose Fragen zur Ehe mit Oliver und über seinen Charakter stellt, kann ich an nichts anderes denken, als dieses Hotel, diesen Ort endlich zu verlassen. Am liebsten würde ich meine Fahrt nach Rom fortsetzen oder direkt nach England zurückzukehren, aber Inspektor Jones will mich nicht fahren lassen, bevor der Fall nicht geklärt ist.

»Es ist gut möglich, dass ich Ihre Anwesenheit noch einmal brauche. Genaueres kann ich aber erst sagen, wenn wir mehr Klarheit gewonnen haben.«

»Ich habe kein Geld für einen weiteren Aufenthalt. Der Beutel mit den Pässen und Münzen ist verschwunden.«

Er nickt und scheint darüber nachzudenken. »Soweit ich weiß, hat Ihr Mann welches im Hotelsafe deponieren lassen. Der Concierge, Herr Kaltenbach, wird es Ihnen aushändigen.«

»Und der Pass?«

»Ich werde die Behörden bitten, Ihnen einen neuen anzufertigen. Sie erhalten ihn, wenn alles aufgeklärt ist. Bis auf Weiteres bleiben Sie hier.«

Wir vereinbaren, dass ich mir eine neue Unterkunft suchen und ihm die Anschrift mitteilen lassen soll. Ich muss dem Inspektor versprechen, gut auf mich aufzupassen und in den Abendstunden nicht ohne Begleitung auf die Straße zu gehen.

Er kümmert sich sogar darum, dass mir das Handgepäck wiedergebracht wird und dass mir die großen Schrankkoffer, aus denen ich ein dunkelblaues Seidenkleid und einen Überwurf nehme, später nachgeliefert werden.

Die Frage, wann ich meinen Mann überführen kann, lässt er unbeantwortet.

»Wir werden sehen«, sagt er nur, und es klingt so vage, dass ich überlege, mich nach einem geeigneten Platz auf dem örtlichen Friedhof umzusehen. Es würde wohl niemandem auffallen, wenn ich Oliver hier bestatten lasse. Es gibt keine Familie, die um ihn trauern könnte. Nur eine große Anzahl oberflächlicher Bekanntschaften, von denen ich selbst nur wenige kennengelernt habe. Claqueure, die ihn umschwärmten, Männer wie Frauen, die sich in seinem Licht sonnten, bevor er sie im Dunkeln zurückließ. Keiner von ihnen war zu unserer Hochzeit geladen, und mir fällt nicht einer ein, der sein Grab würde besuchen wollen. Nur ich. Der Gedanke, dass ich ihn zwei Tagesreisen von der Heimat entfernt zurücklassen muss, schnürt mir den Hals zu. Und endlich kommen auch die Tränen.

»Sie sollten sich ein wenig frisch machen, bevor Sie sich auf die Suche nach einer neuen Unterkunft begeben«, sagt Inspektor Jones und reicht mir ein Taschentuch. »Sonst könnte man Sie für eine Bettlerin halten.«

Er verabschiedet mich mit aufmunterndem Lächeln, dann lasse ich mich von Signore Bartelli zu einem der Diensträume führen, in dem ich mich umzuziehen und frisch machen kann. Es ist eine schmale, fensterlose Kammer mit einem Waschtisch, über dem ein holzumrahmter Spiegel hängt. Der Blick hinein ist unerträglich. Dunkle Augen stechen aus einem hohlwangigen Gesicht hervor, mein Haar hängt struppig herab, die Strähnen ineinander verklettet.

Ich gieße das Wasser in die Schüssel und tauche mit beiden Händen hinein, benetze mein Gesicht, wieder und wieder, sehe den Tropfen nach, die zurück ins Becken fallen. Der Wunsch, mir all das Übel abzuschrubben, ist übermächtig, und es dauert lange, bis ich mich gereinigt fühle und im frischen Tageskleid wieder ins Vestibül gehe, wo Signore Bartelli bereits auf mich wartet.

»Sie sehen schon viel besser aus, Madam«, sagt er freundlich und händigt mir diskret ein schwarzes Lederetui aus, das Oliver im Hotelsafe hatte verwahren lassen. »Wohin wollen Sie jetzt gehen? Soll ich Ihnen eine Unterkunft heraussuchen?«

»Mein Mann hatte uns am Abend vor seinem Tod bereits ein Zimmer in einem anderen Hotel reservieren lassen. Vielleicht hat man es frei gehalten?«

»Ein anderes Hotel?« Der Portier zieht die Brauen hoch. »Davon ist mit nichts bekannt.«

»Dann weiß Herr Kaltenbach sicher mehr.«

»Ich werde ihn fragen.«

Er verschwindet in einem Zimmer hinter dem Tresen und kommt kurz darauf mit dem Concierge zurück.

»Tut mir leid, Madam«, sagt Herr Kaltenbach. »Es muss sich um ein Missverständnis handeln. Ich habe noch einmal im Portierbuch nachgesehen, in dem wir alle Aufträge, Gepäckverladungen und Folgeadressen notieren, aber es hat keinen Eintrag gegeben.«

Mir wird ganz warm. Ich muss an das Journal denken, das in Olivers Tasche lag. Daran, dass man die Schrankkoffer nicht gebracht hatte und dass sämtliche Sachen, die ich für die Abreise herausgeholt hatte, noch an ihrem Platz lagen.

»Mein Mann hat doch mit Ihnen gesprochen, das weiß ich ganz sicher. Er hat Sie gebeten, uns eine neue Unterkunft zu suchen. Wir haben in einem Restaurant auf eine Nachricht gewartet, und es ist auch ein Page gekommen, um uns mitzuteilen, dass wir erst am folgenden Tag umziehen können.«

Ich registriere, dass meine Stimme schrill klingt. Das Gefühl, um meine Erinnerungen kämpfen zu müssen, löst Unbehagen aus.

»Ja, wir haben miteinander gesprochen«, sagt Herr Kaltenbach mit Nachdruck, »aber nur über Belangloses. Ich kann mich nicht an eine Anfrage Ihres Mannes erinnern, das Haus zu wechseln.«

»Und der Page? Es ist doch ein Page gekommen, um uns die Nachricht zu übermitteln.«

Jetzt mischt Signore Bartelli sich in das Gespräch. »Wie sah er denn aus?«

Hilflos schüttele ich den Kopf. Alles, was ich gesehen habe, war eine Hoteluniform und die geröteten Wangen. »Ich kann mich unmöglich irren.«

»Na schön«, sagt der Concierge. »Ich werde das Personal befragen. Aber das ändert ja nichts daran, dass Sie nun ohne Unterkunft sind. Ich würde Ihnen gerne etwas im Angst anbieten, aber ich fürchte, außer dem Zimmer, in dem Sie und Ihr Mann …«

»Es ist gut«, antworte ich, obwohl überhaupt nichts gut ist.

Hatte Oliver nur vorgegeben, er würde alles tun, um uns von hier fortzubringen?

Aber warum hätte er das machen sollen? Oder war das gesamte Hotelpersonal, auch Portier und Concierge, Teil einer Intrige, für die Madroy bezahlt? Ich erinnere mich, dass Oliver erstaunt gewesen war, dass der Bibliothekar gewechselt hatte. War es gewollt, dass ich das Journal mit dem Leserbrief fand?

»Ist alles in Ordnung, Madam?« Herr Kaltenbach sieht mich mit hochgezogener Braue an.

Auf einmal scheint er mir angespannt und unfreundlich. Doch ich will mir nichts anmerken lassen. Daher nicke ich lächelnd, gebe beiden ein großzügiges Trinkgeld und verabschiede mich.

Und so stehe ich schließlich mit meinem Handkoffer auf der großen Freitreppe und sehe über den weiten Hotelpark, unschlüssig, was ich nun tun soll.

Als ich mich endlich in Bewegung setze, zaghaft und mit weichen Knien, kommt es mir vor, als ginge ich in eine ungewisse Zukunft. Das Gefühl, nicht erahnen zu können, was mich dort erwartet, macht mir Angst. Aber ich schreite voran, folge der breiten Auffahrt in Richtung Straße, bis ich innehalte und in den schmalen Pfad abbiege, der sich schlängelnd durch den Hotelpark zieht. Ich hege die Hoffnung, hier auf Michele zu treffen. Ich will ihm sagen, dass er sich keine Sorgen machen muss, dass man mich nicht fortgesperrt hat. Noch nicht. Doch der Gärtner, der vor den Rosenbeeten kniet und Unkraut zupft, ist ein Fremder.

8

Auf der Suche nach einem Zimmer stoße ich auf die Pension Jolie in der Via Regina Margherita. Die freundliche Fassade hat mich angezogen, die vielen Fenstertüren, die alle in Richtung Meer ausgerichtet sind wie kleine Badehäuser. Auch das Entree ist einladend, trotz der Größe des Hauses persönlich und warm.

Der Portier, ein Deutscher mit ausgesucht zuvorkommender Höflichkeit, ist mir sofort sympathisch. Er geleitet mich zum letzten freien Zimmer im zweiten Stock, stellt den Koffer ab und lässt mich dann alleine.

Das Zimmer riecht ein wenig muffig, aber es ist sehr hübsch, mit hellblau gemusterten Tapeten, die dem Raum etwas Ätherisches geben. Es ist nicht so komfortabel wie im Hotel Angst, und doch fühle ich mich augenblicklich geborgen. Rechts vom Fenster steht ein bequemes Bett mit vielen Kissen, daneben ein Tischchen mit einer Gaslampe. Statt fließendem Wasser ist hier ein Waschtisch mit emailliertem Becken und einem von zwei Holzarmen gehaltenen, schwenkbaren Krug.

Ich nehme eine der Fotografien aus dem Koffer, auf der Oliver und ich uns zärtlich ansehen, lege sie auf den Nachttisch. Dann öffne ich die Fenstertür, um die gestaute Luft zu entlassen, und blicke auf einen kleinen Garten, der sich bis zum nächsten Gebäude erstreckt. In der Mitte eines Rondells steht eine Palme, umfasst von englisch grünem Rasen. An der Mauer zur Straße liegt ein Rosenbeet, das so üppig blüht wie bei uns in Wormingford. Ganz plötzlich denke ich, wie schön doch unser Garten war, die vielen Blumenbeete, die meine Mutter unmittelbar vor der undurchdringlichen Weißdornhecke angelegt hatte.

Ich bin überrascht über diesen Gedanken. Es ist das erste Mal, dass ich mich ohne Beklemmung an mein Zuhause erinnere. Es mag daran liegen, dass ich mich mit der Vergangenheit, mit Elliots Tod ausgesöhnt habe. Und erst jetzt, da ich zwei Tagesreisen von Wormingford entfernt bin, begreife ich, warum man mich derart unter Aufsicht gestellt hat. Verwundert, wie ich die ganzen Jahre über habe verdrängen können, welche Sorge meine Eltern um mich hatten, sehe ich hinaus. Auch die Vehemenz, mit der meine Mutter sich anfangs gegen die Verbindung mit Oliver gestemmt hatte, war Teil der Angst, ein weiteres Kind zu verlieren. Das letzte, das sie hatte.

Unvermittelt denke ich an unsere Hochzeit und habe auch ihr fahles Gesicht vor Augen.

Oder war es, weil sie etwas geahnt hat? Hatte sie etwas in Oliver gesehen, was mir verborgen geblieben war?

Ich seufze auf, als ich spüre, wie sich ein Stein auf mein Herz legt. Ich will nicht mehr darüber nachdenken. Das Denken macht mich mürbe. Es gibt zu viele Möglichkeiten, etliche Perspektiven. Wenn ich so weitermache, werde ich tatsächlich irgendwann verrückt.

Mit einer abrupten Bewegung trete ich einen Schritt zurück, schließe das Fenster und ziehe die blassblauen Vorhänge zu.

Ich muss mich darauf konzentrieren, kleine Schritte zu tun. Einen nach dem anderen. Und der erste wird sein, Michele darüber in Kenntnis zu setzen, dass es mir gut geht. Der Schreck, der ihn erfasst hatte, als die Polizisten mich aus dem Zug zerrten, war greifbar gewesen. Ich will zu ihm, es erklären, und dann werde ich mir in einem der Geschäfte ein schwarzes Kleid kaufen, das einer Trauernden angemessen ist.

Vom Hafen weht ein steifer Meereswind herüber, und ich ziehe den Überwurf enger um meine Schultern, als ich die Via Vittorio Emanuele entlanggehe und nach Micheles Geschäft Ausschau halte.

Sämtliche Gebäude dieser Straße sind neu. Eng nebeneinanderstehende Häuser mit dekorativ geschwungenen Fenstergittern neben opulent dekorierten Villen, mit denen man den Jugendstil an die Riviera geholt hat, als erteile man den Gastgebern eine Lehre des guten Geschmacks.

Suchend gehe ich die Geschäfte ab, ich erinnere mich nicht mehr, auf welcher Höhe sich der Blumenladen befindet, der Michele gehört. Gerade habe ich eine englische Agentur passiert, die neben dem Geldwechsel auch den Verleih von Damenfahrrädern anbietet, als hinter mir ein Rufen laut wird.

»Mrs. Dickinson, warten Sie!«

Die Stimme kommt mir bekannt vor. Ich drehe mich um und sehe eine Frau auf mich zueilen, die ohne den altmodischen Frisurenturm wesentlich jünger wirkt.

»Mrs. Barfield!«

Ihre Wangen sind gerötet, sie strahlt mich an, als sei ich eine verloren geglaubte Tochter. Im selben Moment, als sie mich erreicht, wird ihre Miene wieder ernst.

»Wie geht es Ihnen? Es sind ja so furchtbare Sachen passiert. Mein tiefes Beileid.«

Sie nimmt mich in den Arm und umhüllt mich mit einer Wolke schweren Parfums, während ihr Mann noch immer Abstand hält.

»Geht es Ihnen gut?«, fragt er mit unüberhörbarem Misstrauen. »Es heißt, die Polizei habe Sie am Bahnhof verhaften lassen.«

»Man benötigte nur meine Aussage. Ich habe mir nichts zuschulden kommen lassen.«

»Ich habe es gewusst!«, ruft Margery aus und drückt mich noch einmal an sich, bevor sie mich auf Armlänge vor sich hält und mit einem Lächeln betrachtet. »Ich habe meinem Mann gleich gesagt, dass es sich um eine Verwechslung handeln muss. Thomas, habe ich gesagt, dieser Frau wird unrecht getan. Sie kann keiner Fliege etwas zuleide tun!«

»Es freut mich, das zu hören«, nickt ihr Mann. »Weiß man denn inzwischen, wer es gewesen ist?«

»Ja, es gibt einen Verdächtigen«, sage ich, doch irgendetwas hält mich davon ab, den Namen zu nennen.

»Wie schön, dann können wir ja endlich wieder ruhig schlafen«, stößt Margery erleichtert aus. »Und Sie, meine Liebe, was haben Sie nun vor?«

»Ich werde mich wohl um einen Platz auf dem Englischen Friedhof bemühen«, sage ich. Es klingt grauenvoll, und mir steigen auch schon wieder die Tränen in die Augen. »Aber zunächst muss ich mir Trauerkleider anfertigen lassen, ich habe keines, das dem Anlass angemessen ist.«

»Damit war ja auch nicht zu rechnen.« Margery betrachtet mein dunkelblaues Seidenkleid und runzelt die Stirn. »Haben Sie jemanden, der Ihnen bei all diesen Gängen beisteht?«

»Nein.«

»Sie armes Ding! Ich werde mich ab sofort um Sie kümmern. Wenn Sie möchten, begleite ich Sie zum Schneider. Ich bevorzuge ja den schottischen. Er hat eine ganz hervorragende Stoffauswahl und versteht sich darauf, innerhalb weniger Tage den Inhalt eines ganzen Kleiderschranks zu fertigen.«

Ich nicke dankbar und lasse zu, wie sie mich unterhakt und die Straße entlang in Richtung des Schneiders führt, während ihr Mann Thomas uns in kurzem Abstand folgt.

Mr. Abernathy ist ein schlaksiger Mann Anfang sechzig, mit grauem Haar und ebenso grauem Gesicht. Er bietet uns Tee und Gebäck an, kaum dass wir den Laden betreten haben, und lässt sich dann von Margery erklären, worum es geht.

»Ich werde sehen, was ich auf Lager habe«, sagt er, nachdem er mir sein Beileid ausgesprochen hat. Dann ruft er nach einer Angestellten, die Maß nehmen soll, und verschwindet, als die Schneiderin sich zu uns gesellt, in einem der hinteren Räume.

»Bitte folgen Sie mir«, sagt diese und führt mich in einen Umkleideraum, in dem warme Luft steht. Margery kommt ebenfalls mit. Sie trägt ihre Tasse und die Etagere mit Keksen zu einem der Beistelltische und lässt sich mit ungelenker Bewegung auf den samtenen Sessel fallen, der neben einem bodentiefen Spiegel steht. Ein paar Schweißtropfen stehlen sich auf ihre Stirn; sie zieht ein spitzenbesetztes Taschentuch hervor, um sie abzutupfen.

»Sie sind dünn geworden«, bemerkt sie, während die junge Frau das Maßband um meine Taille legt. »Hat man Ihnen nichts zu essen gegeben?«

»Doch. Aber ich konnte nicht …«

Sie sieht mich erschrocken an und lässt ihre Hand, die gerade nach dem Gebäck greifen wollte, in der Luft verharren. »Ach, ich bin aber auch eine dumme Gans. Natürlich hatten Sie keinen Appetit!« Sie legt den Kopf schräg und scheint nachzudenken, bevor sie sich endlich einen der Kekse in den Mund schiebt. »Wo haben Sie eigentlich all die Tage gesteckt?«

»Ein Geschwisterpaar aus dem Ort hat mich aufgenommen.«

»Einfach so? Obwohl man Sie suchte?«

»Sie haben nichts davon gewusst.«

»Das kann ich mir beim besten Willen nicht vorstellen. Sogar die Sardinenfischer haben darüber gesprochen.«

Ich seufze und zucke die Schultern.

Die Angestellte bittet mich, die Arme zu heben, und verschwindet, nachdem sie auch meinen Brustumfang notiert hat, durch den Vorhang.

»Das müssen ja seltsame Geschwister sein«, bohrt Margery weiter, nachdem sie ihre Teetasse geleert hat. »Waren es Zuzügler?«

»Einheimische. Sie leben zurückgezogen.«

»So? Wie reizend. Von der Sorte gibt es hier wenige, die meisten suchen engen Kontakt zu den Gästen. Wie heißen sie denn?«

Sie starrt mich an, eindringlich forschend, und für einen Moment bin ich irritiert. Doch ich schüttele das Misstrauen ab. Ich muss endlich damit aufhören, in jedem Menschen eine Gefahr zu sehen. Der Einzige, vor dem ich mich fürchten sollte, wird vielleicht in diesem Augenblick von Inspektor Jones verhört. Margery hingegen scheint mir eine zu neugierige, aber auch harmlose Person zu sein.

An dem Abend, den Oliver und ich mit den Barfields verbrachten, war ihr unerschöpfliches Wissen um die prominenten Hotelgäste am hervorstechendsten gewesen. Es scheint ihre Art zu sein, über alles und jeden Auskünfte zu sammeln, um sie in einem geeigneten Moment vor einer staunenden Zuhörerschaft zu präsentieren. Nur dass ich Michele und seine Schwester nicht Teil dieser Präsentation werden lassen möchte.

»Ich habe die Namen vergessen«, flunkere ich. »Aber wir hatten auch kaum Kontakt.«

Sie lächelt höflich und mit nachdenklicher Miene. Wahrscheinlich brauchte sie nur ein wenig Zeit, um eine Art Frageliste abzuklopfen, denn nur wenige Minuten später stellt sie noch ein paar weitere, zum Aussehen der beiden und zu dem Haus, in dem sie wohnen, lässt es aber, als meine Antworten immer einsilbiger werden, endlich dabei bewenden.

Dann wird der Vorhang zur Seite geschoben, und die Schneiderin betritt den Umkleideraum mit einem glänzend schwarzen Taft über dem Arm.

»Dies ist der einzige schwarze Stoff, den wir noch vorrätig haben. Dazu etwas Spitze für den Kragen. Morgen Abend erwarten wir aber auch eine größere Lieferung dunkler Woll- und Seidenstoffe. Möchten Sie darauf warten?«

Ich befühle das edle Material und spüre, wie mir die Brust enger wird.

»Nein«, sage ich entschieden. »Ich nehme diesen.«

»Eine gute Wahl. Dann brauchen wir uns nur noch auf das Modell einigen. Übermorgen werden wir Ihnen dann einen ersten Entwurf zur Anprobe bringen. Darf ich mir Ihr Hotel notieren?«

»Wissen Sie was?«, sagt Margery, als wir aus dem Geschäft wieder ins Freie treten, wo Thomas ungeduldig auf uns wartet. »Ich habe nachgedacht. Sie brauchen Abwechslung! Heute Abend haben mein Mann und ich einen Ausflug ins Casino von Monte Carlo geplant. Wollen Sie uns nicht begleiten? Der Omnibus braucht nur eine Dreiviertelstunde.«

»Margery!«, stößt Thomas tadelnd aus. »Es gehört sich nicht für eine junge Witwe, sich drei Tage nach dem Tod des Mannes dem Amüsement hinzugeben.«

Er hat recht. Ich weiß, dass die Stille des Pensionszimmers

unerträglich sein wird, aber ich bringe es nicht über mich, nach Zerstreuung zu suchen.

»Papperlapapp«, widerspricht seine Frau. »Sieh doch nur, wie hohl ihre Wangen bereits sind. Wenn wir zulassen, dass sie sich in ihrer Trauer verkriecht, wird sie noch umkommen.«

Thomas stößt ein entnervtes Schnalzen aus. »Der arme Mann. Sein sterblicher Leib ist noch nicht einmal unter der Erde, und du sorgst dich um das Glück der Hinterbliebenen.«

Während die beiden so dastehen und sich streiten, denke ich daran, dass Oliver gesagt hat, wie gerne er mir Monte Carlo zeigen würde. Es war einer unserer besseren Abende, an dem das alte Band wieder dagewesen war und er begonnen hatte, mich in seine Geschäfte einzuweihen. Plötzlich erscheint mir der Gedanke, seinen Spuren zu folgen, als eine Möglichkeit, ihm nahe zu sein. Vielleicht, so hoffe ich, wird sich dann endlich der Knoten lösen, der sich um mein Herz geklammert hat, diese fürchterliche Taubheit.

»Oliver würde wollen, dass ich es kennenlerne«, sage ich leise, woraufhin die beiden ihr Geplänkel unterbrechen. »Aber mein Pass ist leider fort.«

»Den werden wir nicht brauchen«, erklärt Margery. »Wir nehmen den Luxe, der vornehmlich Casinobesucher transportiert. Damit bleibt uns auch der Halt am Zollhäuschen erspart. Und am Entree des Casinos haben sie immer nur den Pass der männlichen Begleiter sehen wollen, niemals den der Damen.« Sie klatscht freudig in die Hände, als sei sie ein junges Mädchen. »Nun kommen Sie schon. Der Anblick dieser Stadt wird Sie ein wenig aufmuntern, er ist *formidable*. Also, was sagen Sie?«

Letztendlich gibt der Wunsch, mich Olivers Welt zu nähern, den Ausschlag. Und so verabreden wir uns für den Abend. Um fünf Uhr wollen die Barfields mich in meiner Pension abholen.

9

Der Omnibus erklimmt bei Mortola eine Anhöhe. Wir passieren den berühmten Hanbury-Garten und haben eine herrliche Aussicht über die Bucht und die vielen kleinen Ortschaften, die sich wie Perlenschnüre aneinanderreihen.

»Dort unten liegt Menton«, erklärt Margery, die neben mir sitzt. »Und die Ruine des Castels auf der Landzunge, die dort hinten ins Meer ragt, gehört zu Roquebrune.«

Ich kann mich nicht sattsehen an all der Pracht. Sie lächelt und genießt mein Staunen, als sei dieses eine Bestätigung ihrer Person.

Der Omnibus durchquert ein Waldstück, in dem neu entstehende Villen verborgen sind, und bricht an einer staubigen Landstraße wieder hervor. Nun sind wir ganz nahe am Wasser, fahren zwischen Kiefern, Myrten und hohen Rosmarinsträuchern hindurch, vorbei an Felsformationen und kiesigem Strand. Ich schließe die Augen und gebe mich dem Rumpeln hin, meine, durch den Spalt am Fenster hindurch das Salz des Meeres auf meinen Lippen zu schmecken.

Das südliche Klima bringt eine Schwärmerei für die Landschaft hervor, die mitreißend ist. Und ich frage mich, ob mein unstillbarer Durst nach Leichtigkeit und Licht nur Symptom eines Unvermögens ist, Olivers Tod zu akzeptieren. Kann ich die Trauer nicht zulassen, weil ich Angst davor habe, dass sie mich ebenso in die Tiefe reißt, wie sie es bei Elliots Tod getan hat?

Mein Verstand drängt danach, es nicht zu erzwingen. Es einfach ruhen zu lassen, bis es von alleine kommt. So zu tun, als sei ich eine der vielen allein reisenden Frauen, die es entgegen aller Konventionen immer häufiger zu geben scheint. Eine Frau, die nichts anderes will als die Zerstreuung. Und schließlich ergebe ich mich dem Unabänderlichen und sehe wieder hinaus.

Hinter Roquebrune tut sich ein prachtvoller Blick auf das Fürstentum auf. Ich beuge mich vor und nehme die Schönheit des ehemaligen Piratennestes in mich auf, das es zu so viel Ruhm gebracht hat. Hoch auf einem Felsen thront der Palast, umgeben von Villen, davor ein Hafen. Über alldem erhebt sich ein steil aufragender Berg, riesengleich.

»Den Felsvorsprung dort oben nennt man Tête de Chien«, erklärt Margery, die meinem Blick gefolgt ist. »Dort liegt ein Fort, dessen Kanonen über ganz Monaco wachen. Doch die Höhe lockt manchmal auch Selbstmörder. Ich weiß nicht, wie viele trostlose Seelen nach einem verlorenen Spiel hier ihr Ende suchten, aber es müssen Hunderte gewesen sein.« Sie dreht sich augenzwinkernd zu ihrem Mann um, der hinter uns sitzt. »Dem setzen wir uns aber erst gar nicht aus, nicht wahr, Thomas? Wir haben nur so viel Geld mit, wie wir erübrigen können.«

Der Angesprochene zupft an seiner rosafarbenen Halsbinde, als schnüre ihr Geplapper ihm die Luft ab.

Ich lehne meinen Kopf an das Fenster, während die Sicht auf Monte Carlo hinter der nächsten Kurve verschwindet und wir nur noch Meer sehen und zerklüftete Felsen, dahinter die gewölbten Kuppeln dichter Wälder. Es sind nur wenige Sekunden des Innehaltens, bis sich der vorabendliche Lichterzauber mit einem Paukenschlag wieder vor uns auftut.

Wenige Minuten später hält der Omnibus in Condamine, dem von eleganten Gebäuden umrahmten Hafen am Fuße des Felsens, auf dem die fürstliche Residenz thront.

»Noch vor wenigen Jahren war hier ein riesiger Orangen- und Veilchengarten«, erzählt Margery, während sie ihr kornblumenblaues Abendkleid rafft und auf die Straße tritt. »Kaum zu glauben, dass dieser Fleck je unbebaut gewesen sein soll.«

Ich folge ihr hinaus und bewundere die vielen Hotels, die sich am östlichen Teil des Hafens entlangschmiegen und die Größe von Palästen haben. Während wir der ansteigenden Straße in Richtung des Casinos folgen, passieren wir das Hôtel des Princes, das Hôtel Beau Rivage und das Balmoral Hôtel.

Oliver hätte es gefallen, mir all das zu zeigen, denke ich, überwältigt von der Flut der Eindrücke. Es ist ein tröstlicher Gedanke, aber mir ist bewusst, dass er einem schlechten Gewissen entspringt.

Der Strom der Gäste wird dichter, und Margery, die sich als eine Art Reiseführerin zu verstehen scheint, erklärt, dass es in den Wintermonaten wöchentlich zehn- bis zwölftausend Besucher nach Monaco zieht.

»Die Fürstenfamilie hat einen erstaunlichen Wandel vollbracht. Aus Piraten und Falschmünzern wurden Croupiers.« Sie lacht. »Sie haben diesen kleinen Staat zu erstaunlichem Wohlstand gebracht. Ich möchte nicht wissen, wie viele Spieler hierfür ihr Vermögen verprasst haben!«

Vor dem Café de Paris bleiben wir stehen. Da gerade ein Tisch frei wird, beschließen wir, hier zu Abend zu essen, bevor wir uns ins Nachtleben stürzen.

Margery hört nicht auf zu plappern. Ihr Augenmerk gilt den noblen Fassaden und dem überbordenden Luxus, der sich in allem Sichtbaren zeigt, bis hin zu den Auslagen der Geschäfte.

Ihr scheint nicht aufzufallen, dass es immer nur sie ist, die spricht. Während ich die Speisekarte aufschlage und versuche, mich zwischen frischem Seefisch und einer Paté de foie gras zu entscheiden, packt sie mich plötzlich am Arm.

»Sehen Sie nur, ist das nicht Fürst Esterhazy? Und dort hinten, ich möchte schwören, dort flaniert der Prinz von Oranien. Das, meine Liebe, ist die Welt der gekrönten Häupter. Ich würde mich nicht wundern, wenn Queen Victoria das Hôtel de Paris dem Angst vorzieht – nach all den Vorkommnissen!«

»Hat sie denn je vorgehabt, im Angst zu wohnen?«, frage ich erstaunt.

Sie zögert, als dürfe sie nichts darüber sagen, dann hebt sie die Schultern und sieht mich mit einem Glühen an. »Ich werde Ihnen jetzt ein Geheimnis verraten, aber Sie müssen mir versprechen, es für sich zu behalten.«

Sie wartet, bis ich es ihr zusichere, dann fährt sie fort.

»Ich habe ein Gespräch mitbekommen, rein zufällig natürlich. Es ging um die Morde in unserem Hotel, und es hieß, man befürchte, dass unsere Königin ihre Reise im kommenden Jahr absagt.«

»Queen Victoria hat vor, die Saison im Hotel Angst zu verbringen?«

Margery nickt bestätigend. »Ja, genau das habe ich gehört. Die Zimmer sind schon gebucht, sogar ihre eigenen Möbel wolle sie einschiffen lassen. Man habe bereits damit begonnen, die Erneuerung der alten Straße zwischen Bordighera und San Remo zu planen, da sie zu holprig für die Wagen der Königin ist. Die Hotelleitung ist sehr darum bemüht, es diskret zu behandeln und jegliche Eskalation zu vermeiden.«

»Und wer hat das gesagt?«

Margery wirft ihrem Mann einen kurzen Blick zu und beginnt zu lächeln, während sie es mir mit einem Flüstern verrät.

»Als sich die Tür zu einem Zimmer öffnete, vor dem ich zufällig gerade stand, trat dieser Mann mit der ungesund wirkenden Gesichtshaut heraus. Er soll ein ranghoher Inspektor von Scotland Yard sein, der sich auf die Verbrechensaufklärung versteht. Das hätte ich ihm gar nicht zugetraut. Ich hatte immer gedacht, derart ranghohe Inspektoren seien machtvolle Menschen mit einer autoritären Ausstrahlung. Er hingegen wirkt immer so bieder, geradezu normal, finden Sie nicht auch?«

Ich kann nichts anderes tun als nicken. Das Gesagte löst erst Irritation bei mir aus – und dann verstehe ich. Und ich muss mich zusammenreißen, um mir mein Entsetzen nicht anmerken zu lassen.

Es kann nur einen geben …

Endlich weiß ich, worum es die ganze Zeit ging. Sollte Margery recht behalten, sollte die Queen tatsächlich ein komplettes Hotel für sich und ihre Entourage okkupieren, wäre das ein enormer Imagegewinn für das Haus. Es stiege endgültig zu einem der begehrtesten Hotels des Kontinents auf. Alles, worum es geht, ist das Geld. Eine Menge Geld, das zu einem Teil auch an den verbliebenen Investor fließt, dessen Gewinn sich innerhalb eines einzigen Jahres vervierfacht hat.

Am liebsten würde ich sofort wieder zurückfahren und mit dem Inspektor reden. Ihm sagen, dass der entscheidende Beweis für Madroys Taten in der geplanten Ankunft der Queen zu suchen ist. Aber ich sehe ein, dass es unsinnig ist. Inspektor Jones kennt die Hintergründe, er wird diesen Schluss längst gezogen haben. Aber das Wissen, dass der Preis, der dem Sieger dieses höllischen Spiels winkt, nicht nur ein einfacher Anteil ist, ein mehrmonatiger Platz in der Suite des Hotels, sondern dass es um ein Vermögen geht, dessen Größe ich zuvor nicht habe ermessen können, löst ein fürchterliches Unbehagen aus. Es ist, als habe dieses Geld etwas Teuflisches, als klebe an ihm, an Olivers Anteil, der Tod. Es greift auch nach mir, denke ich, während ich eine Hand auf meinen Bauch lege, und ich frage mich, wie ich es verhindern kann, dass es mich mit ihm in die Tiefe reißt.

Während sich Margery darauf verlegt hat, die Linie der Grimaldis seit Ende der napoleonischen Herrschaft namentlich aufzuzählen, spüre ich, wie mein Atem immer flacher wird.

Ich bin so damit beschäftigt, meine Gedanken zu beruhigen, dass ich das Essen an mir vorüberziehen lasse, ohne es zu schmecken. Erst als wir zu den Gärten des Casinos kommen, nehme ich meine Umwelt wieder wahr.

»Ist es nicht eine Augenweide?«, ruft Margery und breitet ihre Arme weit aus, als wolle sie die üppig blühenden Pflanzen umschließen. »Man meint, sich auf einem südlicheren Kontinent zu befinden.«

Ich muss zugeben, dass sie recht hat. Ist bereits Bordighera eine prachtvolle Ansammlung exotischer Pflanzen, so scheint an diesem kleinen Fleck die Vegetation der gesamten Tropen um einen Platz zu buhlen. Die Luft ist schwülwarm, und während wir zwischen Kakteen mit flammend goldenen Blüten und baumförmigen Euphorbien spazieren, sehe ich, wie Margery Thomas belustigt anzwinkert, als habe sie eine Wette gewonnen.

War das ein geheimes Zeichen? Mir schwirrt der Kopf. Ich muss mich zusammenreißen, darf nicht überall Schatten sehen, also atme ich tief durch.

»Alles in Ordnung?« Margery scheint meine Beklemmung bemerkt zu haben und sieht mich mitfühlend an.

»Ja, es ist nur nicht ganz einfach …«

Sie lächelt. »Ich weiß.« Dann hakt sie sich bei mir unter, und wir betreten das Gebäude. »Ich habe gehört, dass man in San Remo den Bau eines Kursaals erwägt, in dem auch ein Casino untergebracht werden soll«, erklärt sie, während wir auf Thomas warten, der im Büro neben dem Portal die Eintrittskarten kauft. »Aber egal, wie viel Geld sie dafür ausgeben, an diesen Glanz heranzureichen wird nahezu unmöglich.«

Wenig später ist Thomas wieder zurück. Wir lassen uns von blau livrierten Dienern die Mäntel abnehmen und treten in die opulent ausgestattete Vorhalle, von der auch ein Konzert- und Theatersaal abgeht, aus dessen verschlossenen Türen Musik dringt. Eine andere Tür führt zu einem Lesesaal, in dem man, wie Margery erzählt, auf komfortablen Diwanen in Journalen aus aller Welt blättern kann. Die orientalische Üppigkeit droht meine Sinne zu überreizen. Glänzender Parkettboden und Marmorsäulen, großformatige Malereien und Kronleuchter, deren geschliffenes Glas ein auf und ab tanzendes Funkeln durch den Raum wirft.

»Na los jetzt, wir sollten lieber reingehen, oder willst du einen Preis für die beste Reiseführung bekommen?« Thomas, dessen Augen fiebrig zu leuchten beginnen, zieht uns nach links zu den Spielsälen.

Im Inneren wogt eine unübersichtliche Menschenmenge, und dennoch ist kaum ein Laut zu hören. Es herrscht eine geradezu gespenstische Stille, so als würde man sich die Ohren zuhalten. Festlich gekleidete Gäste schieben sich andachtsvoll durch hohe Säle, umstehen die vielen Tische in engen Reihen. Viele Frauen sehen aus, als seien sie direkt einem Modemagazin entsprungen. Bestickte Roben, manche sogar mit Brillanten besetzt, funkeln im Licht der Kronleuchter. Die Männer sind fast ausschließlich im Frack, wodurch Thomas' rosafarbene Halsbinde etwas Geckenhaftes bekommt.

Mit großen Augen folge ich den Barfields, die einen Saal mit Roulettetischen durchqueren, unter Arkaden hindurch, bis zu einer Galerie mit drei grünen Tischen, woran sich die beiden setzen, kaum dass zwei Plätze frei werden.

Innerhalb weniger Minuten scheinen sie mich vergessen zu haben. Thomas krampft die Hände zusammen und setzt, als der Croupier die Karten mischt, mit gleichmütiger Miene hundert Franc. Die kokette Dame neben ihm steigt mit einem Tausend-Franc-Schein ein – es ist mehr, als ich je in den Händen gehalten habe. Ihr Fächer wippt, als sie es auf die Fläche schiebt. Einer nach dem anderen tätigt seinen Einsatz. Scheine und Louis d'or werden emsig platziert, dann werden die Karten ausgeteilt. Im Spiel sind sie alle zu Konkurrenten geworden. Handelsreisende gegen Lebemänner, russische Adelssprösslinge gegen betuchte Witwen.

Im Raum ist es stickig, auf meiner Stirn bilden sich Schweißperlen. Je länger ich hier stehe, desto schwerer fällt mir das Atmen. Olivers Welt ist nicht die meine. Inmitten dieser unwirklichen Pracht fühle ich mich deplatziert.

Auf einmal merke ich, wie sich der Boden unter meinen Füßen zu drehen beginnt. Ich muss hier raus und gebe Margery ein Zeichen, wandere durch die Arkaden wieder zurück zum ersten Saal, wo es sich besser atmen lässt. Durch die hohen Fenster hat man einen wundervollen Blick auf das Meer, und ich spüre, wie es mir langsam wieder besser geht. Mit einer Hand auf der Brust sehe ich durch die Scheibe nach draußen. Die nachtfunkelnde Küste scheint das Wasser umarmen zu wollen, im lauen Wind wiegen sich die Palmen, während mein Innerstes zu zerbersten droht.

Ich hätte nicht herkommen sollen. Statt mich meinem verstorbenen Mann zu nähern, fühle ich mich ihm ferner denn je. Alles, was ich will, ist fortzugehen. Ich sehne mich nach der Einsamkeit des Pensionszimmers.

Und nach Michele.

Dieser Gedanke zerreißt mich. Er kommt so unerwartet, dass ich den Kopf schüttele, um ihn zu verdrängen.

»Nein!«, flüstere ich, den Tränen nahe. »Nicht auch noch das.«

In diesem Moment fühle ich eine Hand an meinem Arm, und ich reiße den Kopf herum. Es ist Margery, sie sieht mich entgeistert an.

»Eleonore!«, bricht es aus ihr hervor. »Sie werden es nicht glauben. Aber ich meine, ich habe soeben Ihren Mann gesehen.«

10

Ich brauche eine Weile, bis ich begreife, was sie mir damit sagen will.

»Oliver? Das kann doch nicht sein!«

»Ja, ich weiß, es ist unmöglich, aber ich hätte schwören können, dass er es war. Er hatte dieselben Züge ...« Sie ist ebenso erschrocken wie ich.

»Das Licht ist schummerig. Sie werden sich getäuscht haben«, versuche ich, doch mein Herz beginnt bereits ungeduldig zu rasen.

»Doch, ich bin mir sicher. Sein Bart war dichter. Aber diese Augen ... Ich meine, ein Erkennen darin gesehen zu haben. So als sei er erstaunt. Dann hat er den Blick abgewandt und ist davongeeilt, aber ich hätte schwören können ...«

»Wohin ist er gegangen?«

»Dort entlang, in Richtung Ausgang.«

Ich raffe den Rock meines Kleides und eile zur Halle. Ich spüre, dass sie recht hat. Obwohl es alles infrage stellt, woran ich mich bisher geklammert habe. Warum hat der Inspektor nichts davon erwähnt, als er mit mir sprach? Warum hat er mich im Glauben gelassen, Oliver sei tot? Und warum hat mein Mann nicht alles getan, um mir zu sagen, dass er noch am Leben ist?

Es klingt vollkommen absurd, doch mein Herz hat keinen Zweifel. Und nun ahne ich auch, warum es mir so schwerfiel, um ihn zu trauern. Tief im Inneren muss ich geahnt haben, dass Oliver noch lebt.

In der Halle sehe ich nur Fremde, ich durchquere sie eilig, trete nach draußen, unschlüssig, wohin ich mich wenden soll. Als ich die breiten Stufen hinablaufe und auf dem Vorplatz stehe, sehe ich nur ein Paar, das eng umschlungen an der marmornen Balustrade lehnt und hinaus aufs Meer blickt, wo sich das rote Licht einiger Barken wie Glut über die schwankenden Wellen gießt.

»Oliver?«, rufe ich in die Nacht. »Oliver!«

Der Wind bewegt die Blätter und trägt einen Duft nach Blüten herüber. Ich atme tief durch und warte einen Moment, dann entscheide ich, dass es doch nur ein Irrtum war.

»Nell?«

Ich wirbele herum. Eine Gestalt tritt aus dem Dunkel der Pflanzen – es ist Oliver. Er zieht mich zurück in den Schatten, bis wir vor den Blicken der Flanierenden verborgen sind, und sieht mich ungläubig an.

»Oh mein Gott, Nell, du bist es wirklich! Du siehst wunderschön aus, Liebes. Wenn ich es nicht besser wüsste, würde ich nicht darauf kommen, eine trauernde Witwe vor mir zu haben.«

Ich bin wie erstarrt. Halte meine Hände vor meinen Körper, als müsse ich ihn schützen. Oliver tritt näher, umschlingt die Finger mit den seinen und zieht mich an sich, küsst mein Gesicht. Wieder und wieder berühren seine Lippen meine Haut. An Stirn, Augen, Wange und Mund, während er unentwegt meinen Namen murmelt.

»Nell. Ich hatte solche Angst, ich würde dich nie wiedersehen.«

Ich lasse es geschehen, seltsam unbewegt, überwältigt von

meinen Emotionen. In meinem Inneren ist eine Erleichterung, die wie erstarrt darauf wartet, sich zu entfalten. Stattdessen beginne ich zu weinen. Es ist, als habe Oliver mich auf eine Fahrt im Karussell eingeladen, aus dem ich nun vom Schwindel erfasst aussteige und um Orientierung ringe.

»Du lebst?«, frage ich endlich, als er mich aus seiner Umarmung entlässt. »Aber ich habe doch gesehen, wie das Blut ...«

»Es hat mich nicht umgebracht, der Stich verfehlte nur knapp mein Herz. Dein Schrei hat mich wieder zu Bewusstsein kommen lassen. Aber als ich mich aufrichtete, warst du schon fort.« Er schüttelt den Kopf, als könne er selbst nicht glauben, was geschehen ist. »Er muss uns ein Betäubungsmittel in den Absinth gemischt haben, anders kann ich es mir nicht erklären.«

»Aber warum bist du davongelaufen, warum hast du nicht sofort die Polizei gerufen?«

»Weil ich ihr nicht traue. Ich habe ein Tuch fest auf die Wunde gepresst und sie notdürftig verbunden. Dann konnte ich mich davonstehlen, über die hintere Treppe. Niemand hat mich gesehen.«

»Wohin bist du gegangen?«

»Ich habe mich durchgekämpft, bis nach Vallecrosia. Dort habe ich die Wunde von einem Arzt versorgen lassen. Ich habe behauptet, sie sei Folge eines Streits, einer Messerstecherei mit Einheimischen, und als ich ihm mehr Geld gab, als er verlangte, fragte er nicht weiter nach.« Er fasst sich mit der Hand auf seine Brust und verzieht das Gesicht. »Aber das ist ja nun gleichgültig. Die Verletzung wird verheilen. Viel wichtiger ist, dass wir wieder beisammen sind.«

»Ja«, murmele ich nur, während ich gegen widerstreitende Gefühle kämpfe.

»Wie bist du eigentlich hierhergekommen, ohne Pass?«

Überrascht sehe ich ihn an. Sein Blick flackert, und er kneift die Augen zusammen.

»Ich hatte einfach nur Glück, dass der Omnibus die Küstenstraße nahm, ohne am Zollhaus zu halten.«

»Du bist nicht alleine gekommen …«

»Die Barfields haben mich mitgenommen. Sie dachten, ich könne ein wenig Ablenkung vertragen.«

»Natürlich.« Olivers Miene entspannt sich, und er zieht mich wieder an seine Brust, ganz vorsichtig, ohne dass ich seine Verletzung streifen kann. »Ich hatte solche Sorge um dich«, murmelt er in mein Haar. »Aber das ist nun Gott sei Dank vorbei. Nichts wird uns mehr trennen können.«

Eine Weile stehen wir aneinandergelehnt wie Ertrinkende. Schwer atmend und stumm. Während er mir mit beiden Händen über Kopf und Rücken streicht, halte ich das Gefühl unmittelbarer Nähe nicht mehr aus. Ich kann den Faden nicht wiederaufnehmen, es ist mir unmöglich, dort weiterzumachen, wo wir geendet haben, und so löse ich mich aus der Umklammerung.

»Was ist los, Nell?«

»Es kommt alles so plötzlich … Du musst mit mir nach Bordighera kommen«, flehe ich. »Die Gefahr ist vorüber, es gibt keinen Grund, sich länger zu verstecken. Der Inspektor ist über alles informiert, ich habe ihm von Madroy erzählt. Er wird ihn längst verhaftet haben.«

»Der Inspektor?«

»Dieser griesgrämige Mann mit dem gezwirbelten Bart. Er soll von Scottland Yard sein.«

»Nein!« Mit Vehemenz schüttelt Oliver den Kopf. »Möglicherweise steckt er mit John unter einer Decke. Ich habe sie miteinander sprechen sehen, wenige Tage nach unserer Ankunft. Woher soll ich wissen, ob ich ihm trauen kann?«

»Uns wird nichts anderes übrig bleiben.«

»Nein, das wäre ein Fehler. Madroy ist ein Meister der Manipulation, es wird ihm gelingen, die Tatsachen zu verdrehen, bis auch der Inspektor von seiner Unschuld überzeugt ist.« Er überlegt einen Moment. »Ich habe eine bessere Idee. Du fährst mit den Barfields zurück nach Bordighera und tust so, als sei nichts passiert.«

»Margery hat dich gesehen!«

»Sie glaubt, dass sie mich gesehen hat. Du wirst jetzt zurückgehen und ihr sagen, dass du einem Mann gefolgt bist, der mir ähnlich sieht, dass ich es aber nicht gewesen bin. In Ordnung?«

Ich nicke folgsam.

»Du darfst ihr unter keinen Umständen von mir erzählen«, beschwört er mich. »Hörst du? Dann bereitest du alles für unsere Abfahrt nach England vor. Du wirst in den Bahnhof gehen und für den Mittwoch zwei Fahrkarten lösen. Ich werde dann in Menton zusteigen, bevor der Zug an der Zollstation hält, die Pässe habe ich dabei.«

»Das mache ich. Aber was ist, wenn Inspektor Jones mich sieht? Er hat verlangt, dass ich nicht nach England abreise, bevor der Fall geklärt ist. Also komme ich doch sicher nicht unbeobachtet mit den Schrankkoffern zum Bahnhof.«

»Bist du noch immer im Hotel Angst?«

»Nein, ich wohne in der Pension Jolie.«

»Gut. Dieses Haus hat einen verschwiegenen Gepäckträger. Du wirst ihn bitten, dass er das für dich erledigt. Er soll auch die Karten kaufen, damit niemand dich am Schalter sieht.«

»Und wenn wir dann in England sind, was dann?«

»Ich werde Himmel und Hölle in Bewegung setzen, mir die

besten Advokaten nehmen, bis uns Madroy nichts mehr anhaben kann.«

»Also gut«, sage ich, obwohl mir nun tausend Dinge durch den Kopf gehen. Gerade als ich einen letzten Versuch unternehmen will, ihn umzustimmen, nimmt Oliver mich sanft in den Arm und streicht mir über die Wange.

»Ich liebe dich, Nell, du weißt nicht, wie sehr! Und nun geh, bevor dein Fehlen jemandem auffällt. Wir sehen uns am Mittwoch.«

Er gibt mir einen langen Kuss, dann lasse ich ihn im Dickicht der Beete zurück und trete auf den Weg. Noch immer sind Spaziergänger unterwegs, doch weniger als zuvor. Mit heißen Wangen eile ich in Richtung des Casinos, während ich Mühe habe, das Zittern, das meinen ganzen Körper erfasst hat, unter Kontrolle zu bringen.

Kaum dass ich den Casinosaal betrete, kommt mir auch schon Margery entgegen. Aufgelöst, den Tränen nahe.

»Wo sind Sie nur gewesen, Kind!«, ruft sie aus und sieht mich dann verwundert an. »Aber Sie glühen ja. Haben Sie Ihren Mann gefunden?«

»Nein«, flunkere ich und gebe mich erschöpft. »Ich bin einer Gestalt gefolgt bis hinunter zum Hafen. Doch als ich sie eingeholt habe, sah ich, dass er Oliver nur entfernt ähnlich sieht.«

»Es war töricht!«, schimpft Thomas. »Meine Frau hätte Ihnen das nicht antun dürfen. Wie oft klammert man sich an eine naive Hoffnung, weil man die Wahrheit nicht ertragen kann. Nachher ist es nur umso schlimmer.«

»Es ist meine Schuld«, widerspreche ich. »Ich hätte wissen müssen, dass er es nicht sein kann.«

Thomas nickt brummend. »Schön. Nun, da wir alle wieder beisammen sind, sollten wir uns sputen, wenn wir nicht eine

Nacht ohne Dach über dem Kopf verbringen wollen. Der Nachtbus wird jeden Augenblick losfahren.«

Wir eilen los, ich in kleinem Abstand zu den Barfields. Als wir den Omnibus erreichen, setze ich mich auf einen Einzelplatz und lehne meinen Kopf zurück. Plötzlich fühle ich mich wieder wie Olivers Komplizin, eine Eingeweihte. Doch das Hochgefühl, das beim letzten Mal aufgekommen war, will sich nicht einstellen.

11

Ich habe von Oliver geträumt. In meinem Traum war er wie eine Kraft. Alles verschlingend, dunkel, zersetzend. Als er sich mir näherte, war es, als wolle er mich umklammern, doch bevor er den Arm um mich legen konnte, habe ich geschrien.

Mein Nachthemd klebt, als ich aufschrecke. Es ist schweißnass. Ich habe Angst vor meinem eigenen Mann. Und obwohl ich spüre, dass diese Angst nicht ganz unbegründet ist, weiß ich nicht, woher sie rührt.

Er hat mir doch alles erklärt…

Ich stehe auf und versuche, das beklemmende Gefühl zu vertreiben, das die Traumbilder zurückgelassen haben. Doch erst nachdem ich meinen Körper mit dem frischen Wasser aus dem Krug des Waschtisches benetzt habe, fällt die Beengtheit von mir ab.

Stärker denn je wird mir bewusst, wie sehr mich Olivers Verhalten in den Tagen vor seinem vermeintlichen Tod irritiert hatte, nur habe ich es nicht zulassen wollen. Es hat mir Anlass zum Misstrauen gegeben. Nicht nur Madroy ist verdächtig, sondern auch mein Mann.

Ich gehe zum Fenster und lasse die Morgenluft hinein. Der Himmel ist tiefblau, ein roter Sonnenball schickt feurige Strahlen über das Meer, bis in die dunklen Buchten. Wie benommen sehe ich zwischen den Häusern vorbei auf das tiefgrüne Wasser, auf dem einige Boote zu sehen sind, deren Segel im Licht der Morgensonne golden schimmern. Doch während sich die Natur um die schönsten Farben müht, herrscht in meinem Herzen noch immer finstere Nacht.

Der Traum hat einen seltsamen Nachgeschmack, und zum ersten Mal frage ich mich, was wäre, wenn Oliver derjenige ist, der nicht die Wahrheit sagt. Immer wieder behauptet er, Madroy würde lügen, mit jedem Wort, das seine Lippen verlässt. Was, wenn er damit unrecht hat, wenn er nur verhindern will, dass ich seiner Argumentation folge?

Was, wenn Oliver derjenige ist, der es versteht zu manipulieren?

Madroy hat mich vor ihm gewarnt, hat gesagt, Oliver sei schuld an Lucrezias Tod, ebenso an dem von Jacob Winslow und dessen Söhnen, von Dimitiri Komarow und sogar an Kates. Was, wenn er mit all dem recht hat?

Um Klarheit ringend, reibe ich mir mit beiden Händen über die Stirn und gehe noch einmal in meiner Erinnerung zurück, lasse die Tage seit der Ankunft vor meinem inneren Auge passieren.

Oliver war sichtlich angespannt, als sich der Wagen dem Grandhotel näherte. Er hatte sich am Bahnhof mit dem Kutscher unterhalten. Hatte der ihm von John Madroys Anwesenheit erzählt?

Ich weiß noch, wie entsetzt er gewesen war, als sein Geschäftspartner unvermittelt im Bergrestaurant vor ihm stand und davon sprach, dass auch Dimitri Komarow angereist sei. »Wir müssen reden«, hatte Madroy gesagt, es sei längst überfällig.

Nur wenig später war der Russe tot.

Damals hatte ich geglaubt, Oliver sei wirklich erschüttert. Heute indessen hege ich den Verdacht, dass es ein Schauspiel war. Teil des Theaterstückes, das er hervorragend beherrschte und auf Knopfdruck zu initiieren wusste. Während er in Wahrheit einen Menschen beseitigt hatte, der zur Bedrohung geworden war, spielte er den Trauernden und war dabei so überzeugend, dass es mich nun schaudern lässt.

Worüber hatten die beiden mit ihm reden wollen? Über den Tod des vierten Mannes? Mittlerweile sind nur noch zwei übrig. Und selbst wenn das plötzliche Verschwinden von Olivers angeblicher Leiche gewiss für Verwunderung sorgt, so ist es doch wahrscheinlich, dass man Madroy wegen des Mordes an dem Russen an den Strang bringen wird, und dann ist es Oliver, der den gesamten Anteil erhält. Nur deshalb will er nach England, unerkannt. Damit er erst wieder auftauchen kann, wenn das Urteil vollstreckt ist.

Mir wird ganz warm. Ich habe meinem Mann geglaubt. Nachdem ich alles, was er mir einflüsterte, für die Wahrheit hielt, habe ich dem Inspektor die Argumente geliefert, die Madroys Schuld belegen sollten. Inspektor Jones sagte, es sei eine Inszenierung, die nicht besonders klug eingefädelt war. Eine Mordserie getarnt als Rache eines ruhelosen Geisterwesens. Er hat sich geirrt. Es ist so perfide, dass ich es selbst kaum glauben mag.

Oliver hat an alles gedacht. Seit seine beiden Geschäftspartner unvermittelt aufgetaucht sind, müssen seine Gedanken auf Hochtouren gelaufen sein. Während er nach einer Lösung gesucht hat, die beiden loszuwerden, habe ich ihm eine präsentiert: Die Legende wurde lebendig.

Die Idee dazu muss Oliver spontan in den Sinn gekommen sein. Es würde erklären, warum er mich zunächst auslachte, als ich glaubte, der Blick in den Spiegel hätte Lucrezia einen Zugang zu meiner Seele verschafft, und sich dann mit einem

Mal seine Reaktion darauf wandelte. Ich erinnere mich, dass er an jenem Abend, nachdem ich ihm meine Ängste gestanden hatte, sehr nachdenklich war. Als wir unser Abendessen auf dem Balkon einnahmen, ist mir der sezierende Blick aufgefallen, mit dem er mich betrachtete. In diesem Moment muss er einen Plan gesponnen haben, den er noch am selben Abend umsetzte.

Mit einem Aufseufzen lasse ich mich auf das Bett sinken, und als ich die Fotografie erblicke, die mir in ihrer Fröhlichkeit auf einmal wie nackter Hohn erscheint, drehe ich sie um. Eine Szene nach der anderen kommt mir in den Sinn, und jede von ihnen erhält plötzlich eine neue Bedeutung.

Vor meinem inneren Auge sehe ich den Abend vor dem ersten Mord. Wir hatten nicht viel getrunken. Dennoch stieg mir der Wein rasch zu Kopf. Schlagartig war ich so müde, dass ich mich bald hinlegen musste. Ich hatte es auf die Anstrengungen des Tages zurückgeführt, auf die frische Luft auf dem Meer, aber angesichts der Schwere des Schlafes wäre es nicht auszuschließen, dass Oliver die betäubende Substanz untergemischt hatte. So konnte er sicher sein, dass ich die Nacht durchschlief, während er sich in das Zimmer des Russen schlich, um ihn zu töten. Es würde auch erklären, warum ich den Schnitt mit der Koralle nicht bemerkt hatte. Ich war betäubt genug, dass er ihn mir beibringen konnte, um mich dann zu wecken und den nächsten Akt des Theaterstücks zu inszenieren, indem er sich als Retter ausgab.

Die Betäubungsmittel würde man nun in Madroys Zimmer finden, vielleicht war dies auch schon geschehen. Mr. Jones hatte durchblicken lassen, dass jemand nachgeholfen haben musste. Oh ja, Oliver war schlau.

Und das Zimmermädchen, das mich nachts in den Gängen

gesehen haben will, könnte er bestochen haben. Oliver schien Emilia gut genug zu kennen, dass er ihren Namen wusste, obwohl sie ihn uns nicht genannt hatte. Ihre Aussage war im Grunde das Einzige, was Generale Tremante gegen mich vorzubringen hatte.

Ich fahre mir mit den Fingern durchs Haar. Spüre die Feuchtigkeit, die der nächtliche Traum an ihnen hinterlassen hat. Ein Detail nach dem anderen fügt sich ins Bild, hinterlässt ein Feuerwerk an erhellenden Einsichten.

Die Tiefe der angeblichen Trauer um Dimitri, die er mit mehreren Drinks zu betäuben suchte; die Art, wie er mich – plötzlich erstaunlich nüchtern – vor Generale Tremante verteidigte. Hatte er die Gin Sour wirklich getrunken? Oder sie einfach in eine der Kübelpflanzen gekippt, als er sich unbeobachtet wähnte?

Und wie hatte es mich irritiert, als er plötzlich so offen zu mir war, mir nicht nur von seinem Beruf erzählte, sondern mich beim Bridge-Spiel sogar zu seiner Komplizin machte. Wollte er mich in Sicherheit wiegen, sich von seiner besten Seite zeigen, damit ich mich nicht von ihm entfernte? So wie er sich immer wieder galant zeigte, wenn ich mein Vertrauen verlor.

Und dann die letzte Nacht.

Er hatte vorgegeben, uns eine neue Unterkunft suchen zu wollen, doch der Portier konnte sich nicht daran erinnern. Warum wollte Oliver im Hotel bleiben, wenn nicht, um sein teuflisches Spiel zu beenden? Das Zimmer war verschlossen. Es waren nur wir beide im Raum, Oliver und ich. Niemand anderes hatte Zutritt.

Heftig schüttele ich den Kopf, um das erdrückende Gefühl zu vertreiben, das sich in meiner Brust ausgebreitet hat.

Die Konsequenz, die hinter diesen Überlegungen steht, überfordert mich. Ich habe Angst, dass ich mich in etwas hineinsteigere, dass ich ihm unrecht tue mit diesen Gedankenspielen. Oliver hat mich gebeten, seiner Liebe zu glauben; ihm zu vertrauen, egal, was geschieht. Doch ich weiß nicht, ob ich das noch kann. Ich weiß nicht einmal mehr, wem ich überhaupt vertrauen soll und wem nicht. Aber noch habe ich Zeit, um die Wahrheit herauszufinden.

Nur noch einen Tag…

Während ich auf das Frühstück warte, das ich mir noch am Abend aufs Zimmer bestellt habe, nehme ich etwas Geld aus dem schwarzledernen Etui und stecke es in meine Handtasche.

Ich werde noch einmal ins Grandhotel gehen und nach dem letzten Menschen suchen, der mir zu all dem Aufschluss geben kann. Ich werde mit Emilia sprechen, bevor ich Inspektor Jones alles sage, was ich weiß.

12

»Es tut mir leid.« Signore Bartelli hebt bedauernd die Schultern. »Emilia ist, wie einige andere auch, seit den Vorfällen nicht mehr zur Arbeit gekommen.«

»Wissen Sie, ob sie sich noch in Bordighera befindet?«

»Das kann ich nicht sagen.« Er zögert. »Es gibt ein Haus, in dem ein Großteil des weiblichen Dienstpersonals untergebracht ist. Möglich, dass sie noch dort ist.«

»Können Sie mir sagen, wo ich es finde?«

»Es ist nicht weit, Sie können das hintere Tor nehmen.«

Er beschreibt mir den Weg. Ich bedanke mich, dann hinterlege ich noch den Namen meiner neuen Unterkunft und bitte darum, das restliche Gepäck in die Pension Jolie bringen zu lassen. Signore Bartelli notiert es in seinem Portiersbuch und verspricht, alles dorthin weiterzuleiten.

Ich verlasse das Hotelgelände über die rückwärtige Lieferantenzufahrt. Von hier gelangt man direkt auf eine steil ansteigende Straße, die zu dem Haus führt, in dem die Zimmermädchen und Küchenhilfen untergebracht sind. Es ist ein einfaches Steinhaus, das inmitten eines verdorrten Gartens steht. Nicht besonders elegant, aber doch größer, als ich es erwartet hatte. Auf mein Klopfen hin öffnet niemand. Ich warte eine Weile, überlege dann, später wiederzukommen, als ich jemanden den Weg hinaufkommen sehe. Eine Frau, die einen Einkaufskorb trägt, aus dem einige Früchte herausragen. Ist das Emilia?

Auch sie hat mich gesehen. Sie hält inne, dreht sich dann um und läuft den Weg hinab. Der Korb schwingt an ihrem Arm, einige Orangen springen heraus, geraten zwischen ihre Beine, sodass sie ins Stolpern gerät.

»Emilia, warte«, rufe ich und eile hinterher.

Sie hat sich wieder gefangen und wirft nun den Korb hinter sich, ich muss ausweichen, komme außer Atem. Ich bin das Laufen nicht gewohnt, im Gegensatz zu ihr, die schnell und behände in die Strada Romana biegt und in Richtung Altstadt rennt, während sie sich umblickt, ob ich ihr noch folge.

Endlich erreiche auch ich die Straße. Emilias Abstand ist größer geworden. Meine Brust brennt, und ich beginne zu keuchen, während ich einen Fuß vor den anderen setze und mich frage, ob ich sie gehen lassen soll. Doch der Gedanke, dass sie der Schlüssel zur Wahrheit ist und dass ich sie nie erfahren werde, wenn ich jetzt aufgebe, treibt mich voran.

»Halten Sie das Mädchen auf!«, rufe ich einigen Passanten entgegen, doch die sehen der Flüchtenden nur nach.

Der Abstand wird immer größer. Nun hat sie die hohen Steinmauern erreicht, die den ehemaligen Giardino Moreno umschließen. Gleich wird sie in den Gassen der Citta Vecchia eintauchen und aus meinem Blick verschwinden.

Gerade als ich sie zu verlieren glaube, schießt eine Kutsche aus einer Einfahrt. Emilia springt zur Seite, doch sie kann dem sich aufbäumenden Pferd nicht ausweichen und stürzt.

Mit letzter Kraft haste ich zum Wagen. Der Kutscher ist abgestiegen, um ihr aufzuhelfen. Emilias Rock ist eingerissen, legt den Blick auf ein aufgeschlagenes Knie frei. Sie sieht mir mit geweiteten Augen entgegen, ist wie erstarrt.

»Es ist gut«, sage ich atemlos an den Mann gewandt, »ich kümmere mich um sie.«

Er nickt und steigt auf, und ich warte, bis die Kutsche wieder anfährt, bevor ich beschwichtigend auf sie einrede.

»Du musst keine Angst haben«, sage ich noch immer keuchend, »ich will dir nichts tun. Ich möchte nur, dass du mir eine Frage beantwortest.«

Während ich sie nicht aus den Augen lasse, öffne ich meine Handtasche und hole einen Schein hervor. Es ist viel, zu viel Geld. Aber ich will, dass Emilia mit mir spricht.

»Sag mir die Wahrheit«, sage ich leise. »Hast du mich wirklich auf dem Gang gesehen?«

Hastig schüttelt sie den Kopf und greift nach dem Schein, doch ich ziehe die Hand wieder weg.

»Erst beantwortest du mir eine letzte Frage. Wer hat dir gesagt, dass du das behaupten sollst?«

Emilia sieht zu Boden, in ihren Augen stehen Tränen. »Ein Engländer.«

»Das ganze Hotel ist voller Engländer«, rufe ich voller Ungeduld. »Welchen meinst du? John Madroy, Oliver Dickinson …« Als ich den Namen meines Mannes ausspreche, blickt sie auf.

»Questo«, murmelt sie. Dann schnappt sie sich den Schein und rennt weiter.

Ich atme tief durch und schließe die Augen. Öffne sie erst, als ihre Schritte auf dem Pflaster verhallt sind.

Die Wahrheit schmerzt, bohrt sich wie ein Stachel in meine Seele. Aber ich muss sie akzeptieren. Jetzt, nachdem es ausgesprochen ist, erkenne ich, wie furchtbar naiv ich gewesen bin, als ich Olivers Beteuerungen Glauben schenkte. Und dass das, was ich zu sehen glaubte, nicht sein Innerstes gewesen war, sondern nur ein Spiegel dessen, was ich hatte sehen wollen.

Mit einem Gefühl, als tue sich unter mir ein Abgrund auf,

denke ich an das Leben, das vor uns lag und nun nicht mehr ist. Und an das, was vielleicht in meinem Bauch heranwächst.

»Was soll ich nur tun?«, flüstere ich. »Bei Gott, was soll ich jetzt nur tun?«

Signore Bartelli ist erstaunt, als er mich sieht. »Haben Sie etwas vergessen?«

»Ich möchte mit Inspektor Jones sprechen«, sage ich entschlossen. Ich will, dass der Albtraum aufhört.

»Er ist vor einer Stunde gegangen.«

»Wissen Sie, wo ich ihn finden kann?«

»Nein, aber zum Abendessen wird er sicher zurück sein.«

Ich will mich gerade zum Gehen wenden, als der Portier mir etwas zuruft. »Hat der Page Sie noch erreichen können?«

»Welcher Page?«

»Nur wenige Minuten nachdem Sie gegangen sind, ist ein Telegramm angekommen. Ich habe einen unserer Botenjungen gebeten, Ihnen zu folgen.«

»Nein.«

»Dann hat er es sicher in Ihre neue Unterkunft gebracht.«

»Wissen Sie, von wem das Telegramm ist?«

Signore Bartelli lächelt höflich. »Es tut mir leid, aber ich sehe grundsätzlich nicht auf den Absender. Das ist eine Frage der Diskretion.«

»Ich danke Ihnen.«

Es wird von meinen Eltern gewesen sein, denke ich, während ich die Anlage wieder verlasse. Ich habe ihnen versprechen müssen zu schreiben, aber ich habe nicht daran gedacht, sicher machen sie sich Sorgen.

Unschlüssig, was ich nun tun soll, gehe ich durch die Straßen, sehe mich nach einem Mann mit lederartiger Gesichtshaut um, in der Hoffnung, ihm irgendwo zwischen den unzähligen Geschäften, den Cafés und Restaurants zu begegnen.

Doch je länger ich durch den Ort wandele, desto unsicherer werde ich. Was soll ich Inspektor Jones sagen? Dass mein Mann derjenige war, der alle Morde begangen hat? Dass ich das annehme, weil ich schlecht geträumt habe? Weil ein Zimmermädchen, das zuvor geschworen hat, mich nachts gesehen zu haben, ihn belastet? Ich bleibe stehen und stoße einen tiefen Seufzer aus.

Was, wenn Emilia nicht die Wahrheit gesagt hat? Oder wenn sie meine Frage nicht richtig verstanden hat? Auch Oliver hat ihr Geld gegeben, als er wollte, dass sie ihre Aussage widerruft.

Mir wird übel. In meinem Magen herrscht eine kneifende Leere, und ich fürchte, es ist nicht der Hunger, obwohl ich seit dem Frühstück nichts gegessen habe.

Während ich in die Via Vittorio Emanuele biege, weiß ich plötzlich, was ich zu tun habe. Es gibt einen Menschen, mit dem ich über all das reden kann. Michele wird meine Zwiespältigkeit verstehen. Er wird mir zuhören und mir dabei helfen, mein Gedankenknäuel zu entwirren.

Das Magazzini Corradi ist geöffnet. Als ich die Tür aufstoße, erklingt ein Glöckchen. Sofort stehe ich in einem Zauberwald voller Blumen, die einen angenehmen Duft verströmen. Gleich am Eingang stehen Bodenvasen mit Rosen und Nelken in sämtlichen Farben. Daneben Holzkisten mit Beetpflanzen.

»Ich bin sofort da!«

Die Stimme kommt aus einem Hinterzimmer. Es ist die eines Mannes, aber ich kann nicht erkennen, ob es die von Michele ist. Ich bleibe stehen und sehe mich um. Große violettblaue Kugeln aus Dutzenden Blüten erregen meine Aufmerksamkeit.

Sie blühen überall im Ort, neben Bougainvilleen und Wolfsmilch, stehen in Kübeln vor den Restaurants. Doch nie habe ich sie in einer Vase gesehen, nie war die Blütenkugel so groß und üppig wie hier. Ich trete näher, um sie zu bestaunen, hocke mich hin und recke meine Nase, um ihren Duft einzuatmen.

»Das ist eine Vanilleblume, ein Heliotrop«, sagt die Stimme, die nun direkt hinter mir ist. »Der letzte Winter war mild, unsere Bestände konnten sich kräftig entwickeln.«

Ich drehe mich um. Vor mir steht ein junger Mann und lächelt. Nur mit Mühe verberge ich meine Enttäuschung.

»Ich möchte zu Michele Corradi.«

»Der ist nicht hier, kann ich Ihnen weiterhelfen?«

Sein Englisch ist hölzern, und er zeigt sich bemüht, mein Anliegen zu verstehen, als ich ihm erkläre, dass ich ihn dringend sprechen muss. Doch erst nachdem ich ihn frage, ob ich Michele vielleicht auf der Plantage am Meer finde, erhellt sich sein Gesicht.

»Ja«, sagt er. »Wissen Sie, wie Sie dorthin kommen?«

»Ich kenne den Weg.«

Ich bedanke mich und will das Geschäft wieder verlassen, als ich bemerke, dass mich jemand beobachtet. Hinter dem Vorhang, der den Raum vom Hinterzimmer trennt, steht Agnesa. Sie hält den Stoff mit einer Hand beiseite und lässt ihn wieder zufallen, als sich unsere Blicke treffen.

In ihren Augen war Misstrauen. Sie muss noch immer glauben, ich hätte etwas mit den Geschehnissen zu tun, aber mir fehlt die Kraft, es ihr zu erklären. Warum auch. Es wird das letzte Mal sein, dass ich mit ihrem Bruder spreche, dann bin ich fort.

13

Als ich die Plantage erreiche, hat die Sonne ihren Zenit längst überschritten. Erleichtert stelle ich fest, dass das Tor offen steht. Schon von Weitem kann ich das Fuhrwerk sehen, der Gaul ist vorgespannt und hebt unruhig den Kopf, als ich den Weg entlanggehe bis zur Hütte.

Michele ist nicht alleine. Zwei Arbeiter in schmutziggrauen Jacken helfen ihm, den Anhänger mit Nelken zu beladen, deren erdige Wurzeln zu Bündeln geschnürt sind. Erstaunt sieht er auf und ruft den beiden etwas zu, wartet, bis sie sich auf den Kutschbock schwingen und davonfahren.

»Was machen Sie denn hier?«

»Ich muss mit Ihnen reden.«

Michele sieht dem Wagen nach, bis er aus unserem Blickfeld verschwunden ist, dann hebt er die Schultern.

»Hat man Sie wieder gehen lassen?«

»Man hat mir nur ein paar Fragen stellen wollen.« Ich zögere. Plötzlich bin ich befangen, und mich verlässt der Mut. Ich frage mich, was ich mir davon versprochen habe hierherzukommen, zu einem mir vollkommen Fremden. Den ich noch vor wenigen Tagen nicht kannte, von dem ich auch jetzt nicht viel weiß. Außer dass er es als Selbstverständlichkeit ansieht, einer Frau in Not zu helfen. Und dass seine Anwesenheit meine Seele zum Schwingen bringt. »Das ist alles. Ich bin gekommen, um es Ihnen zu sagen, damit Sie sich keine Sorgen machen.«

»Das freut mich. Ich war tatsächlich beunruhigt.« Er lächelt. »Und was machen Sie nun, fahren Sie weiter nach Rom?«

»Nein.« Ich mache eine Pause, weiß nicht, wie ich fortfahren soll. Dann bricht es aus mir heraus. »Mein Mann ist wieder aufgetaucht, aber er will nicht, dass es jemand weiß. Er fürchtet, man könne ihm hier weiter nach dem Leben trachten und will nun zurück nach England …« Ich sehe ihm in die Augen, sie blitzen ganz warm. »Ich werde ihn begleiten.«

Es ist eine Lüge, und ich weiß nicht, warum sie mir entschlüpft ist. Vielleicht fürchte ich mich vor dem, was passiert, wenn ich ihm die Wahrheit sage. Ich will nicht, dass er mich als Frau in Erinnerung behält, die einem Mann einen Mord unterstellt, dessen Kind sie unter ihrem Herzen trägt.

Micheles Lächeln erstirbt. »Ihr Mann lebt? Wie kann das sein?«

Ich kann ihm ansehen, dass ihm tausend Fragen durch den Kopf gehen. »Er hat sich retten können«, erkläre ich mit glühenden Wangen, »wir sind uns in Monaco begegnet. Ich weiß, es klingt verworren, aber ich bin sicher, dass sich alles aufklären wird. Bis gestern sah es so aus, als habe man den Mörder bereits gefunden.«

»Und heute?«

Ich stoße einen tiefen Seufzer aus. Will ich wirklich dasselbe elende Spiel spielen, das Oliver so gut zu beherrschen weiß? Will ich die hölzerne Maske aufbehalten und eine angebliche Wahrheit vorgaukeln, nur weil ich möglicherweise sein Kind in mir trage?

»Können wir uns einen Moment setzen?«

»Natürlich.«

Wir gehen zu der Bank vor der Hütte, und ich erzähle ihm alles. Die Worte sprudeln aus mir heraus. Ich erzähle ihm von dem Gespräch mit Inspektor Jones, von der unerwarteten Begegnung mit Oliver und von dem Verdacht, der unvermittelt im Raum stand, nachdem ich aus dem entsetzlichen Traum erwacht bin. Einem Traum, der mir eine Furcht vor meinem Mann offenbart hat, die innerhalb der wenigen Tage in Bordighera gewachsen ist und die ich mühsam zu verbergen versucht hatte, weil ich mich dem Sakrament der Ehe verpflichtet fühlte und der Verbindung, die wir einst hatten. Als ich von Emilias Aussage spreche, kommen mir die Tränen, doch ich schlucke sie herunter.

»Ich weiß nicht, was ich tun soll«, schließe ich. »Ich habe Angst, einen Fehler zu machen, wenn ich zur Polizei gehe.«

Michele hält seinen Blick auf den Horizont geheftet und kaut auf seinen Lippen, doch er sagt kein Wort. Plötzlich ist es ganz still zwischen uns. Nur sein regelmäßiges Atmen ist zu hören und das Rollen der Wellen, das im aufsteigenden Wind zum Rauschen wird.

»Lieben Sie ihn?«, entfährt es ihm, als ich schon sicher bin, er wolle sich nicht äußern.

»Bitte?«

»Ihren Mann.«

Seine Frage wirft mich in einen unerwarteten Strudel von Hilflosigkeit, Scham und Elend. »Natürlich«, sage ich, obwohl alles in mir schreit, ihm zu sagen, dass ich es nicht weiß. »Wir haben gerade erst geheiratet.«

»Das ist eine Antwort, die dem Verstand folgt«, sagt er kopfschüttelnd. »Aber das meine ich nicht. Viel wichtiger ist es doch, wie es sich hier drinnen anfühlt.« Er klopft mit der geschlossenen Hand an seine Brust. »Lieben Sie ihn so sehr, dass Sie ihm bedingungslos vertrauen?«

Ich halte den Atem an. Micheles Frage hat einen wunden

Punkt getroffen, und ich muss nicht eine Sekunde nachdenken, bevor ich ihm antworte.

»Ich habe geglaubt, dass ich es tue«, flüstere ich, »aber inzwischen denke ich, dass unsere Liebe zu frisch war, um der Ungewissheit standhalten zu können. Ich habe mich viel zu lange daran geklammert, habe nach Beweisen gesucht, dass er ein guter und verlässlicher Ehemann ist. Doch so ist es nicht.«

In dem Moment, als ich es ausspreche, scheint sich etwas verändert zu haben. Als habe die Erde für einen kurzen Moment aufgehört, sich zu drehen, um dann ihren Weg in die entgegengesetzte Richtung fortzusetzen.

»Sie sind viel zu gut für ihn.« Michele sieht mich an. Dann nimmt er meine Hand und drückt sie kurz. Und dann fragt er mich, wovon ich in meinem Leben träume.

»Ich weiß es nicht. Die ganze Zeit habe ich mich danach gesehnt, mich aus der elterlichen Fürsorge zu befreien. Und ich wollte eine gute Ehefrau sein. Aber ich habe mir nie Gedanken darum gemacht, was darüber hinaus liegt.«

Er lächelt. »Während meiner Zeit in Bologna habe ich gelernt, dass es wichtig ist, an einen Lebensentwurf zu glauben und so lange an ihm zu feilen, bis seine Konturen zutage treten.«

»Und wie sehen diese Konturen bei Ihnen aus?«

Ich erfahre, dass Michele davon träumt, einen botanischen Garten zu eröffnen, von dem die Reisenden in ihren Erinnerungen erzählen. In dem er sämtliche Pflanzen zeigt, die es entlang der Riviera zu sehen gibt. Dass er sie katalogisieren und einordnen will, in einem Buch zusammenfassen, um sie jedem nahezubringen, der mehr darüber erfahren möchte. Und dass er sich danach sehnt, eine Familie zu gründen, wenn die Zeit dafür reif ist.

Er ist so anders als Oliver. Wenn er redet, bewegen sich seine Hände, an seiner Miene, seinen Gesten kann man ablesen, was er denkt und fühlt. Bei Michele gibt es keine Geheimnisse, keine Versteckspiele. Alles, was er sagt, ist so, wie er es meint. Seine Seele liegt offen vor mir, und sie ist wunderschön. Es ist die eines großherzigen Mannes. Sie ist kraftvoll und leidenschaftlich, sicher manchmal auch kühl und streitlustig. Aber immer wäre sie sichtbar, immer wüsste ich, woran ich bei ihm bin.

Ich hefte meinen Blick auf das Meer, aus dessen Tiefen Dunstschwaden emporsteigen. Ich weiß, dass ich darin zu weit gehe, mir ein Leben mit Michele vorzustellen. Es ist die falsche Zeit. Fast scheint es, als wolle ich mich nur von dem ablenken, was noch vor mir liegt, es ist ein Spiel mit der Fantasie, nicht mit der Realität.

Die Stunden vergehen viel zu schnell. Irgendwann bemerke ich, dass sich die letzten Sonnenstrahlen auf das Wasser legen, und ich schrecke auf. Am liebsten würde ich hierbleiben, zusehen, wie die Nacht aufzieht und der Mond sein silbernes Licht über dem Wasser ausbreitet. Warten, bis Michele seinen Arm wärmend um meine Schultern legt. Seine Nähe spüren, das Heben und Senken seines Brustkorbes. Doch ich werde mich der Wirklichkeit stellen müssen.

»Es ist Zeit zu gehen.«

Michele wendet mir sein Gesicht zu, sein Blick ist ernst. »Bleib hier«, murmelt er, während er meine Hand sanft drückt. »Bitte.«

Hastig schüttele ich den Kopf, während ich das Ziehen ignoriere, das sich unterhalb meines Herzens ausbreitet. »Ich kann nicht. Erst muss ich das alles zu Ende bringen. Und ich kann nicht einmal sagen, ob ich zurückkomme.«

Es tut weh, das auszusprechen. Auf meine Brust legt sich unendliche Trauer. Ich höre, wie Michele mich nach einer langen Pause fragt, ob er mich zum Hotel bringen soll, spüre seine Lippen auf meinem Handrücken, als ich verneine und wir uns dann stumm verabschieden.

Er ist kein Mann, den man warten lässt, dem man ein fremdes Kind aufzwingt. Und so eile ich davon, ohne mich noch einmal umzusehen. Renne, weil ich den Schmerz nicht ertragen kann, der sich in mir ausbreitet. Ich weiß, dass es für uns beide keine Zukunft geben wird. Ich brauche Zeit, um zu erkennen, was ich wirklich will. Und bis dahin ist es sicher zu spät.

14

Als ich in der Pension ankomme, ist es bereits dunkel. Der Portier begrüßt mich mit einem müden Nicken und sagt, dass man die Schrankkoffer vom Hotel Angst gebracht hätte, sie stünden noch im Gepäckraum.

»Wollen Sie, dass wir sie aufs Zimmer bringen?«

»Nicht nötig, ich reise bald ab.«

»Es ist auch ein Telegramm gekommen, ein Bote des Hotel Angst hat es gebracht, es liegt auf dem Nachttisch in Ihrem Zimmer.«

Ich bedanke mich und eile rasch weiter, bevor er mir mein inneres Glühen ansehen kann, die Röte, die auf meinen Wangen liegt, seit Michele mir einen Kuss auf den Handrücken gehaucht hat.

Erst muss ich alles zu Ende bringen, habe ich gesagt, und es fällt mir schwer, an den Morgen zu denken. Ich werde Inspektor Jones alles erzählen, damit er in Menton ist, wenn Oliver zusteigt. Und dann werde ich weiterfahren bis nach England. Ich muss zur Ruhe kommen, heimatlichen Boden unter den Füßen spüren, bevor ich entscheiden kann, welchen Verlauf mein Leben nehmen wird.

Noch während ich die Tür öffne, spüre ich, dass etwas anders ist als zuvor. Es ist nicht der Wind, der mit dem Vorhang spielt – ich hatte das Fenster doch verschlossen! –, sondern das Gefühl, dass jemand im Raum ist. Jetzt kann ich auch das

Atmen hören, und noch bevor ich die Gestalt sehe, die im Dunkel auf dem Bett sitzt, weiß ich, dass es Oliver ist.

Jetzt springt er auf, lächelt entschuldigend, als ich zusammenfahre.

»Es tut mir leid«, flüstert er, »ich habe dich nicht erschrecken wollen.«

»Was machst du hier?«

»Ich konnte es nicht abwarten, dich zu sehen.« Er nimmt mich in den Arm, küsst meinen Mund. »Nell, ich habe dich so sehr vermisst.«

Ich lasse es geschehen, spüre den Druck seiner Lippen, warte angespannt darauf, dass er aufhört. Endlich rückt er ab, entzündet die Gaslampe auf dem Nachttisch, und ich sehe, dass die Fotografie wieder umgedreht wurde.

»Wo bist du so lange gewesen, es ist schon spät!« Das Licht erhellt Olivers Gesicht, es ist blass und sorgenvoll.

Ich ziehe die Luft ein. »Ich bin spazieren gegangen. So viele Dinge, die mir durch den Kopf gehen.«

»Mir auch, mein Engel, aber es ist bald überstanden.« Er lächelt mich an und geht dann zur Tür, dreht den Schlüssel um. »Morgen fahren wir zurück in die Heimat. Ich kann dir gar nicht sagen, wie sehr ich diesen Tag ersehnt habe. Wir werden uns ein schönes Leben machen. Ab jetzt wird unser Leben ein einziges Fest. Wenn wir zurück sind, werde ich meinen Anteil am Hotel verkaufen. Es wird uns ein Vermögen einbringen, wir werden die ganze Welt bereisen, zu den exotischsten Orten, und in den prächtigsten Hotels logieren.«

Es klingt so schön. Noch vor wenigen Tagen hätte ich mich danach gesehnt, dass die Bilder, die Oliver malt, Wirklichkeit werden. Aber die Realität ist eine andere. Ich bin nicht mehr das naive Mädchen, das ich war, als wir in Bordighera ankamen.

»Was ist mit dir, Nell, du bist ja so still?«

Plötzlich brechen alle Emotionen, die sich in meinem Inneren zu einem Ozean aufgestaut hatten, hervor. Ich denke an die Angst, die ich ausgestanden hatte, nachdem ich in Panik aus dem Hotel floh, an das Gefühl, schuld an seinem Tod gewesen zu sein. Und nun steht er hier, vor mir, und fragt mich, was mit mir los sei! All der Schmerz, die Enttäuschung, die Wut suchen nach einem Ventil, sie überfluten das zarte Stimmchen in meinem Inneren, das mich mahnt, klug und verständnisvoll zu bleiben.

»Du fragst, warum ich so still bin? Ich habe furchtbare Ängste ausgestanden. Ich hatte geglaubt, du seiest tot. Was, wenn wir uns in Monaco nicht begegnet wären?«

»Es wäre schon gut gegangen«, sagt er irritiert. »Das Geld für die Rückfahrt hatte ich bereits eingespielt, die Casinobesucher bezahlen enorme Summen, wenn man sie beim Roulette berät. In den kommenden Tagen wäre ich nach England gefahren, und dort hätte sich alles geklärt.«

»Du hättest mich so zurückgelassen? Wirklich? Als trauernde Witwe, die dem Wahnsinn näher war als dem Leben? Die sich nicht sicher sein konnte, selbst die Hand geführt zu haben?«

»Dir wäre doch nichts geschehen.«

»Und wenn man mich verhaftet hätte?«

»Ja, begreifst du noch immer nicht, dass es dabei nicht um dich geht? Ich fürchte um mein Leben, und du bist wütend, weil ich dir nicht unverzüglich den Teppich ausrolle? Ich bin doch jetzt hier, oder etwa nicht?«

Ich bin fassungslos über die Arroganz, mit der er das sagt.

»Komm, Nell«, sagt er mit neuer Wärme in der Stimme, »lass uns nicht streiten. Es ist gut, dass wir uns gefunden haben. Alles, was nun zählt, ist, dass wir beide unbeschadet nach England zurückkehren. Ich will es wiedergutmachen, das verspreche ich dir.«

Er zieht mich an sich und dreht mich um, sodass ich mit dem Rücken zu ihm stehe. Dann streichen seine Lippen über meinen Nacken, übersähen ihn mit Küssen, während ich an nichts anderes denken kann, als von hier zu fliehen. Mein Blick gleitet zur Tür, doch der Schlüssel steckt nicht mehr im Schloss. Ich muss ruhig bleiben, nachdenken, auf eine Gelegenheit warten, hier herauszukommen.

Eine Weile ertrage ich Olivers Liebkosungen, doch als seine Hände mein Kleid entlang bis zur Hüfte streichen, wehre ich sie ab. Der Gedanke, mich ihm körperlich hinzugeben, treibt einen fürchterlichen Schauder über meinen Rücken.

»Nicht jetzt.«

Er dreht mich zu sich. »Freust du dich denn nicht, dass wir wieder beieinander sind?«

Ich betrachte sein Gesicht, die schmalen Augen, die mich durchdringend ansehen. »Ich kann nicht …«

»Nun gut, ich will ja nichts erzwingen müssen.«

Er rückt ein Stück ab und klopft sich auf die Jackentasche. »Hast du mein Zigarettenetui gesehen? Ich kann es nirgendwo finden.«

»Ich habe es für dich aufbewahrt«, sage ich, erleichtert über die Ablenkung. Dann fällt mir ein, dass ich es in die Tasche des Rockes gesteckt habe, den Agnesa mir hingelegt hatte. Als ich den Schrank öffne, sehe ich, dass die Kleidung anders hängt als zuvor.

»Ich wollte nur sehen, ob die Sachen dir gehören«, sagt er hinter mir.

Ich höre, wie er ein Streichholz entzündet und Rauch ausbläst. Langsam drehe ich mich wieder um. Oliver hält das silberne Etui in der Hand und grinst mich verschmitzt an.

»Du hast in meinen Sachen gewühlt«, rufe ich aus.

»Ich wollte nur wissen, woher diese fremde Kleidung stammt.«

»Sie war meine Tarnung. Ich musste mich verstecken, ich dachte doch, man würde mich als Mörderin suchen.«

Er zieht wieder an seiner Zigarette.

»Und wer hat dir die Kleidung gegeben?« Er lächelt, doch seine Augen sind kalt.

»Eine Italienerin.«

»Ohne Geld? Das ist ungewöhnlich, nicht wahr? Ich kenne niemanden in diesem Land, der hilft, ohne eine Gegenleistung zu erwarten.«

»Es klingt, als wollest du mir nicht glauben!«

»Natürlich tue ich das, mein Engel.« Er kommt näher, streicht mir eine Haarsträhne aus dem Gesicht. »Nell«, sagt er, »was ist mit dir los? Du wirkst so … unruhig.«

»Was glaubst du, was das alles mit mir macht? Ich kann nicht so einfach zurück und tun, als ob …« Ich breche ab.

»Du bist verunsichert, das kann ich gut verstehen. Aber auch ich bin verunsichert. Es gibt so viele Menschen, die mir Böses wollen, die mich verfolgen. Und alles, was ich will, ist herauszufinden, wer an meiner Seite steht und wer nicht. Nur darum bin ich hergekommen und habe mich im Zimmer umgesehen. Ich muss wissen, ob ich dir noch vertrauen kann!« Er streicht mir über das Haar und senkt die Stimme. »Es gibt etwas, über das ich nachgedacht habe. Du hast erzählt, du seiest in Panik davongelaufen. Wo hast du dich nur die ganzen Tage versteckt?«

Dieselbe Frage hatte Margery mir auch gestellt, und ich frage mich, ob es ein Zufall ist.

»Das Geschwisterpaar, von dem ich die Kleidung habe, hat mich aufgenommen.«

»Eine angebliche Mörderin?«

»Sie wussten nicht, wer ich bin.«

»Obwohl es sicher im ganzen Ort kein anderes Thema gab?«

»Ich schwöre es.«

»Gut. Dann sag mir, was das hier soll!«

Seine Stimme wird lauter. Er greift hinter sich und hat plötzlich ein paar Zettel in der Hand. Es sind die Notizen, die ich mir gemacht habe, ich hatte sie ebenfalls in der Rocktasche aufbewahrt.

»Mir sind einige Dinge aufgefallen, die mich verunsicherten«, sage ich. Mein Mund ist trocken, nur mit Mühe presse ich die Worte hervor. »Ich habe versucht, mir alles zu erklären.«

»Indem du mich infrage stellst? Habe ich dich nicht gebeten, mir zu vertrauen, egal, was geschieht? Dich immer daran zu erinnern, dass ich dich liebe?«

»Ich war bereit, dir alles zu glauben, aber du hast meine Fragen abgewehrt.« Ich bemerke, wie sein Blick wieder weicher wird, und wage mich vor. Ich will wissen, was passiert ist, also spiele ich das Spiel mit und lächele zurück. »Sag die Wahrheit, Oliver, damit ich weiß, dass ich dir glauben kann. Ich habe mit Signore Bartelli und Herrn Kaltenbach gesprochen. Hast du nur vorgegeben, uns eine neue Unterkunft zu suchen?«

Er sieht mich mit einer Mischung aus Entschlossenheit und Verzweiflung an, die ich nicht deuten kann. Schließlich hebt er die Schultern.

»Ich hatte das Hotel eben nicht verlassen wollen. Ich wusste doch, dass diese Gespenstergeschichten nur Humbug sind. Es ist all die Jahre, in denen ich hier war, nie etwas passiert. Als du ablehntest, dir von einem der Zimmermädchen beim Umzug helfen zu lassen, habe ich mich entschlossen, den Concierge nicht mit der Suche nach einer neuen Unterkunft zu belästigen.«

»Du hast an alles gedacht, nicht wahr? Sogar einen Pagen hast du ins Restaurant kommen lassen, der nur so tun soll, als würde er dich informieren.«

Jetzt, wo ich die Wahrheit höre, ist sie mir unerträglich. Ich weiß noch gut, wie verzweifelt ich war, wie er seine Stimme senkte, um mich zu beruhigen. Theater, alles war nur Theater.

»Natürlich habe ich das«, sagt er zwinkernd. »Zumindest beinahe. Ehrlich gesagt hatte ich gehofft, ich könnte Madroy überführen. Ich war darauf vorbereitet, ihn auf frischer Tat zu ertappen, wenn er versucht, auch mich zu töten. Es war die einzige Möglichkeit, ihm die Verbrechen nachzuweisen. Und dann wäre alles an mich gegangen, der gesamte Anteil!« Sein Blick hat etwas Entrücktes, dann zieht er seine Brauen zusammen und wird wieder ernst. »Ich muss zugeben, dass ich ihn unterschätzt habe. Aber noch ist das Spiel nicht vorbei. Ich werde alle Hebel in Bewegung setzen, ihn an den Strang zu bringen, das schwöre ich bei meinem Leben. Du wirst mir doch helfen, nicht wahr, Nell? Du kannst bezeugen, dass alles eine Inszenierung war.«

»Ich?« Überrascht halte ich inne. »Ich war betäubt, als die Tat geschah. Und wie hätte er denn auch ins Zimmer gelangen sollen?«

»Es gibt einen verborgenen Zugang über den Schrank. Ich weiß, dass Madroy ihn kennt, ich habe ihn erwartet. Aber er war schlauer als ich. Er muss etwas ins Getränk getan haben, weiß der Himmel, wie er es angestellt hat. Es war ein Fehler, das weiß ich heute. Als Madroy Dimitris Tod als Rache aus dem Jenseits inszenierte, hätte ich wissen müssen, dass er sich gut vorbereitet hat. Er hat von Beginn an gewusst, dass ich es war, der Lucrezias Tod auf dem Gewissen hat. Ich habe nicht bedacht, dass er es irgendwann gegen mich verwenden würde.«

Ich weiß nicht mehr, was ich glauben soll. Das Karussell hat begonnen, sich weiterzudrehen, bevor ich die Möglichkeit gefunden habe abzusteigen.

»Ich verstehe kein Wort«, wispere ich.

»Ja, du hast richtig gehört, ich habe Lucrezia getötet. Es verfolgt mich seit Jahren. Aber es war keine Absicht, ich habe es nicht gewollt. Meine Eltern hatten mir fast nur Schulden hinterlassen, als sie starben, dieses Investment war mein Tor in eine andere Welt. Die Welt, deren Teil ich immer sein wollte, ein Leben im Luxus! Ich hatte mir Geld geliehen, um diesen Traum zu verwirklichen, doch diese Frau wollte einfach nicht weichen! Niemand wollte Hand an sie legen, weil sie drohte, jeden zu verfluchen, der es mit ihr aufnehmen würde.« Er reibt sich mit beiden Händen die Stirn. »Alles wäre verloren gewesen, verstehst du? Es hätte mir die Grundlage meines künftigen Lebens entzogen. Man bekommt immer nur eine Chance, und ich wollte sie ergreifen.«

»Und da hast du sie ermordet?«

»Ich hatte geglaubt, sie würde gehen, wenn ich sie dazu zwinge. Ich habe gedroht, ihre Hütte anzuzünden, doch sie stellte sich mir in den Weg. Da habe ich die Fackel vor ihr Gesicht gehalten. Eine Strähne fing Feuer, ich hatte geglaubt, sie würde versuchen, sie auszuschlagen, aber sie funkelte mich nur an und sprach eine Art Gebet, bis ihr Haar in Flammen stand und sich augenblicklich ausbreitete. Wie eine lebendige Fackel lief sie auf die Straße, wo sie dann zusammenbrach.« Eine Träne löst sich und rollt seine Wange hinab. »Ich habe es nicht gewollt, Nell. Ich konnte doch nicht ahnen, dass sie sich selbst in der Gefahr stur zeigt. Ich bin sofort zum nächsten Brunnen gerannt, ich wollte die Flammen löschen, aber ich war zu spät.«

»Warum hat man dich nicht verhaftet?«

»Für die anderen war ich nur einer, der versucht hat, das Feuer zu bändigen. Niemand wusste von unserer Investition. Und auch Adolf Angst, der im Ort als warmherziger und christlicher Mann verehrt wird, glaubte man, als er beteuerte, nicht verantwortlich zu sein. So tat man es als Verzweiflungstat ab. Angst ließ an der Stelle, an der die Hütte stand, ein Rosenbeet anlegen. Und er ließ ein Porträt fertigen, mit dem er Lucrezia einen gebührenden Platz im Haus gab, direkt über dem Kamin. Er glaubt noch heute, dass es ein Selbstmord war.«

»Hattest du nie Angst vor ihrer Rache?«

»Nein. Ich glaube nicht an diesen Hokuspokus.«

Die Kälte, mit der er mich jetzt wieder ansieht, erschüttert mich. Sein Gesicht ist unbewegt.

»Wusstest du, dass der Vorbesitzer ihr das Grundstück zugesprochen hat?«, entfährt es mir. »Dass es ihr eigener Boden war, von dem du sie vertrieben hast?«

In dem Moment, als ich es ausspreche, weiß ich, dass es ein Fehler war. Oliver zieht seine Augenbrauen zusammen, und die steile Falte, die entsteht, ist tiefer als je zuvor.

»Woher weißt du das?«

»Das Geschwisterpaar, das mich aufgenommen hat …«

»Das glaube ich dir nicht. Madroy hat es dir erzählt, nicht wahr? Darum hast du meine Zärtlichkeiten abgewehrt. Weil er dich eingewickelt hat, genau so, wie er es mit Kate getan hat. Er wollte dich von Anfang an auf seine Seite ziehen. Du glaubst ihm mehr als mir!« Er stößt die Worte aus, als würde er bellen. In seinem Blick steht ein Flackern.

»Nein«, keuche ich. »Ich schwöre es dir, bitte, glaube mir!«

»Wo ist er, sag es mir«, brüllt er, während er sich hastig umsieht. »Lauert er hinter der Tür, um mich endgültig zu vernichten?«

Er ist verrückt, denke ich voller Entsetzen, und ich weiß, dass ich jetzt keinen Fehler machen darf.

»Ich liebe dich, Oliver. Es ist nur ... es war einfach zu viel für mich. Die Angst und der Gedanke, dass Lucrezia ...«

Doch Oliver will sich nicht beruhigen lassen. »Sieh nur, was dieser Teufel mit mir gemacht hat«, brüllt er, dann reißt er sein Hemd auf, verzieht dabei schmerzvoll das Gesicht. »Glaubst du etwa, ich hätte mir so etwas selber angetan?«

Mit einem Aufschrei weiche ich zurück.

Olivers Brust ist notdürftig verbunden, an einer Stelle nahe des Herzens durchtränken Blut und Eiter den Stoff.

Ich schlage die Hände vor den Mund und ersticke einen weiteren Schrei.

»Glaubst du wirklich«, murmelt er, während sein Atem schwerer wird, »ich würde mir freiwillig das Messer in die Brust rammen und mich an einen Quacksalber wenden, der die Nähte so grob sticht, dass es kaum hält?«

»Nein.« Meine Stimme bebt. »Ich glaube dir, Oliver, bitte, rede nicht so mit mir.«

Doch er hört nicht, scheint in eine andere Welt abgetaucht zu sein, die ihn vollends gefangen nimmt. »Ich hatte geglaubt, du bist anders. Aber du bist auch nicht besser als Kate!« In seinen Augen ist ein Funkeln, das mir Angst macht.

»Was hast du mit ihr getan?«, schreie ich. »Hast du sie umgebracht?«

Mit einem wilden Aufschrei wirft er das Zigarettenetui von sich, es trifft den Spiegel, der mit einem Klirren zerschellt.

»Madroy ist an allem schuld, verstehst du nicht, John Madroy!«

Die Angst packt mich wie eine eisige Klammer. Ich stürme an ihm vorbei zur Fenstertür, will sie weit aufreißen und meine Panik in die Nacht schreien. Doch seine Hand schießt vor und packt mich am Genick, bevor ich sie erreiche. Er zieht mich zurück ins Zimmer und presst seine Hand auf meinen Mund.

»Was tust du?«, wispert er atemlos. »Du machst einen Fehler!«

Plötzlich ist ein lautes Rufen im Treppenhaus zu hören. Schritte, die über die hölzernen Stufen poltern, dann ein Klopfen gegen die Tür.

»Aufmachen, Polizia!«

Ein entsetzter Schrei entweicht Olivers Lippen. »Nein, nicht jetzt.« Dann dreht er sich zu mir und sieht mich fassungslos an. »Du hast mich reingelegt. Du hast sie zu mir geführt!«

Mit wildem Blick sieht Oliver um sich. Die Rufe werden eindringlicher, und in dem Moment, als etwas gegen das Holz gestemmt wird, stößt er mich von sich und rennt zur Fenstertür. Mit einem Ruck reißt er sie auf und klettert über das Geländer, lässt sich, als die Tür mit lautem Krachen auffliegt, hinabfallen.

Der Aufprall ist dumpf, ein erstickter Schrei, dann herrscht Stille. Wenige Augenblicke später stürmen einige Polizisten herein, gefolgt von Inspektor Jones, der mit wenigen Blicken die Situation erfasst. Von draußen erklingt ein entsetztes Kreischen. Und als ich mich über das Balkongeländer beuge und hinuntersehe, auf die steinernen Stufen vor dem Eingang, weiß ich, dass mich dieses Bild bis in meine Träume hinein verfolgen wird.

15

Dienstag, 4. April 1899

Eine Woche später

Der Seegang ist stark. Alles an Bord scheint ins Rutschen zu kommen, Vasen, Gepäck, Schirmständer, also beschließe ich, an Deck zu gehen.

Die Steilküste Nordfrankreichs schwindet zusehends, ein zerklüfteter Saum, der sich im Dunst verliert. Einige Möwen begleiten das Schiff, dessen rußiger Dampf vom böigen Wind westwärts gerissen wird.

Seit zwei Tagen bin ich unterwegs, in weniger als drei Stunden werde ich zurück in England sein. Und endlich weiß ich, wohin mein Weg mich führen wird.

Während der Méditerranée-Express Fahrt aufnahm und ich den vorbeiziehenden Häusern, den Palmen und der smaragdgrünen Küste Bordigheras einen letzten Blick zuwarf, sehnte ich mich noch danach, ins heimatliche Wormingford zurückzukehren, um mich mit meinen Eltern und unserer gemeinsamen Geschichte auszusöhnen. Ich dachte, ich müsse noch einmal von vorne beginnen, ein paar Schritte zurücktreten, um dann aufs Neue loszugehen, in meinem eigenen Tempo, mit wachem Blick. Doch als der Zug in einen der Tunnel tauchte, die sich durch die Seealpen in Richtung der französischen

Grenze bohrten, ahnte ich, dass das der falsche Weg war. Und dass es für einen Neubeginn einen anderen Ort geben musste.

Der Inspektor hatte mich bei unserem Abschied ermuntert, in das Haus in Kensington zu ziehen, das mir nach Olivers Tod ohnehin zusteht. Aber wie kann ich in einem Haus leben, das seine Anwesenheit atmet, in der eine Frau gewohnt hat, die einen ebenso grauenhaften Tod starb wie er? Wie sollte ich es zu einem Teil meiner Selbst machen, mich ungeniert durch die Räume bewegen können, als gehöre es mir?

»Ich werde das Haus wohl verkaufen«, antwortete ich ihm. »Und dann werde ich weitersehen. Ich danke Ihnen sehr, ich weiß nicht, was passiert wäre, wenn Sie nicht zufälligerweise im Hotel Angst gewohnt hätten.«

»Ganz so zufällig war es nicht.« Er lächelte und sah mit einem Mal gar nicht mehr griesgrämig aus. »Unsere Abteilung war mit den Vorbereitungen der Reise unserer Queen beschäftigt. Bevor sie sich für ein Haus entscheidet, reist ein ganzer Stab an, um die Gegebenheiten vor Ort zu inspizieren und Sicherheitsmängel abzustellen. Ich gehörte zur Vorhut.«

Ich reichte ihm die Hand und wollte mich gerade zum Gehen wenden, als mir noch etwas einfiel. »Warum hatten Sie mir nicht erzählt, dass mein Mann gar nicht tot war?«

»Ich wusste nur, dass es keine Leiche gab. Aber ich hatte gehofft, dass er, wenn er tatsächlich noch leben sollte, versuchen würde, mit Ihnen Kontakt aufzunehmen. Ich wusste ja, dass Ihnen nichts geschehen wird. Die ganze Zeit waren wir in Ihrer Nähe. Wir haben auf Sie achtgegeben, ohne dass Sie es bemerkt haben.«

Er zwinkerte mir zu, und auf einmal ahnte ich, was er damit sagen wollte. »Sie meinen … die Barfields?«

»Eine unkonventionelle Methode, das muss ich zugeben«,

sagte er lachend. »Aber eine sehr wirkungsvolle. Nachdem wir Sie nach Ihrer Flucht endlich wiedergefunden hatten, wollten wir kein Risiko eingehen. Es war nicht ganz einfach, Ihnen zu folgen, und es ist uns auch nicht immer gelungen. Zum Glück war eine der Wachen, die wir vor der Pension positioniert hatten, von den Schreien und vom Krachen des Spiegels alarmiert worden. Ich bin sehr froh, dass wir im entscheidenden Moment bei Ihnen waren.«

Ich dachte an die letzten Stunden zurück, an das Flackern in Olivers Blick. »Ist es nicht verrückt«, fragte ich nachdenklich, »dass mein Mann bis ganz zum Schluss fest daran geglaubt hatte, es sei Madroy gewesen, der alles verursacht hat?«

Der Inspektor hatte nur die Schultern gehoben. »So etwas kommt häufiger vor, als man denkt. Ich weiß nicht, wie ein Psychiater es nennen würde, aber es gibt einen Wahn, bei dem man seine schlechten Seiten auf einen anderen Menschen überträgt, um das gute Bild, das man von sich hat, nicht zu zerstören.«

Ich habe lange über diese Worte nachgedacht und sie schließlich mit den grauen Wolken, die in jenen Tagen über das Land trieben, ziehen lassen. Als ich nur wenige Tage später den Zug bestieg, war der Himmel strahlend blau. Die Sonne beschien die Fassaden der Häuser und ließ sie erstrahlen, als wolle der Ort sich noch ein letztes Mal von seiner besten Seite zeigen.

Kurz vor meiner Abfahrt besuchte ich noch einmal Olivers Grab. Es liegt oberhalb von Bordighera, auf einem Friedhof, auf dem man nur Engländer bestattet. Ein Stück heimatlicher Boden in der Fremde, abgezäunt und exklusiv. Als ich vor dem frischen Erdhügel kniete, konnte ich endlich weinen. Ich hegte keinen Groll mehr gegen ihn, fühlte mich von allem befreit.

Ich wollte die Narben nicht mit mir tragen, ich wollte sie loswerden, von mir schütteln, und ich wusste, dass es mir nur gelingen würde, wenn ich all die Wut und den Schmerz mit ihm zurückließ. Also nahm ich endgültig Abschied und sagte ihm, dass ich die wundervollen ersten Tage, die wir gemeinsam im Grandhotel verlebt hatten, für immer im Herzen bewahren würde.

Es war mir, als könne er mich verstehen. Und zum ersten Mal spürte ich, was es hieß, von einem Menschen ganz bewusst und mit wachem Gefühl Abschied zu nehmen.

Die ganze Nacht lag ich in meinem Schlafabteil wach und sah aus dem Fenster, während der Zug dem Verlauf der Rhône folgte und Lyon passierte. Wenn mir die Augen zufielen, schreckte ich auf, in der Hoffnung, es sei nur ein furchtbarer Traum. Während mein übermüdeter Blick suchend durchs Abteil glitt, glaubte ich hin und wieder, dass Oliver mir gegenübersitzt und mich anlächelt. Als der Zug am Nachmittag in Paris ankam und ich dem Gepäckträger zum Salonwagen nach Calais folgte, dauerte es einen Moment, bis ich begriff, dass der junge Mann mit der ungeduldig vorgestreckten Hand auf sein Geld wartete, weil es sonst Olivers Aufgabe gewesen war, die dienstbaren Geister zu bezahlen.

Erst als ich das Fährschiff nach England bestieg, spürte ich, dass er sich beständig entfernte. Irgendwann werden die Bilder verblasst sein, bis sie nichts weiter sind als eine ferne Erinnerung.

In diesem Moment überwindet das Schiff einen Wellenberg, Gischt spritzt hoch und legt sich auf mein Gesicht. Ich richte meinen Blick auf den schwankenden Horizont, kämpfe gegen die zunehmende Übelkeit.

»Sie tun das einzig Richtige bei diesem Seegang.«

Die Stimme ist laut, sie übertönt das Brausen des Windes. Ich drehe mich um. Vor mir, auf dem schmalen Steg zwischen Reling und Schiffswand, steht ein Mann mit zurückgegeltem, pomadeglänzendem Haar.

»Mr. Madroy?« Überrascht umklammere ich die Reling. Die unvermittelte Begegnung löst eine düstere Ahnung aus.

»Was für ein Zufall, nicht wahr? Sie waren so schnell abgereist. Ich habe mich noch nicht einmal bei Ihnen bedanken können.«

»Bedanken? Wofür?«

»Dass Sie meinen Warnungen geglaubt haben. Es ist gut, dass sich nun alles geklärt hat.«

Er stellt sich neben mich und hält sein Gesicht in den scharfen Wind. Eine Strähne löst sich und flattert auf und ab.

»Ich habe Ihnen nicht geglaubt«, widerspreche ich. »Ich habe an allem gezweifelt, was Sie sagten, bis zuletzt.«

»Und ich dachte, Sie seien vernünftig geworden.«

Sein Tonfall ist arrogant, es hat sich nichts verändert. Ich straffe die Schultern, während ich meine Finger fester um das kühle Metall schließe. Ich will mir nicht anmerken lassen, wie sehr mich seine Anwesenheit beunruhigt.

»Was machen Sie hier?«, frage ich mit fester Stimme.

»Dasselbe wie Sie. Nach Olivers Tod ist meine Mission erfüllt. Ich habe denselben Zug genommen, in Richtung Heimat.«

»Ihre Mission …«

Nur zwei Worte, die mir heiß in den Magen fahren. Unvermittelt erfasst mich der verstörende Gedanke, einen Fehler gemacht zu haben.

»Geht es Ihnen gut, Mrs. Dickinson?«

»Es ist nur der Seegang«, antworte ich leise.

»Sind Sie da sicher?« Sein Blick ist offen, er taxiert meinen Bauch, ganz kurz nur, aber es ist mir nicht entgangen.

Das Unwohlsein nimmt zu. Blitzartig schießt die Erkenntnis durch meine Adern. Mir ist eiskalt. Oliver hatte recht. Es war Madroy, der alles inszeniert hat.

Seine Zeit ist von Mitte Februar bis Mitte März …

Ich sehe mich um, das Deck ist leer. Die Reisenden meiden die feuchte Kälte. Wir sind alleine.

Madroy scheint meine Furcht bemerkt zu haben. Er sieht mich mit vorgerecktem Kinn an. »Na? Hatten Sie eine Eingebung?«

»Sie waren dieser Earl von M., nicht wahr? Sie haben den Leserbrief geschrieben und das Gerücht in die Welt gesetzt, ein paar gelangweilte Damen hätten Lucrezias Geist mit einer spiritistischen Sitzung ins Leben zurückgeholt.«

»Sie haben die alte Ausgabe gelesen?« Er lächelt. »Nein, aber der Brief hat mich auf eine Idee gebracht. Sie können sich nicht vorstellen, was so ein kleines Gerücht alles auszulösen vermag. Die italienischen Angestellten sind schier in Ekstase geraten. Aber ich hätte nie geglaubt, dass auch Sie sich derart hineinsteigern. Ehrlich gesagt war es eher eine spontane Idee gewesen, Sie in diese Sache einzubinden. Aber als ich sah, wie ähnlich Sie Lucrezia sehen, schien mein Plan einfach perfekt.«

Er kommt einen Schritt näher, mein Herz trommelt gegen die Brust, ich kann es bis an die Kehle spüren.

»Was haben Sie vor?«, stoße ich aus.

»Die Mission beenden, Mrs. Dickinson. Ihr Schmerz ist einfach zu groß, unerträglich, und da ist dieses Meer, das Ihnen Linderung verspricht. Es wird niemanden geben, der das nicht nachvollziehen könnte.«

Auf einmal sehe ich Elliots Bild vor mir. Mit plötzlicher

Kraft dränge ich nach vorne und schlage mit meinen Fäusten auf Madroy ein, doch er packt meine Hände und windet den rechten Arm nach hinten, bis ich vor Schmerz aufschreie.

»Sie brauchen keine Angst zu haben«, ruft er gegen den Wind, während er mich in Richtung Reling schiebt. »Es ist gleich vorbei.«

Das Eisen drückt in meinen Brustkorb, unter mir wühlt die unruhige See. Sie scheint immer näher zu kommen, leckt an der Bordwand, als sei sie eines der Ungeheuer aus dem Mere, das endlich sein Opfer will.

Ich schließe die Augen.

Als es kracht, denke ich, es käme vom Aufschlagen, doch als ein weiteres Krachen ertönt, hebe ich die Lider und realisiere, dass ich noch immer an der Reling stehe – und dass es Madroy ist, der fällt. Sein Körper taucht ein, verschwindet im Weiß des aufschäumenden Wassers, einen Augenblick später ist er verschwunden, während das Schiff unbeirrt voranfährt und eine Hand nach mir greift und mich zurückzieht.

»Geht es Ihnen gut?« Inspektor Jones sieht mich mit besorgtem Blick an, in seiner Hand hält er eine Waffe, die er nun sichert und einsteckt. »Es tut mir leid, dass ich so lange gebraucht habe. Mr. Madroy muss mich bemerkt und einen kurzen Moment der Unaufmerksamkeit ausgenutzt haben.« Er stockt, sichtlich erschrocken. »Zum Glück habe ich Sie vorhin ins Freie gehen sehen!«

Ich atme tief ein, bemüht, meine Fassung wieder zurückzugewinnen.

»Sie haben ihn beschattet? Dann hatten Sie ihn von Anfang an in Verdacht?«

»Nicht sofort. Aber dann hatte ich ein Gespräch mit Dimitri Komarows Witwe, die angereist war, um ihren Mann zu beerdigen. Sie erzählte mir, dass John Madroy ihn Anfang Februar in Wien aufgesucht und behauptet hatte, Kate Dickinson hätte auf dem Schreibtisch ihres Mannes ein Bahnticket nach Brighton gefunden, das für den Tag ausgestellt worden war, an dem Jacob Winslow und seine Söhne bei dem Bootsunfall ums Leben kamen. Er bat Dimitri Komarow, Mitte März nach Bordighera zu kommen und ihn dabei zu unterstützen, Oliver Dickinson aus dem gemeinsamen Vertrag zu entlassen.« Er schüttelt den Kopf. »Es kam mir seltsam vor, es widersprach dem, was Sie mir erzählt hatten. Kate Dickinson war verstorben, bevor sie sich mit John Madroy hätte treffen können, also musste ich annehmen, dass es einen anderen Grund gab, warum er von dem Ticket wusste: Er selbst hatte dafür gesorgt, dass sie es findet. Aber ich konnte es ihm nicht nachweisen.«

»Mein Mann war die ganze Zeit unschuldig?« Ich starre ihn an. »Aber warum ist er dann aus dem Fenster gesprungen?«

Der Inspektor hebt die Schultern. »Das werden wir wohl nie erfahren.«

Während ich dem Aufschlagen der Wellen gegen den Bug lausche und auf die Küste Englands sehe, die sich langsam nähert, denke ich an Olivers Blick, der am Ende etwas Wahnhaftes hatte. Ich ahne, dass Lucrezia am Ende doch ihren Willen bekommen hat. Alle, die sich am Kauf des Grundstücks beteiligt haben, sind ausgelöscht worden. Jacob Winslow, Dimitri Komarow, John Madroy und Oliver, der die Fackel hielt, die sie verbrannte.

Es könnte ein Zufall sein. Aber an Zufälle kann ich nach alldem, was geschehen ist, nicht mehr so recht glauben.

Epilog

Samstag, 7. April 1900

Ein Jahr später

Majestätisch erhebt sich das Grandhotel aus einem Wald von Palmen und Zypressen. Die sinkende Sonne schimmert auf der weißen Fassade. Es wirkt mondän und einladend, bereit, seine Gäste mit angenehmem Luxus zu empfangen. So wie damals, als ich es zum ersten Mal sah. Heute aber ist dieser Eindruck kein Trugschluss mehr. Er bleibt bestehen, wenn man sich dem Gebäude nähert, und es wirkt schöner, berückender als je zuvor.

Es ist, als hätten die Ereignisse es reingewaschen, als hätten sie das Grandhotel von einem Bann befreit. Nun, da ich am schmiedeeisernen Tor stehen bleibe, erstrahlt es mit der Würde und Erhabenheit eines Überlebenden, das alle Zeiten überdauern wird.

Auch ich bin eine andere geworden. Es gibt nichts mehr, wovor ich mich fürchten müsste. Ich bin frei wie niemals zuvor.

Nach meiner Ankunft in England war das noch anders. Am Tage hatte die Zukunft grau und unüberwindbar vor mir gestanden, während ich nachts mit schweren Träumen kämpfte, in denen ich rennen wollte, aber meine Beine mich nicht trugen.

Ich konnte mich nicht dazu entschließen, das Haus in Kensington zu verkaufen; ich hatte das Gefühl, es stehe mir nicht zu. Auch wenn es keine weiteren Erben gab, keine Verwandten, keine testamentarisch festgelegten Begünstigten, brachte ich es nicht fertig, mich mit dem Verkauf eines Hauses zu bereichern, das mir stets fremd geblieben war. Und das einem Mann gehörte, an dessen Tod ich eine latente Mitschuld empfand.

Es zermarterte mich, dass ich nicht zu Oliver gehalten, dass ich ihm nicht geglaubt hatte, als er schwor, keine Schuld an den anderen Morden gehabt zu haben. Obwohl er in den letzten Stunden seines Lebens ein Gesicht zeigte, das wahnhaft, brutal und eiskalt war, scheint er doch an den Vorfällen, die ein Jahr zuvor ihren Anfang genommen hatten, unschuldig zu sein.

Heute weiß ich, dass das nicht die ganze Wahrheit ist. Und dass das, was Oliver mir während unserer Zeit in Bordighera über Kate offenbarte, eine Lüge war.

Ich erfuhr es, als Rose von ihrer Italienreise zurückkam. Ich hatte ihr vor meiner Abfahrt aus Bordighera einen Brief nach Rom geschickt und ihr geschrieben, dass ich alleine nach England zurückkehren würde. Dabei war ich vage geblieben, um sie nicht zu beunruhigen, und hatte sie nach London eingeladen, sodass ich ihr in aller Ruhe die ganze Geschichte erzählen konnte. Ich hatte nicht damit gerechnet, dass sie meine Einladung so rasch wahrnehmen würde.

Es war ein regennasser Tag Anfang Mai, als sie plötzlich vor der Tür stand und mich mit einer Erleichterung umarmte, die mich erstaunte. »Ich bin so froh, dass du lebst«, rief sie aus, kaum dass ich sie hereingebeten hatte. »Ich habe mir solche Vorwürfe gemacht, dass ich dich nicht doch mitgenommen habe. Es war wohl göttliche Fügung, dass ich die Fotografie von euch bekommen hatte!«

»Wovon redest du?«

Rose sah mich überrascht an. »Ja, hast du das Telegramm denn nicht erhalten? Ich hatte es an das Hotel Angst geschickt, in der Hoffnung, dass es an eure neue Unterkunft weitergeleitet wird.«

Das Telegramm! Ich hatte es vollkommen vergessen. »Ja, man hat es gebracht«, erinnerte ich mich, »aber dann überschlugen sich die Ereignisse, und am Ende war es nicht mehr da. Was stand denn drin?«

»Dass du dich vor Oliver hüten sollst, weil er wohl doch Kates Tod verschuldet hat. Ich dachte, der Grund, dass du alleine zurückgekehrt bist, sei, dass man ihn in Polizeigewahrsam genommen hat.«

»Nein«, sagte ich, während mein Magen sich zusammenkrampfte, »es war anders, aber das ist eine lange Geschichte. Ich mache uns rasch einen Tee. Und dann erzählst du mir alles.«

Während der Londoner Regen dicke Tropfen gegen die Fensterscheiben schlug, berichtete sie mir, dass sie unsere Fotografie bei einem gemeinsamen Essen herumgezeigt hatte, woraufhin das Dienstmädchen, das eine der Musikerinnen begleitete, ganz blass geworden war. Es stellte sich heraus, dass sie zu jener Zeit im Haus von Oliver und Kate beschäftigt gewesen war. Sie hatte nichts von Kates Tod gewusst, und als Rose ihr erzählte, was geschehen war, fragte sie nach dem Tag, an dem der Unfall geschehen war.

»Das Mädchen erzählte mir, dass die beiden sich ganz furchtbar gestritten hatten«, berichtete Rose. »Es ging wohl um etwas, das Kate gefunden hat. Sie drohte, ihn zu verlassen, sollte sich der Verdacht bewahrheiten. Woraufhin er derart in Rage geriet, dass sie schon befürchtete, er würde ihr etwas antun. Am Nachmittag des Unglückstages hatte Kate sich angeblich mit einer Freundin treffen wollen. Sie hatte, als sie das Haus verließ, ihren Schirm vergessen, und weil es nach Regen aussah, ist das Mädchen ihr nachgelaufen, um ihn ihr zu bringen. Doch sie war nicht schnell genug. Sie sah noch, wie Kate in der Untergrundbahn verschwand – und wie Oliver plötzlich auftauchte und den nächsten Waggon bestieg.«

»Oliver sagte, er sei an dem Tag nicht in London gewesen«, widersprach ich matt.

»Es war eine Lüge. Das Mädchen erzählte weiter, dass er etwa nach einer Stunde wieder zurückkam. Der Schweiß habe ihm auf der Stirn gestanden, und er habe sichtlich um Fassung ringen müssen. Noch am selben Tag habe er das gesamte Dienstpersonal entlassen und gegen neues ersetzt, ohne dass sich jemand etwas hätte zuschulden kommen lassen. Aus diesem Grund stand ihr das Datum noch genau vor Augen.« Rose hielt ihre Tasse zwischen beiden Händen, ohne davon zu trinken. Dabei starrte sie aus dem Fenster, als sei sie in Gedanken weit fort, in Italien. »Du hattest recht gehabt, mit deiner Angst«, flüsterte sie. »Am liebsten wäre ich zurückgefahren, um dich zu warnen, aber wir waren bereits mehr als eine Tagesreise von Bordighera entfernt. Also bin ich sofort zum nächsten Postamt gegangen, um dich zu benachrichtigen, in der Hoffnung, das Telegramm sei schneller, als jeder Zug es vermochte.«

Wir schwiegen, nachdem sie geendet hatte und das Unfassbare schwer im Raum hing.

Am nächsten Tag suchte ich einen Makler auf, der das Haus innerhalb weniger Wochen samt dem Inventar und den verbliebenen Bildern aus dem Atelier verkaufte. Ich behielt nur das, was ich zum Leben brauchte, und spendete das restliche Geld dem Armenhaus.

Manchmal frage ich mich, wie mein Leben verlaufen wäre, wenn Oliver den Kampf mit Madroy nicht aufgenommen hätte und mit mir aus dem Hotel geflohen wäre. Letztlich ist es gleichgültig. Oliver war nicht der Mann, in den ich mich verliebt hatte. Hinter der Maske des fürsorglichen Ehemannes, der sich nie etwas zuschulden kommen ließ, steckte ein unberechenbarer, erbarmungsloser Mensch.

Vielleicht hat er seinen Vorspiegelungen am Ende selbst geglaubt. Ich kann mir sogar vorstellen, dass es Oliver gewesen ist, der das Telegramm von Rose von meinem Nachttisch stahl und die Wahrheit lieber mit in den Tod nahm, als sich ihr zu stellen.

Vom Meer weht eine warme Brise herüber und streicht mir über das Gesicht. Mein Blick wandert die Hotelfassade hinauf bis zum Giebel, auf dem der Name *Angst* in großen Buchstaben aufgemalt ist. Er ist eingerahmt von britischen Fahnen, die straff im Wind stehen, als könne jeden Augenblick die königliche Kutsche die Auffahrt hinaufbiegen und den Weg bis zur großen Freitreppe nehmen, wo Adolf Angst sie mitsamt dem Personal willkommen heißt.

Dann wende ich mich ab und gehe die Strada Romana entlang, die auf manchen Ansichtskarten wieder Via Romana heißt. An frisch gestrichenen Villen vorbei und an ihren Gärten, in denen sich Rosen um dickstämmige Zitronenbäume ranken und der Duft vielfältiger Blüten den Spaziergänger auf seinem Weg begleitet.

Ganz Bordighera hat sich für Queen Victorias Ankunft herausgeputzt. Seit vergangenem November, als die Zeitungen ihren Besuch mit überschäumender Euphorie ankündigten, waren Straßen erneuert und Häuser renoviert worden. Doch sie hat abgesagt, angeblich wegen des Burenkrieges, der im Oktober

1899 ausbrach. Die Nachricht kam unvermittelt, Anfang März, kurz vor Reisebeginn, und schockte einen bis auf das letzte Zimmer ausgebuchten Ort, der sich daraufhin, wie man vermeldete, schlagartig leerte. Reisende zogen weiter, auf der Jagd nach anderen gekrönten Häuptern, die man an den vielen Orten entlang der Riviera findet. Noch immer sind die Postkarten mit ihrem Porträt im Umlauf, die Adolf Angst anlässlich ihres Aufenthaltes hat drucken lassen, ein Souvenir des Scheiterns.

Ich bin mir sicher, Queen Victoria hätte sich wohlgefühlt. Nichts deutet darauf hin, dass hier je ein Mord geschehen ist. Alles, was die Investoren in Unordnung gebracht hatten, ist wieder geklärt. Und da es auch keinen männlichen Erben gibt, ist das Hotel frei. Ich muss gestehen, dass ich erleichtert war, als ich erfahren habe, dass ich nicht schwanger bin. Ich hätte das Kind aufgezogen und versucht, es zu lieben, aber das Leben wäre doch ein anderes gewesen.

Und so bin ich hier und folge dem Weg an der Citta Vecchia vorbei zum Park, in dem mit Blüten überladene Mandelbäume stehen. Der Seewind weht den Geschmack von Salz herüber, und schon von Weitem kann ich das funkelnde Wasser sehen, in dem sich das hellorange Abendlicht bricht. Alles ist so vertraut. Schon als der Zug den Bahnhof erreichte, fühlte ich mich, als käme ich nach Hause. Die Luft war angenehm warm und samtig weich, und als ich nach dem Koffer greifen wollte, sah ich mein Gesicht in der Spiegelung des Fensters. Es war voller Zuversicht und Glück.

Es war die richtige Entscheidung zurückzukommen. Mein Herz hat nur die schönen Erinnerungen in sich gespeichert. Die schlechten sind zu einer Geschichte geworden, an deren Ende ich zu der Frau geworden bin, die weiß, wo ihr Platz ist.

Eine Weile bleibe ich stehen und sehe auf das sonnenüberstrahlte Meer, die schaumgekrönten Wellen, die rauschend ans kiesige Ufer schlagen. Dann folge ich dem Klippenweg ostwärts in Richtung der Plantage, vor deren Mauern sich die Palmen im leichten Seewind bewegen.

Meine Schritte, die mich lenken, während ich versuche, die Nervosität in meiner Brust zu beherrschen, werden immer schneller.

Wie oft habe ich in den vergangenen Monaten an Michele gedacht! Zuerst voller Verwunderung, weil mich die Gefühle noch immer überwältigten, obwohl uns so viele Länder trennten. Dann verzweifelt über die Unmöglichkeit, diesem zarten Band eine Zukunft zu geben. Wo hätten wir denn leben sollen, wo unseren gemeinsamen Platz finden?

Im Roman von Ruffini bittet Lucy ihren Doktor Antonio, mit nach London zu kommen, in ihre Heimat. Sie sei sicher, er würde dort ein großes Vermögen machen, eine gut gehende Praxis haben.

»Würde Vermögen meine Lage bessern?«, antwortet er. Was bringe es ihm, reich zu sein, wenn er dafür auf seine Heimat verzichten müsse, auf die Sonne, das blaue Meer und auf die Orangenhaine. Der wahre Reichtum läge in diesem Ort, sein größtes Glück darin, weite Spaziergänge durch die Natur zu machen und die wohlriechende Luft zu atmen.

Ich hatte gedacht, das gelte sicher auch für Michele. Doch an jenem Morgen, als ich in der Zeitung von Queen Victorias Absage und von den frei gewordenen Zimmern las, wusste ich, dass dies auch mir aus der Seele spricht. In mir wurde es ganz still. Ich sah hinaus in den beginnenden Frühling, auf das zarte Grün, das sich langsam entfaltete. Und auf einmal traten die Konturen meines Lebensentwurfes offen zutage. Plötzlich wusste ich, was ich wollte: zurück an die italienische Riviera.

Es ist mir egal, was dann geschieht, ich werde zurechtkommen, auch wenn Michele längst vergeben ist. Ich könnte in einer der Bibliotheken arbeiten oder selbst zu schreiben beginnen. Und jeden Tag das unbändige Meer vor Augen haben, die Blumenpracht, die das milde Klima hervorbringt.

Als ich mich der Plantage nähere, beginnt mein Herz in wildem Takt zu hämmern. Schon sehe ich das offene Tor zur Plantage und am Ende des Weges das Fuhrwerk. Inmitten der Blumenfelder steht Michele, mit erdverschmierter Stirn, einen Spaten in der Hand. Jetzt dreht er sich um. Seine Augen weiten sich, beginnen zu strahlen, während er sich von seiner Arbeit löst. Er geht mir entgegen, ohne den Blick von mir zu wenden, breitet die Arme aus, lächelnd, als habe er immer gewusst, dass ich eines Tages zurückkommen würde.

Was auch immer die Zukunft für uns bereithält, ich weiß, dass in diesem Moment, an dem sich unsere Herzen begegnen, die Reise zu Ende ist. Und dass das Leben beginnt.

Nachwort

Meine erste Begegnung mit dem Hotel Angst hatte ich im Jahr 2003. Es war der Sommer, nachdem ich beinahe einer schweren Hirnhautentzündung erlegen wäre. Noch während ich im Krankenhaus war, brachte mir mein Mann Reiseprospekte mit, um mich auf andere Gedanken zu bringen. Der Ausblick auf eine Reise in den Süden sorgte für das Licht am Ende eines langen Tunnels. Im Sommer, so dachte ich, ist alles wieder gut.

Wir entschieden uns für die Pension Villa Elisa in Bordighera. Sie befindet sich direkt neben einem verwahrlosten Grundstück, auf dem das ehemalige Grandhotel steht. Ich erinnere mich noch genau an den Moment, als ich es zum ersten Mal sah. Unser Zimmer lag auf einem Flur, an dessen Ende ein großes Fenster auf das Nachbargrundstück zeigte. Ungläubig staunend betrachtete ich das imposante Gebäude mit rissigem Gemäuer und stockfleckiger Fassade, das sofort eine ungeheure Faszination auf mich ausübte. Ein sichtlich verfallenes Zeugnis vergangener Zeiten, das die ehemalige Pracht vor dem inneren Auge entstehen lässt und zugleich an die Eleganz einer vergangenen Epoche, an die gesunkene Titanic erinnert. Ein Koloss, dem Verfall überlassen. Selbstvergessen, einsam, wie eine offene Wunde.

Als Nächstes fiel mir der Name auf: *Angst.* Und ich fragte mich, warum der Besitzer dem Hotel seinen eigenen Namen gegeben hatte, obwohl das Wort Angst in etlichen Sprachen der Welt ein Gefühl des Schauderns hervorruft. Dann begriff ich, dass dieses Hotel in einer Zeit entstanden war, in der das belesene Publikum sich nach dem Niedergang der klassischen Gothic Novel erneut für Schauerromane begeisterte, die übernatürlichen Erscheinungen einen wissenschaftlichen Anstrich zu geben versuchten. Man las Bram Stokers *Dracula* oder H. G. Wells *Insel des Dr. Moreau*, das Elemente der Horrorliteratur enthält.

Ich wusste sofort, dass ich ein Buch über die Glanzzeit dieses Grandhotels schreiben wollte, einen Roman, der genau diese Stimmung einfangen und damit spielen würde.

Wie gerne wäre ich selbst in das Hotel gegangen und hätte die Atmosphäre auf mich wirken lassen. Doch der Zutritt war verboten. Das Gelände war von einem hohen Zaun umgeben, bewacht von einem Rudel wilder Hunde, die ihr Revier mit gefletschten Zähnen verteidigten. Der Portier der Villa Elisa erzählte mir, dass manche Hunde es bereits unter dem Zaun auf der rückwärtigen Seite hindurch auf die Straße geschafft hätten und dass es Pensionsgäste gab, die sich auf die Dächer der umstehenden Autos hatten retten müssen, um nicht zerfleischt zu werden.

Es hielt mich nichts davon ab, mich dem Hotel zu nähern, und so verbrachte ich viele Stunden unseres Urlaubs im Museo Bicknell, wo die alten Schriften und Zeugnisse aus jener Zeit aufbewahrt werden, und versuchte, so viel wie möglich über die Historie in Erfahrung zu bringen.

Die Geschichte des Hotel Angst war wechselhaft. Nach den vielen glanzvollen Jahren des ausgehenden Viktorianischen Zeitalters hatte es im Ersten Weltkrieg als Hospital für die englischen Soldaten gedient. Da Großbritannien für die entstandenen Schäden aufkam, wurde es wieder vollständig hergestellt. In den Zwanzigerjahren strömten erneut die Engländer an die Riviera, hungrig nach Amüsement. Nach Adolf Angsts Tod im Jahre 1924 übernahm sein Schwiegersohn Max Nadenbousch die Leitung und versuchte, die Geschäfte in seinem Sinne fortzuführen.

Doch schon mit der Weltwirtschaftskrise 1929 drohte der Tourismus einzubrechen. Er kam vollends zum Erliegen, als England nach Mussolinis Einmarsch in Äthiopien zu Sanktionen aufrief und die Buchungen ausblieben. Während der Saison 1936/37 war das Hotel nicht mehr in der Lage zu öffnen. Seine Pforten blieben für immer verschlossen.

Stattdessen wurde das Gebäude während des Zweiten Weltkrieges erneut konfisziert, dieses Mal durch italienische Behörden. Man machte es zu einem Auffanglager für italienischstämmige Flüchtlinge, die nach dem Ende der Kolonialisierung aus Libyen und Ostafrika vertrieben wurden. In dieser Zeit begann die innere Zerstörung. Parkett, Fensterrahmen, Kamine, Marmor, Kronleuchter und dekorative Elemente wurden systematisch herausgerissen, alles Bewegliche entfernt. Niemand fühlte sich dafür verantwortlich, auch der Staat enthielt sich jeglicher Entschädigungszahlung.

Selbst nach der Räumung des Gebäudes hielten die Plünderungen an. Noch heute finden sich in Bordighera private Vitrinen, in denen man goldumrandete Teller und Bestecke bewundern kann und die vielen mehrseitigen Hotelprospekte in den unterschiedlichsten Sprachen, die man nach der letzten Saison einfach zurückgelassen hat.

Das Gebäude verfiel zunehmend, es kam zu hemmungslosem Vandalismus. Eindringlinge verunstalteten die verbliebenen Fresken; die Wandbilder im großen Salon, die einst von Piana, Nestel und von Kleudgen gemalt worden waren, zieren nun die Verunstaltungen von Sprühfarbe und Stiften.

Das einst so stolze Hotel wirkt wie eine entkernte Seele, und dieses Schicksal hat mich nachhaltig berührt. Es hat beinahe vierzehn Jahre gedauert, bis ich die Geschichte vollendete. Immer wieder drehte und wendete ich den Plot, fragte mich, wie viel Macht ich der Legende, die Teil des Romans ist, geben durfte, ohne das wahre Bild zu verzerren. Im Jahr 2007 tauchte im Internet eine Gruselgeschichte auf, die rasch Verbreitung fand und sich ebenfalls klassischer Elemente des Schauerromans bedient. Der beschriebene Geist hatte gleich das ganze Hotel verflucht und verfügte über eine dämonische Präsenz, die sogar eine schottische Metal-Band zu einem schaurigen Lied inspirierte. Aber ich wollte mich der Seele des Hotels nähern, ihm wieder zu altem Glanz verhelfen, ohne sein Andenken zu verunstalten. Es käme einer weiteren Plünderung gleich. Daher entschied ich mich, es am Ende befreit und in seiner ehemaligen Pracht aus der Geschichte zu entlassen.

Im Jahr 2013 fuhr ich ein weiteres Mal nach Bordighera, um die noch fehlenden historischen Informationen zusammenzutragen. Das Hotel war noch immer umzäunt, doch die Hunde waren fort. Vor dem alten Tor hatte man ein Bauschild angebracht. Es hieß, man wolle das alte Gebäude sanieren und eine neue Hotelanlage entstehen lassen. Auf diesem Schild war auch der Name des Architekten zu lesen: Ing. Giuseppe Eugenio Bessone.

Sofort nahm ich Kontakt zu ihm auf. Es stellte sich heraus, dass der Architekt gleichzeitig Mit-Autor des Jubiläumswerkes *Bordighera Ieri* ist und sich mit einer der letzten Nachfahren, Maria Angst (Enkelin von Adolf Angst und Tochter von Anita Nadenbousch) über diese Zeit ausgetauscht hat. Signore Bessone hat mich mit unschätzbar vielen Informationen versorgt, mir Kopien von alten Hotelplänen und Abhandlungen mitgegeben, die mir halfen, die Geschichte so wahrheitsgemäß wie möglich wiederzugeben.

Dort, wo noch immer Lücken verblieben, habe ich es mir erlaubt, sie mit meiner Fantasie zu füllen. Nicht nur die Geschichte mit den Investoren, auch die Vertreibung der Anwohnerin ist erdacht – ebenso wie das Restaurant in Vallebona und die Ausgestaltung der Hotelbibliothek, über die es keine detaillierten Zeugnisse gibt. Denn am Ende soll es vor allem ein Roman sein, der den Leser in die Atmosphäre jener vergangenen Zeit entführt und ihn voll und ganz in die Geschichte eintauchen lässt.

Vor einigen Tagen habe ich von Signore Bessone erfahren, dass es einen neuen Anlauf geben wird, das Hotel zu sanieren. Man wird daraus eine Appartementanlage bauen. Daher fahre ich im Sommer noch einmal dorthin, um es ein letztes Mal zu sehen, bevor man es wiederherstellen und ihm zu neuem Glanz verhelfen wird.

Emma Garnier, im April 2017